Rendez-vous à Crawfish Creek

Recueil publié en langue originale sous le titre *Beneath the Bonfire* par Thomas Dunnes Books/St. Martin's Press.

Titres originaux des nouvelles publiées dans cet ouvrage :
*The Chainsaw* Soirée (Tronçonneuse *party*), *Rainwater* (Un goût de nuage), *Sven & Lily* (Sven & Lily), *In Western Counties* (Rendez-vous à Crawfish Creek), *Beneath the Bonfire* (Sous le feu de joie), *Sweet Light Crude* (Brut aromatique), *Leftovers* (Les restes), *Morels* (Morilles), *Train People Move Slow* (Lenteur ferroviaire), *Apples* (Pommes).


www.autrement.com

NICKOLAS BUTLER

# Rendez-vous à Crawfish Creek

Nouvelles

*Traduit de l'anglais (États-Unis)*
*par Mireille Vignol*

Éditions Autrement **Littératures**

*Pour Kristin Carol (Lang) Guice*
*1980-2014*
*Amie et cousine bien aimée.*
*Reine des grands éclats de rire*
*et des larges sourires du Minnesota.*

*Et pour Carol et George*
*qui nous ont hébergés*
*quand nous en avions besoin.*

« La Bible raconte que les doux posséderont la terre, et j'imagine que c'est sans doute la vérité. Je suis pas un libre-penseur, mais je vais vous dire un truc. Je suis loin d'être convaincu que ce soit forcément une bonne chose. »

Cormac McCarthy, *De si jolis chevaux*

# Tronçonneuse *party*

Ils squattaient une église pentecôtiste désaffectée au sommet d'une falaise surplombant la rivière. Les jours de forte pluie ou de neige, le toit fuyait et les gouttes d'eau retentissaient dans des cuvettes en fer. Lorsque la terre avait séché sous le plancher, des centaines de serpents à sonnette agitaient leurs maracas dans la chaleur, et le silence ne s'installait qu'à la nuit tombée. Je leur rendais parfois visite au printemps, époque à laquelle les serpents étaient léthargiques et avides de soleil. Nous nous postions alors autour de l'église, armés de machettes et de râteaux, et teignions l'herbe jaune en rouge. C'était un coin superbe.

L'église était délabrée mais des hectares de jardins rayonnaient autour de l'ancien lieu de culte. Les auto-stoppeurs et hippies en vadrouille entendaient parler de Bear et Luna, de l'église au toit percé, et ils venaient travailler et camper en échange de quelques repas et d'un peu de camaraderie. Je connaissais Bear depuis le lycée. On sortait toujours avec les mêmes filles.

À chaque solstice d'hiver, ils organisaient une grande fête qu'ils avaient baptisée « tronçonneuse *party* ». Chaque invité venait avec sa tronçonneuse, Bear et Luna constituaient ainsi leur réserve de bois hivernale pour chauffer l'église traversée de courants d'air. Tôt le matin, nous partions tous dans la forêt, avec des flasques de cognac ou de whisky, et nous coupions les branches mortes au sol ou les « faiseuses de veuves » suspendues dans les arbres sains. Nous utilisions des luges pour rapporter le bois jusqu'à l'église. Différents postes de travail étaient établis autour du bâtiment : un pour débiter en bûches, un pour acheminer ces dernières dans d'autres piles et un pour les stocker en murs bien serrés. Lors du solstice, le soleil semblait trop lourd pour se lever au-dessus de la terre, mais pendant les rares heures où il faisait jour, nous travaillions dur, suant sous nos couches de vêtements. Le vacarme des tronçonneuses était omniprésent. Ensuite, il y avait du cochon rôti, un fût de bière, et toujours une guitare ou un harmonica pour accompagner la triste voix fluette d'une camée maigrichonne qui chantait pour les étoiles.

La dernière de ces fêtes à laquelle j'ai participé remonte à plusieurs années, avant mon mariage avec Shelly et la naissance de Samuel. À l'époque, je sortais avec une infirmière, Nancy, qui travaillait dans le service de néonatalogie de l'hôpital. Elle faisait une natte de son épaisse chevelure blonde, sentait le talc et le savon, et je crois que j'étais amoureux d'elle. J'aimais lui poser des questions sur son boulot. Elle me parlait des bébés nés dans la journée. Les jumeaux, les triplés, les rares cas d'hermaphrodites, les enfants mort-nés, les beaux bébés, ou ceux qui avaient déjà un handicap. Elle roulait ses cigarettes et je la revois aujourd'hui, vêtue d'un simple tee-shirt, assise à la table de ma cuisine, ses jambes nues et musclées repliées sous les fesses. Ses doigts roulaient des dizaines de cigarettes et quelques joints. Le matin, avant de partir au boulot, ses cheveux n'étaient pas encore tressés et retenaient la lumière du soleil comme des câbles de fibre optique.

Je conduisais un pick-up. Un vieux Toyota à la benne rouillée. J'avais rehaussé la carrosserie quand j'étais au lycée et remplacé les pare-chocs par d'épaisses barres noires. À l'aube, ce jour-là, Nancy et moi étions montés dans la cabine poussiéreuse avec un thermos de café, ma vieille tronçonneuse Husqvarna à l'arrière, et nous étions partis pour l'église. Nous fumions en route, les vitres baissées d'un cran dans le froid, le radiateur à fond.

Elle me taillait souvent des pipes quand j'étais au volant – la tête blonde dansait sur mes genoux alors que je m'efforçais de garder les yeux ouverts et le véhicule entre les lignes jaunes. Je me souviens de ce matin-là, du goût de son baiser et du soleil naissant au-dessus des collines et des vallons gelés. Nancy avait une forte libido et notre vie commune se résumait souvent à des effusions d'amour, mais il y avait toujours un moment où je n'arrivais plus à suivre et je savais que, tôt ou tard, ça finirait par nous éloigner. Nous faisions l'amour dans les monte-charge de l'hôpital, sur l'héliport au sommet du bâtiment et, une fois, dans la morgue du sous-sol où nous avions été interrompus prématurément car j'avais cru entendre un bruit dans le silence de mort.

– Alors, elle est comment, cette Luna ? me demanda-t-elle en regagnant sa place. La vitre côté passager s'est embuée quand elle a dévissé le bouchon du thermos.

Luna ne s'était pas toujours appelée comme ça. Elle s'appelait Shelly à l'époque où nous étions amants, puis Bear me l'avait piquée, même si je suis bien conscient qu'il ne s'agissait pas vraiment d'un vol. Les amants ne se volent pas – il se passe autre chose, une sorte de capitulation ou de consentement. J'avais toujours su que je n'étais pas assez déjanté pour elle, que notre histoire ne durerait pas, qu'elle appartenait plutôt au domaine de l'éphémère. Je décidai d'en parler franchement à Nancy.

– On est sortis ensemble, Luna et moi, dis-je en fixant la route qui disparaissait sous les roues. On est sortis ensemble pendant deux ans quand on était au lycée. Elle s'appelait Shelly. Puis Bear et elle ont décidé de se rebaptiser au cours d'une espèce de cérémonie. (Je marquai une pause avant d'ajouter :) C'était juste un truc de gamins.

– Et t'avais l'intention de m'en parler quand ? me demanda Nancy en croisant les bras.

– Je viens de te le dire.

– Bon, et pourquoi avez-vous rompu ? ajouta-t-elle d'un ton acerbe.

– Elle a commencé à voir Bear, répondis-je d'une voix posée. Je les ai surpris un jour.

Elle sirota son café sans un mot, en dessinant des bonshommes allumettes sur la vitre. Elle avait de très beaux doigts, j'adorais les observer autour d'une tasse ou d'un verre de vin et lui tenir la main. Des ongles parfaits, des longs doigts musclés.

– Les gens se font parfois des coups pendables, finit-elle par dire.

Puis elle se blottit contre moi sur la banquette, posa la tête sur mon épaule et me passa le café. Nous étions encore très loin de l'église et je trouvais agréable de rouler comme ça, son corps collé au mien, le paysage défilant sous nos yeux : faucons perchés sur des poteaux téléphoniques, rivières gelées coulant en catimini sous de lourdes couches de glace, sombres silhouettes de chevaux dans les champs.

J'ai peu fréquenté Bear après le lycée. Seulement à l'occasion de ses tronçonneuse *parties* et parfois au printemps quand le sirop d'érable coulait et qu'il avait besoin d'un coup de main pour faire bouillir la résine et la transformer en huile dorée. Notre relation était plus simple quand nous étions concentrés sur une tâche ; ensuite, en partageant une bière ou un joint, nous pouvions revenir sur le travail accompli et éviter de parler des jours anciens, car le passé ne m'intéressait plus – c'est ce que je croyais, en tout cas – même si au final nos vies, et celle de Luna, étaient toujours liées.

Perchée sur son promontoire, l'église, haute et blanche, ressemblait à un avant-poste improbable de Dieu. Dans la cour, les chiens aboyèrent à notre approche ; une odeur de feu de bois flottait dans l'air et je me souviens que Nancy ferma la portière, puis ses yeux, et qu'elle annonça joyeusement :

– J'aime cet endroit. Je me sens déjà heureuse.

Main dans la main, nous nous approchâmes de la grande porte de l'église au moment précis où Bear ouvrit les deux battants simultanément. Il apparut devant nous, avec sa longue barbe noire, ses yeux bleus étincelants, ses joues colorées par le travail en plein air. Je sentis la main de Nancy desserrer la mienne.

Je présentai Bear et Nancy, puis nous entrâmes dans l'église où il faisait meilleur que dans mon souvenir, sans doute grâce à l'odeur de café, de sueur, de chiens, de fumée de bois et de tabac. Luna lavait toute une variété de betteraves dans l'évier. Ses mains paraissaient plus vieilles que son visage, ses ongles étaient cassés et courts ; elle leva la tête, nous salua, et finit par venir nous étreindre avec délicatesse.

Seule sa démarche, en repartant vers l'évier, trahissait qu'elle était enceinte.

Bear m'annonça en souriant :

– De cinq mois ! Tu te rends compte ? Moi, un père ? (Il me frappa sur l'épaule, dans le dos, et je lui serrai à nouveau la main.) Qu'est-ce que tu dis d'un petit verre matinal ? Pour trinquer et nous réchauffer avant de commencer à bosser ?

– Super nouvelle, mec, répondis-je. Félicitations. Nancy travaille à la maternité, si jamais vous vous y retrouvez.

– Ouah, s'extasia Bear en se tournant vers elle. Ça doit être un beau métier.

Il n'avait pas son pareil pour attirer les gens à lui, pour leur donner le sentiment d'être importants, remarquables ; il savait écouter les autres. Je vis que les yeux de Nancy s'adoucissaient en le regardant ; elle aimait parler de bébés.

– À mon avis, c'est le meilleur boulot du monde, dit-elle d'un ton sans appel mais tendre. Il me rend heureuse. Il m'arrive d'avoir l'impression de devenir mère dix ou douze fois par jour. Hier nous avons mis au monde quatre bébés. Deux paires de jumeaux.

Luna s'approcha de nous en essuyant ses mains avec un torchon en lambeaux.

– Je veux accoucher ici, dit-elle en passant un bras autour de la taille de Bear. Ne le prends pas mal, mais j'ai horreur des hôpitaux. Tous les êtres chers que j'ai perdus sont morts sur un lit d'hôpital.

Bear l'enlaça et la serra contre lui, les yeux rivés aux larges planches du parquet.

– Je comprends, répondit Nancy. T'as raison de vouloir rester chez toi. Trop de femmes sont intimidées par l'accouchement. Mais nous sommes faites pour ça.

Elle s'approcha de Luna et posa délicatement les mains sur son ventre. Cette dernière les déplaça, non loin de ses côtes.

– Tu l'as senti ? demanda Luna.

– Ses pieds, répondit Nancy, rayonnante.

– Viens avec moi, lui dit Luna, je veux te parler de mes préparatifs.

Elles se dirigèrent vers la cuisine où Luna servit deux tasses de thé.

– Bon, ce petit coup, on le boit ?

– C'est comme si c'était fait, répondit Bear en versant trois centimètres de whisky dans deux grands verres.

Nous avons trinqué avant de les descendre rapidement.

– Au boulot ! cria-t-il.

– À la paternité !

Puis nous sommes sortis dans le froid. Trois autres vieux pick-up avaient déjà quitté la route de campagne et amorcé leur procession vers l'église.

Bear et moi travaillions ensemble chaque année, un véritable tandem : nous nous relayions à la tronçonneuse, fagotions les branches coupées avec des câbles ou des chaînes, sillonnions la forêt en décortiquant les arbres morts et rangions le bois en tas que d'autres équipes venaient chercher pour le fendre. Il faisait bon dans la forêt ce jour-là, le ciel était dégagé et le soleil doux pour cette époque de l'année, nous travaillâmes dur en silence jusqu'à ce que Bear s'essuie le front et s'assoie lourdement sur la vieille souche d'un gros chêne mort depuis longtemps.

– Je ne voulais pas devenir père, m'avoua-t-il. Pour tout te dire, je suis mort de trouille.

J'éteignis la tronçonneuse et nous fûmes engloutis par sa fumée bleue, le souvenir de sa plainte et de son rugissement persistant dans nos oreilles. Je m'assis à côté de lui en sentant monter en moi une espèce de fredonnement satisfait car, à tous points de vue, Bear avait toujours vécu comme il l'entendait, sans faire la moindre concession. Il vivait merveilleusement bien, sans effort ; il appartenait à cette catégorie de personnes stupéfiantes qu'on regarde en hochant la tête, sidéré et jaloux. Le genre d'homme capable de séduire n'importe quelle femme à une fête. Il pouvait s'asseoir au piano et jouer avec tant de vérité que son auditoire en avait les larmes aux yeux. Un jour, il avait frappé une balle de base-ball à cent vingt mètres – le coach avait interrompu l'entraînement pour que l'équipe puisse mesurer son lancé ; nous avions tous marché au-delà du grand champ, la distance s'additionnant dans nos têtes de manière quasi incompréhensible. Puis il avait laissé tomber le base-ball en décrétant que ça l'emmerdait.

– Je pense que c'est comme ça pour tout le monde, répondis-je sans grande originalité.

– Mais j'en veux pas. Voilà le hic. J'en veux absolument pas. Elle pose ma main sur son ventre, il bouge, et je ne ressens que de la trouille. Comme si quelque chose allait me choper.

Je gardai le silence.

– Elle dit que c'est inévitable. Que je l'ai pas épousée en bonne et due forme, ou je sais pas quoi. Qu'elle a tout sacrifié pour s'adapter à notre mode de vie, qu'elle mérite ce bébé et que je le lui dois. Elle parlait de me quitter. Elle m'a convaincu que j'allais aimer cela, mais je suis persuadé du contraire parce que c'est pas ce que je veux. Tu pourrais peut-être lui parler ?

Je le regardai.

– Et qu'est-ce que tu veux que je lui dise ?

– Laisse tomber, fit-il en hochant la tête. Non, écoute… t'as raison, putain. C'est moi qui déconne.

On resta ainsi jusqu'à ce que le froid traverse nos vêtements mouillés de sueur, puis on se redressa lentement et on reprit le travail, avec beaucoup moins de vigueur qu'avant. Le soleil revêtit des tons argentés et un corbeau nous survola bruyamment dans l'air froid, on aurait dit que ses ailes étaient en papier. Ici et là dans les bois, je vis d'autres tandems de travailleurs à la tâche, les tronçonneuses vrombissaient, la sciure jaune s'échappait des entrailles des arbres et volait dans les airs et la neige.

– Je me suis jamais fait piéger avant, me dit Bear en empilant les bûches. Par rien. L'autre soir au lit, son ventre était contre moi et j'ai senti le bébé qui me donnait des coups de pied dans le dos. Tu te rends compte ?

– Tu feras un père génial, mentis-je.

Il leva les yeux sur moi en les plissant à cause du reflet du soleil sur la neige et dit :

– J'ai une surprise pour toi.

Il pénétra plus profondément dans la forêt et je le suivis, comme d'habitude, la lourde tronçonneuse pesant dans ma main. Il avançait rapidement, du pas agile et assuré d'un loup, se baissant pour éviter les branches basses ou allongeant le pas pour enjamber des arbres morts. Après les chênes à gros fruits, les érables et les trembles, nous traversâmes un bois de cèdres et de pins blancs qui nous mena au bord de la falaise où le monde se précipitait dans l'espace, avec en contrebas la ligne bleue d'une rivière dont je ne connaissais pas le nom.

L'arbre était gargantuesque, un peuplier d'Amérique géant dont les racines semblaient cimenter la falaise avec ses doigts souterrains qui retenaient et ordonnaient les rochers comme des billes. Bear posa sa tronçonneuse sur la roche jaune et se mit à escalader l'arbre. Je pris appui sur l'écorce noueuse et commençai à monter. Nous faisions la course en réalité, nous grimpions par deux chemins séparés, suivant des entrelacs de branches différents jusque dans les hauteurs où quelques dernières feuilles mortes pendaient étrangement comme du linge sur un fil. Nous riions à gorge déployée et haletions en montant. Le monde en dessous de nous était blanc et se déroulait à l'infini. J'avais l'impression d'avoir d'énormes poumons glacés.

– Nancy est belle, me dit Bear de son perchoir tout en gardant les yeux fixés sur la rivière en contrebas.

« Tu as tout », pensai-je en hochant la tête.

– Tout ira bien, répondis-je.

Nos propos fendaient les cieux, comme deux avions séparés de plusieurs kilomètres.

– Je crois que je ne suis pas fait pour rester avec une seule personne, me dit-il d'une voix empreinte de fausse tristesse.

– Tu ne l'aimes donc pas ?

Je l'avais aimée dans le temps, Shelly. Mais il faut dire que l'amour est un sentiment qui m'est toujours venu naturellement.

– Si, répondit-il lentement avant d'ajouter : Je ne sais pas. Je crois que je ne suis pas capable de partager les gens. Je les veux complètement à moi.

Le soleil se couchait déjà, le vent à la cime de l'arbre nous faisait frissonner. J'attendis que

Bear commence sa descente pour le suivre. C'était terrifiant. Je me collai au peuplier, incapable de discerner le passage que j'avais pris en montant. Je n'étais qu'à mi-chemin lorsque je vis Bear à terre, la tronçonneuse à la main, qui s'en allait déjà.

– Bear !

Il se tourna vers moi.

– Dépêche-toi de descendre ! C'est l'heure de la bière !

J'avais le visage en feu, brûlé par le vent et le soleil en dépit du froid.

– Je peux pas ! bégayai-je.

Il posa la tronçonneuse et revint vers le tronc.

– Pose le pied gauche dans le petit creux, là, conseilla-t-il avec une patience condescendante.

– Je n'y arrive pas, Ben, dis-je en utilisant le nom auquel il avait depuis longtemps renoncé.

– Mais nom de Dieu, je peux pas monter te décrocher ! Il faut que j'aille aider Luna à préparer le dîner. Débrouille-toi.

Il ramassa la tronçonneuse et s'enfonça dans la forêt, m'abandonnant dans les airs, plaqué au tronc rugueux de l'arbre dont les branches dansaient avec le vent qui s'intensifiait en s'échappant de la rivière. Le soleil planait sur l'horizon, à l'ouest, et l'écorce de l'arbre perdait de sa chaleur. J'étais à dix mètres du sol.

Juste avant la tombée de la nuit, aux dernières lueurs du crépuscule, je descendis à toute vitesse dans un accès de désespoir, dégringolant entre les branches, craignant de perdre toute visibilité et de me retrouver piégé au sommet de la falaise. J'entendais les premiers signes de la tronçonneuse *party* en traversant la forêt ; j'étais furieux, mon visage et mes mains griffés lors de la descente me brûlaient. La tronçonneuse semblait étrangement légère alors que je m'approchais de la lumière du feu de joie et du vacarme des gros rires gras.

Un petit groupe de mecs crachaient de l'essence sur le feu dont les flammes surgissaient dans la nuit balbutiante et douce, des étincelles s'éparpillant dans le bleu et le noir. Un barbu sciait son violon, produisant une musique aux accents charnels et antiques. Dans l'ombre, je vis la fosse où avait rôti le cochon, sa carcasse n'était plus qu'un amas de chair exposée et l'on piochait les lambeaux de viande avec les doigts, le visage huileux d'effort et de faim. Je me dirigeai vers le fût de bière, pesamment installé dans une congère de neige comme un gros bonhomme, et bus au robinet jusqu'à ce que je me sente chauffé par autre chose que la colère. Je crevais d'envie de quitter la fête, mais je m'aperçus que mon pick-up était bloqué par d'autres véhicules et, par ailleurs, je ne pouvais pas partir sans Nancy, où qu'elle soit. Je me mis à scruter les visages dans la pénombre ; d'épaisses volutes de fumée de marijuana flottaient dans l'air et je remarquai deux femmes allongées dans la neige où, bras et jambes tendus, elles laissaient des empreintes d'anges.

C'est Luna qui me trouva en train de vagabonder dans les bois, après que j'ai interrompu les ébats de deux amants dans la nuit, la femme penchée sur une pile de bûches que son amant pénétrait par-derrière, leurs culs luisant dans l'obscurité. Je m'étais approché d'eux sans bruit, sans même saisir alors la situation, puis redoutant qu'il s'agisse de Nancy, jusqu'à ce qu'enfin l'homme se retourne vers moi et dise : « T'attends ton tour ? » Il tenait sa bite à la main comme s'il s'agissait d'un passe-partout qu'il avait en permanence sur lui. La femme agrippa sa taille étroite et le guida à nouveau en elle, hilare.

J'avais fait demi-tour et je commençais à m'éloigner des lumières en marmonnant le nom de Nancy lorsque Luna m'attrapa l'épaule d'une main. La lanterne qu'elle tenait de l'autre se balançait, sa lumière dorée illuminant les détritus sur le sol forestier.

– Noah ! cria-t-elle. Noah !

Je tombai à la renverse dans la neige et restai assis à la regarder, cette femme que j'avais connue alors que nous étions deux adolescents maladroits, des gamins finalement, qui se bécotaient sur un matelas dans la benne de mon pick-up tandis qu'un film était projeté en plein air les nuits d'été. Je me souvins alors des lucioles qu'il m'arrivait de trouver dans ses cheveux roux et de la pâleur de sa peau blanche.

– Shelly, dis-je. Shelly, j'ai trop bu.

Elle s'agenouilla dans la neige et me toucha le visage de ses mains gantées.

– Merde, t'as le visage tout esquinté, me dit-elle.

Elle rit tendrement, les mains sous mon menton. Elle avait les yeux humides.

– Je suis tellement content pour toi, dis-je. Tu vas être une mère géniale.

J'étais sincère : l'image de Luna avec un bébé dans les bras me donnait envie de pleurer de bonheur et de désir. D'ailleurs, je me mis à pleurer, mes larmes brûlant les égratignures et entailles qui me couvraient le visage.

Dès l'instant où j'avais rencontré Nancy, j'avais eu une envie folle de devenir père, d'être papa. C'était le jour de Thanksgiving et j'avais emmené à l'hôpital ma mère qui s'était entaillé la main en découpant la dinde. Je la revois debout devant l'évier, ses doigts en sang sous le robinet, blême. « Ça va aller », m'avait-elle dit en s'empressant de bander la blessure d'une serviette. « Pas question, maman », lui avais-je répondu, et nous étions allés aux urgences où nous avions passé dix minutes dans une salle d'attente à regarder à la télé les temps forts du défilé du matin dans une ville lointaine. Puis ils l'avaient emmenée en consultation et j'étais resté à feuilleter des magazines écornés. Je m'étais ensuite levé pour arpenter les couloirs et j'avais atterri dans le service de néonatalogie, la maternité, avec ses rangées de bébés sous des petites coques transparentes ; ils n'étaient pas dans des berceaux, plutôt sur des plateaux, leurs têtes minuscules couvertes de bonnets bleus ou roses, leurs corps étroitement emmaillotés. Certains dormaient, d'autres pleuraient. Nancy passait d'un bébé à l'autre, elle les soulevait et les serrait contre sa poitrine. Elle se balançait en les tenant dans ses bras, comme si elle dansait, les lèvres toutes proches de leurs petites têtes. Je l'avais regardée, subjugué, jusqu'à ce que ma mère se retrouvât à côté de moi, le doigt pansé. Elle s'était tendrement serrée contre moi et je n'avais ressenti aucun embarras. Nancy ne s'était pas aperçue de notre présence.

– Tu étais un si beau bébé, m'avait dit ma mère. Nous t'aimions avant même que tu naisses.

Je n'avais rien dit, mes yeux restaient rivés sur Nancy, mon corps soudain souple et détendu parmi les bruits de fond de l'hôpital, la fraîcheur et l'obscurité relatives du bâtiment. Cette belle femme tanguait devant mes yeux, derrière la baie vitrée géante qui nous séparait de tous ces petits visages. Je m'étais senti agréablement groggy.

– Ton tour viendra, m'avait dit ma mère.

Mais avant même d'avoir consulté un médecin à ce sujet, je pressentais que je ne pourrais jamais concevoir, que quelque chose était brisé en moi.

J'aurais pu trouver un semblant d'explication en pointant du doigt certains épisodes de ma vie – le bout cranté d'un patin à glace, les chaussures à crampons d'un joueur de football américain en pleine course offensive, des épisodes au cours desquels mon anatomie avait subi des assauts ciblés. Plus mes désirs de paternité s'exacerbaient, plus je comprenais confusément que si je devais élever un enfant, il ne serait pas le fruit de mon patrimoine génétique. Je serais un père de substitution, pour ainsi dire. Ainsi donc, résigné à cette insuffisance en moi, je m'étais mis à attendre que des orphelins entrent dans ma vie, comme autant de silhouettes de lumière dorée.

J'étais revenu à l'hôpital le lendemain et j'étais allé voir Nancy, un bouquet de fleurs à la main. Ses collègues avaient rougi puis discrètement applaudi, leurs yeux valsant d'incertitude. Je sortais de chez le coiffeur et j'étais même allé dans le magasin local de vêtements pour hommes, où j'avais acheté une veste de costume bleu marine aux boutons en cuivre brillants. Elle avait un bébé dans les bras, évidemment. Une petite Daphné.

Shelly inspira profondément et me dit :

– Je veux partir, tu peux m'emmener ?

– Pourquoi ?

Avec ses doigts, elle essuya mon visage humide.

– Allons-y, me dit-elle en m'aidant à me relever.

– Il faut que j'aille chercher Nancy, insistai-je.

– Non, n'essaie pas de la chercher.

– Je suis bien obligé. Elle est venue avec moi. Je l'aime.

L'ambiance autour du feu de camp s'était emballée et, en contournant la fête, on vit un homme jongler avec trois tronçonneuses. Les machines grinçaient, grondaient, et chaque fois que l'une d'elles lui passait entre les mains, il faisait vrombir le petit moteur, et les dents de la scie se mettaient à tourner, brillantes et acérées dans la lumière noircie. Le violoniste transpirait abondamment bien qu'il fût torse nu et l'archet responsable de la musique s'échappant dans la nuit s'activait furieusement sur les cordes froides de l'instrument. On passa à côté de la fosse où il ne restait plus rien du cochon, hormis la tête d'un animal grotesque et quatre sabots figés.

À l'intérieur de l'église, les bougies vacillaient sur les rebords de fenêtres et de nombreux corps étaient étendus sur le sol. Un type déambulait entre eux, des buvards d'acide à la main. Les suppliants tiraient la langue comme pour accepter l'hostie. Ils écoutaient un opéra qui grésillait en sortant du pavillon ornementé d'un phonographe dont la manivelle était actionnée avec brio par un mec dans la pénombre.

Je les trouvai sur un lit au grenier. Nancy chevauchait son visage, la barbe de Bear tel un nuage autour de son sexe. C'est la dernière fois que je la vis, les mains agrippant sa tête et ses cheveux, ses doigts à lui dans sa bouche, sa poitrine lourde et belle dans cette église où la lueur du feu de joie pénétrait par les grands vitraux et transformait cet endroit en une espèce d'horrible hallucination que je n'oublierai jamais.

Shelly m'attendait devant l'église, un sac à la main.

– Je pourrais tout faire cramer, me dit-elle.

– On y va, répondis-je en prenant son sac et en le lançant dans la benne de mon pick-up.

– Ta voiture est bloquée.

– Attends-moi au bord de la route.

Elle partit dans le noir ; je montai dans le véhicule et fis ronfler le moteur. J'enclenchai la marche arrière et j'accélérai à fond. Les grosses barres noires de mon pick-up poussèrent la voiture derrière moi et la projetèrent dans le véhicule suivant. J'entendis des bruits de verre brisé et de métal froissé. Je passai la marche avant, fonçai dans la voiture devant moi qui fit un bond de trois mètres et se retrouva vers le feu de camp. La musique cessa aussitôt et les trois tronçonneuses volantes tombèrent dans la neige. J'enclenchai à nouveau la marche arrière et esquintai un autre véhicule avant de parvenir à rejoindre la route. Shelly monta prudemment, en se tenant le ventre. On quitta l'église désaffectée, les automobiles accidentées, le feu de joie, le cochon, les nouveaux amants et le soprano italien désincarné qui continuait à hurler dans la nuit.

J'ai élevé Samuel avec amour et passion et, même si en grandissant il me rappela d'innombrables fois son père au même âge, je fus parfois réconforté par le bleu profond de ses yeux et ses cheveux bruns. Lorsque Samuel et moi allions pêcher ou nous balader dans les bois en quête de morilles ou de pousses de fougère comestible, il m'arrivait de l'observer à la dérobée et de voyager dans le temps, dans un passé où Bear et moi étions des amis proches explorant ensemble le monde.

Bien des années après cette tronçonneuse *party*, nous passâmes près de l'église un après-midi froid et ensoleillé de solstice d'hiver. Nous avions le cœur léger, c'était une promenade dans la campagne avec suffisamment de distances temporelle et psychique pour que ni l'un ni l'autre, sans doute, ne se souciât d'apercevoir Bear ou Nancy dans le lointain, traînant leurs propres enfants sur une luge dans la neige de décembre. « J'aimerais jeter un coup d'œil », avait dit Shelly. Nous étions donc montés tous les trois dans le pick-up et avions pris la direction du sud-ouest vers le fleuve. Mais il n'y avait pas de fête. Aucune cacophonie de tronçonneuse ne troublait les bois environnants et l'église semblait abandonnée, une grosse planche condamnant les deux battants de la porte d'entrée. La peinture blanche du clocher et de la chapelle était salement écaillée, quelques carreaux étaient brisés ou craquelés en forme de toiles d'araignée.

– Je me demande où ils sont, dis-je.

– Qui ? demanda Samuel.

– De vieux amis, répondit Shelly sans la moindre tendresse.

– Ta maman habitait ici.

Samuel se tourna brusquement vers Shelly et la dévisagea.

– Dans cet endroit ?

– Tu as bien failli naître ici, lui dit-elle.

– Heureusement que non, renvoya-t-il en gigotant sur sa banquette. Ça a l'air hanté.

Puis nous partîmes, loin de l'église, du lieu où s'étaient déroulées toutes ces tronçonneuse *parties*. Des années plus tard, j'appris que la brigade des pompiers l'avait incendiée et réduite en cendres. J'avais rencontré un pompier bénévole à un mariage, il m'avait très précisément décrit l'église et dit :

– Après l'avoir allumée, elle s'est embrasée d'un coup et, ensuite, c'était incroyable, des centaines de serpents sont sortis de sous le bâtiment et la moitié de la brigade a pris ses jambes à son cou. J'ai jamais rien vu de pareil.

– Avant, ils faisaient de grandes fêtes dans cette église, avais-je répondu, des tronçonneuse *parties*. C'est comme ça que j'ai rencontré ma femme.

## Un goût de nuage

Assis sur la balancelle de la véranda, le grand-père et son petit-fils regardaient tomber la pluie. Ils oscillaient au rythme du vieil homme. Les pieds ballants et les lacets défaits du garçonnet étaient à plusieurs centimètres du plancher de la véranda branlante. L'eau s'accumulait dans les sillons du chemin de terre de part et d'autre d'une bande d'herbe ; à côté de la grange, les poules agitaient la tête en caquetant doucement, puis se déplaçaient sur la pointe des pattes pour attraper des vers de terre dans le sol noir saturé. Un drapeau pendait lourdement sur son mât rouillé et bancal.

– Où est ma maman ? demanda le garçon sans tristesse apparente.

Il s'essuya le nez et regarda le vieil homme qui se contenta de détourner ses yeux bleu pâle et de les cligner lentement.

– Papi ?

Le grand-père attira son petit-fils vers lui et caressa la petite tête blonde de sa vieille main épaisse. Elle avait du retard, un jour de retard, et les numéros de téléphone qu'il avait composés étaient restés sans réponse. Il ne pouvait pas en conclure qu'elle courait un danger : elle avait le diable au corps et l'avait toujours eu. Elle déposait le garçon chez lui les vendredis après-midi, comme un colis. Sans laisser ni nourriture, ni jouets, ni même parfois de vêtements de rechange. Comme si un vieillard s'y connaissait en matière de garde d'enfant !

Ainsi, les vendredis soirs, ils allaient en ville, dînaient dans le restaurant à côté de la voie ferrée, regardaient passer les trains de marchandises et partageaient une coupe de glace. Ils se rendaient à la droguerie où ils achetaient des petites voitures et des tracteurs, des slips de garçon, des chaussettes épaisses, des tee-shirts et des sweats. L'enfant s'endormait, allongé sur la banquette du pick-up tandis qu'ils cahotaient sur les routes de campagne en direction de la ferme en jachère. Le vieil homme se garait et se donnait le temps d'admirer son petit-fils avant de le prendre dans ses bras et de le porter à l'intérieur où il le couchait dans son propre lit. Il le bordait en tirant la couverture de laine grise sur ses épaules, l'embrassait sur le front, touchait ses petites oreilles d'enfant. Puis il s'asseyait, écoutant le tic-tac de son réveil et attendant le bruit de la voiture de sa fille dans l'allée en gravier, jusqu'à ce qu'il finisse par aller dans la cuisine se servir une tasse de café froid. Il se tordait les mains et se demandait silencieusement comment il avait pu rater ainsi son éducation.

– Attends deux secondes, lui répondit le vieil homme. Bouge pas, je reviens dans deux secondes.

– Papi…

Le grand-père détecta dans le ton hésitant de son petit-fils un soupçon de peur à l'idée d'être abandonné, ne serait-ce qu'une seconde. Le garçon le regarda de travers.

Le vieil homme se dirigea vers la porte-moustiquaire de l'entrée et se racla la gorge.

– Faut que j'aille faire pipi.

Le garçonnet acquiesça d'un air incertain et le grand-père entra en prenant soin de ne pas faire claquer la moustiquaire. Il traversa le salon avec son poste de télévision archaïque, son horloge et ses peintures de canards, ses appeaux poussiéreux, ses têtes de cerf empaillées et ses meubles fatigués. Il entra dans la salle de bains, ferma doucement la porte, et essuya quelques perles de sueur sur son front. Peut-être ne rentrera-t-elle pas cette fois-ci, songea-t-il. Son urine s'écoulait en jets saccadés. Il se dressa ensuite devant la glace, se lava les mains et se regarda : cheveux blancs, vaisseaux sanguins éclatés sur le nez et les pommettes, peau flasque sous le menton comme celle d'une dinde, une barbe de deux jours. Je devrais soigner mon apparence pour lui, se dit-il. Il faut que je sois fort.

Il entendit une voix fluette en provenance de la véranda :

– Papi, papi, papi…

Il trouva une timbale dans la cuisine, puis revint à pas feutrés vers l'enfant, assis sur la balancelle, qui lui sourit.

– Tiens, dit-il en lui tendant la timbale.

– Elle est vide, protesta le garçon.

– Tu as déjà bu de l'eau de pluie ?

– Non. Maman me laisse pas sortir quand il pleut.

– Eh bien, moi, je te donne la permission.

– Ça va, j'ai pas très soif.

– Bon, d'accord, mais va m'en chercher une tasse.

L'enfant glissa de la banquette et s'approcha du bord de la véranda, où l'escalier menait au terrain envahi d'herbes et de pissenlits. Il tendit la timbale. La pluie tombait lentement de l'avant-toit en grosses gouttes régulières. Le vieil homme s'approcha de la balancelle et le regarda, les bras croisés. Éduquer ses enfants, se souvint-il, consiste à imaginer des tâches, des petites missions, des jeux.

– Non, lui dit-il, il faut aller sous la pluie. Je veux de l'eau fraîche. Pas celle qui a traîné sur le toit. Allez, vas-y. N'aie pas peur de te mouiller.

Le garçonnet lui obéit, les gouttelettes noircissaient son tee-shirt bleu. La pluie lui lissait les cheveux.

– C'est tiède, dit-il en riant.

Le vieil homme sourit dans sa barbe.

– Allez, va me chercher de l'eau de pluie fraîche.

L'enfant s'éloigna davantage de la véranda, un épais banc de nuages gris pesait lourdement au-dessus de lui. Il tenait la timbale à bout de bras, puis il la brandit au-dessus de sa tête.

– Papi ? Quel goût ça a, la pluie ? cria-t-il.

– Un goût de nuage, j'imagine. De nuage, principalement.

Le petit baissa la tasse et regarda à l'intérieur.

– Ça suffit ?

– Bien sûr que ça suffit. Apporte-la. Si tu veux pas la boire, je m'en charge, t'en fais pas pour ça.

Le garçon grimpa les marches de la véranda en faisant bien attention de ne pas renverser d'eau. Il donna prudemment la timbale à son grand-père, s'empressa de le rejoindre sur la banquette et s'assit, les mains sur les genoux, les yeux posés sur lui.

Le vieil homme prit le temps d'observer l'eau dans la timbale entre ses mains. Je me demande si j'ai déjà goûté de l'eau de pluie, songea-t-il. Il essaya de se rappeler un après-midi d'été sur le tracteur, une soirée de printemps lors d'une promenade avec son épouse en ville, ou même une journée à la guerre : il aurait ouvert la bouche en quête d'une goutte de pluie, tendu son casque comme une tasse et sa jeune langue aurait léché ses lèvres enduites d'eau de pluie. Mais rien ne lui revint à l'esprit.

– Papi ?

– La première gorgée est pour toi. Vas-y. C'est toi qui l'as recueillie, c'est toi qui dois la boire.

– Vraiment ?

– Bien sûr. Elle est pour toi.

Le garçon porta la tasse à ses lèvres et avala bruyamment une petite gorgée, sous le regard de son grand-père.

– Alors ?

– C'est bon. Oui, je crois que ça a bon goût. T'en veux un peu, papi ?

– Bien sûr que oui. Donne-moi ça.

Ils restèrent ainsi, bercés par le vieil homme, sa main droite posée sur l'une des chaînes rivées au plafond de la véranda. Une odeur d'ozone flottait dans l'air et la pluie redoubla de violence. La foudre lointaine faisait frémir la terre, accompagnée du grondement guttural du tonnerre. Le garçon se rapprocha de son grand-père, éliminant le peu de distance qui les séparait encore. Le vieil homme posa la main sur sa tête ; l'air était chargé d'électricité, leur peau moite, les poils de leurs bras au garde-à-vous, ils étaient comme deux chats effarouchés.

Le vieil homme porta la timbale à ses lèvres et but à petites gorgées. Un éclair bleu incandescent déchira le ciel à environ un kilomètre d'eux et le tonnerre qui écorcha leurs oreilles moins d'une seconde plus tard était d'une violence incroyable qui les fit sursauter. L'air grésillait. Le vieil homme pensa à sa fille. Était-elle en route vers eux, ses essuie-glaces balayant frénétiquement l'eau vers la ligne jaune au centre de la voie ? Était-elle défoncée allez savoir où, une ceinture sanglée autour de son bras malingre et pâle, ses yeux mi-clos, vautrée sur une chaise dont elle glissait pour finir sur un plancher crasseux ? Dans une chambre de motel avec deux inconnus, à siroter sa boisson préférée, le Southern Comfort, dans des gobelets en plastique transparents, au rythme des tapotements et raclements d'une carte de crédit traçant de fines raies blanches sur la table de chevet ? Ou pire encore : dans un fossé, au fond d'une cave sordide, dans le coffre noir et étouffant d'une voiture, dans un car Greyhound, à l'hôpital… où, mais où ?

Il finit l'eau de pluie et se mit à se balancer plus fort. Il étreignit vigoureusement l'enfant, posant ses lèvres sur le sommet de sa tête.

– Allez, dit-il. Rentrons. Tu vas prendre un bain bien chaud et on va mettre tes habits dans le sèche-linge.

– Papi, est-ce qu'on peut goûter les nuages ?

Le vieil homme regarda le chemin inondé et tint la timbale, si petite, entre ses mains.

– Papi ?

– Allez viens, je ne te le dirai pas deux fois.

À l'intérieur, il fit couler un bain chaud, la vapeur réchauffait la petite salle de bains carrelée de blanc. Derrière lui, le garçonnet se déshabilla puis il se dressa sur la pointe des pieds pour faire pipi dans les WC. Quand le vieil homme se leva, secouant sa main rougie pour la sécher, son petit-fils se tenait nu comme un ver, pâle et souriant. Le vieil homme lui tendit un pain de savon tout neuf.

– Appelle-moi quand tu auras fini, je t'apporterai une serviette bien chaude, dit-il en détournant les yeux.

Il y avait si longtemps qu'il n'avait pas vu quelqu'un de nu, encore moins un enfant.

– Je vais mettre tes habits dans le sèche-linge.

Au sous-sol, il fourra la boule de vêtements mouillés dans le sèche-linge et le mit en marche. Les murs blanchis à la chaux suintaient d'eau de pluie et, dans les coins sombres de la pièce humide, un criquet invisible se faisait faiblement entendre. Il poussa un grand soupir. Un autre coup de tonnerre, encore plus près de la maison. La lumière de l'unique ampoule vacilla. Les planches au-dessus de sa tête se mirent à trembler. Il monta l'escalier doucement. L'eau continuait de couler dans la baignoire et le garçonnet parlait, *chantait* même tout seul.

Le vieil homme sortit sur la véranda et massa ses épaules osseuses. Il écailla la peinture du plancher avec ses bottes, soulevant de grosses plaques qu'il envoya dans le jardin. Il s'assit lourdement dans la balancelle, regarda son allée se transformer en ruisseau éphémère, et attendit que son petit-fils l'appelle.

# Sven & Lily

Sven mesurait deux mètres dix. C'était une grande asperge avec une petite bedaine et une chevelure abondante et ridicule qu'il ne cessait de peigner. Dans les bars, il se tenait à l'écart de la mêlée du comptoir, se regardait dans la glace derrière les bouteilles et coiffait ses cheveux en une espèce de vague géante qui lui rajoutait une dizaine de centimètres. Sven et ma femme étaient ensemble à la fac de médecine et elle s'était mise en tête que nous devions nous fréquenter, devenir copains, comme on le fait avec des gamins ou des chiens, peut-être, je ne sais pas… Histoire de rapprocher deux éléments jusqu'à ce qu'ils n'en fassent plus qu'un.

Sven était un mec bien et, au début, je ne savais pas si nous étions destinés à être amis. Il était intelligent. Au moins dix fois plus que moi. Il lisait des biographies de présidents pour le plaisir, avait des opinions bien arrêtées sur l'Église épiscopale, le rendement énergétique et même la façon de réussir un barbecue à la mode du vieux Sud. Il ne donnait pas l'impression d'être du genre à aimer picoler, fumer, ni mater les femmes. Et il était grand. Il faisait près de quarante-cinq centimètres de plus que moi. Il m'appelait Lily, diminutif de « Lilliputien ». Sven fut le premier à me donner un surnom, même ma femme ne m'appelait ni « chéri » ni « mon cœur ». Quand nous étions dans un bar à jouer au billard ou aux fléchettes, il ne m'appelait pas Lily parce qu'il ne voulait pas que les gens s'imaginent qu'il me trouvait petit, que je méritais un nom de fille, ou Dieu sait quoi. Mais je m'étais fait à ce nom et lorsqu'on me demandait comment je m'appelais, si j'avais quelques verres dans le nez, il n'était pas exclu que je réponde Lily.

Nous sommes devenus de vrais amis, Sven et moi. Nous veillions l'un sur l'autre. Comme des frères, mais en plus proches, car la plupart des frères que je connais ne sont pas aussi proches que nous l'étions. Sven aurait fait n'importe quoi pour moi. Il était loyal et fiable, ça ne fait pas l'ombre d'un doute. Le genre de type sur lequel on peut compter – une espèce menacée de nos jours, me semble-t-il. Il n'avait pas beaucoup de viande sur les os, mais grâce à sa silhouette élancée, il pouvait retenir les types avant qu'ils n'arrivent sur lui. Une fois qu'il les tenait, je me pointais avec une queue ou une boule de billard et finissais le boulot. Sven était un brave type. Il n'était jamais à l'origine de ce genre de situation et je ne veux pas donner l'impression qu'on était toujours dans des bagarres, ce serait faux.

Mais ça nous arrivait.

Sven n'aimait pas se battre. Les teignes le cherchaient parce que c'était un géant et les teignes ont toujours envie de coller un pain aux géants. Au final, nous sympathisions souvent avec les sales types. Sven les piégeait dans le lasso de ses longs bras, les attirait vers lui et les faisait sourire.

« Tu vois, disait-il, c'était idiot. Mais rigolo. Faut réussir à me foutre par terre ! Tu peux pas t'attaquer à une tour en escaladant les murs. Faut la dynamiter ! Mais je vais te dire une chose, Spider, je t'aime bien ! T'as une sacrée gnaque ! »

Sven avait le don de retenir les noms. Lorsqu'il vous rencontrait, il scrutait votre visage en vous serrant la main et prenait un Polaroïd mental. Il entrait dans un bar et devenait copain avec tout le monde, apprenait le nom des uns et des autres. Il pouvait se faire aimer de n'importe qui. Un moment, un mec menaçait de lui balancer une chope de bière sur le menton ; le moment d'après, Sven le cravatait et frottait son cuir chevelu de ses doigts osseux en demandant :

« Comment tu t'appelles, hein ? Dis-moi ton nom ! J'arrêterai pas avant d'avoir un nom ! »

Le gars finissait par craquer, épuisé et gêné :

« Et merde ! C'est Spider ! C'est bon maintenant, putain ? Je m'appelle Spider.

– Bon, d'accord Spider, répondait Sven. Je crois que tu nous dois un verre, à mon pote et à moi. »

C'est ainsi que Spider, ou Dieu sait qui, nous payait à boire et, en sortant du bar, on pissait tous ensemble dans l'allée, ou on titubait jusqu'au KFC du coin pour partager un bucket de poulet. Sven avait réussi à l'enrôler dans notre armée éphémère de complices de beuverie.

Il était comme ça, Sven. Avant d'étudier la médecine, il avait obtenu un diplôme d'ingénieur. Trop intelligent, le mec. Il savait construire un pont ou un putain de moteur, tout en te donnant des conseils pertinents pour déclarer tes impôts ou développer une invention que ton père avait gribouillée sur une serviette en papier. Son esprit obéissait à une logique de mathématiques et d'angles. Il me disait qu'il aimait bien ma compagnie parce que j'avais un centre de gravité proche du sol. Il m'appelait son « pitbull Lily » si bien que je me suis mis à me voir comme ça, comme un pitbull. Comme si le pitbull était devenu mon animal totem – une sorte d'emblème ou d'insigne qui reflète votre personnalité plus fidèlement que vous-même. J'avais même commencé à me comporter comme un chien, la tête rentrée dans les épaules. La nuit, je faisais des pompes et des abdos jusqu'à faire disparaître mon bide ; il ne me restait plus que des muscles. Je commençais à ressembler à un quaterback.

Sven était le genre de type que votre épouse vous encourage à fréquenter parce qu'elle ne voit que ses bons côtés et pense que si vous devenez copains il déteindra un peu sur vous. Ma femme pensait qu'il sortait de la cuisse ou du trou de balle de Jupiter. S'il pétait, elle entendait une chorale ou les longues notes étouffées d'un orgue d'église.

Nos gamins adoraient Sven. Ils adoraient son nom de cartoon, sa coiffure de cartoon, sa taille de géant de cartoon. Ils se balançaient aux lianes de ses bras comme à un portique dans un parc de jeu. Ils hurlaient de rire en voyant la grandeur de ses mains. Glissaient leurs pieds miniatures dans les sombres grottes de ses chaussures et riaient à se faire pipi dessus en traînant ses savates dans notre maison, ou dans l'appartement de Sven et Tessa.

Ma fille l'adorait, ce qui ne faisait qu'étayer la théorie de ma femme sur la magie de sa personnalité.

– Monsieur Sven ? avait demandé Lola un jour où il nous rendait visite.

– Oui, ma puce.

– Est-ce que tu aimes les cookies des Éclaireuses ?

– J'adore les cookies des Éclaireuses.

– Est-ce que tu veux acheter mes cookies ?

– Bien sûr. T'as des biscuits à la crème ?

– Non ! avait rigolé Lola.

– T'as des… gaufrettes à la vanille ?

– Non !

– T'as des… biscuits chocolat menthe ?

– Oui !

– D'accord. Je t'en commande cinq paquets.

Lola avait frappé dans ses mains et s'était levée d'un bond. Puis sa timidité l'avait rattrapée et elle avait croisé les bras. Elle l'avait examiné de la tête aux pieds.

– Combien tu mesures, monsieur Sven ? avait-elle demandé en pouffant.

– Dix mètres, avait-il répondu avec sérieux et nonchalance.

– Non ! avait-elle hurlé. Combien tu mesures, *pour de vrai*, monsieur Sven ? Combien ?

– Attends que je réfléchisse, avait-il dit en sirotant sa bière, cinq mètres.

La bouche de Lola s'était ramollie et avait dessiné une espèce de O interloqué. Elle s'était approchée de ma femme, Nadine, et lui avait chuchoté dans l'oreille :

– Monsieur Sven mesure cinq mètres. En plus, il va m'acheter cinq paquets de cookies !

– Il est très grand, lui avait répondu mon épouse en faisant un clin d'œil à Sven tandis que je débarrassais les bouteilles de bière et de vin vides et balayais les miettes de Lola dans le creux de ma main.

Sven aimait jouer au billard américain. Peut-être parce que sa taille lui autorisait tous les coups sur la table. Ses longs doigts formaient de parfaits chevalets. Son cerveau d'ingénieur calculait les meilleurs angles, raccourcis et manières de marquer. Son cerveau de médecin décortiquait la logique et la pratique des tirs les plus géométriques. Son seul handicap provenait des lampes, suspendues très basses sur les tables de billard verdoyantes. Il m'arrivait de maintenir la lampe sur le côté pour lui permettre de s'étirer sur la table comme une mante religieuse.

– Saleté de lampes, disait-il en montrant les balafres sur son front, résultat d'une série de collisions avec divers objets suspendus.

Nous sommes devenus amis, de vrais amis, en jouant au billard. Deux adultes en orbite autour du tapis vert. On disposait l'arc-en-ciel de billes. On faisait tourner la queue sous un cube de craie bleue. On programmait le jukebox. Wilson Pickett. Sam and Dave. Gladys Knight and the Pips. Les Rolling Stones. Nous n'entrions jamais dans un pub sans une bande-son en tête. Et j'appréciais Sven car il était très réglo, ce qui est rarement le cas dans les troquets. On se payait des tournées à tour de rôle et on se donnait de la monnaie pour le Wurlitzer. Quand nous avions une panse pleine de bière et que nous devions rentrer auprès de nos femmes, nous allions casser la croûte et réglions l'addition une fois sur deux. Sven veillait sur moi et j'essayais de lui rendre la pareille.

Je savais qu'avec moi il pouvait se lâcher. Cesser de se cantonner au rôle de futur docteur ou d'ancien ingénieur. Il pouvait déconner un peu. *Jouer* au con, en tout cas, se bastonner ou se frotter à un jupon dans un bar sans s'inquiéter que ça arrive aux oreilles de sa femme. S'il se faisait égratigner en se bagarrant, je disais à Tessa qu'il avait bu une bière de trop et qu'il s'était cogné la tête à une lampe de billard. Ce genre de truc.

– Il est tellement grand, disait-elle en hochant la tête et en enlaçant sa fine taille.

Sven était son bébé. Son super bébé trop grand et maigre. Parfois, en fin de soirée, je l'entendais lui parler, en lui chuchotant à l'oreille, presque comme on parle à un nourrisson, une poésie de mélasse et de sirop d'érable. Elle avait de longs ongles vernis d'un bordeaux sombre avec lesquels elle caressait son long visage un peu niais. Mais j'aimais beaucoup Tessa. Sven méritait une femme comme elle.

Je crois que Sven m'appréciait parce que je savais où trouver le grabuge et comment m'en approcher sans me faire brûler ni balafrer. Sven et ma femme étaient plus âgés que les autres étudiants de leur promotion, qui n'étaient que des gamins à la peau grasse couverte d'acné. Ils en étaient encore à se frotter les uns aux autres dans des bars hors de prix, où ils échangeaient leurs maladies comme des cartes de base-ball à collectionner. Sven et Tessa venaient chez nous presque une fois par semaine pour dîner ou pour un brunch, mais avec Sven, nous ne rations jamais notre sortie hebdomadaire.

– Vous passez beaucoup de temps ensemble, Sven et toi, me disait ma femme. Devrais-je être jalouse ?

– Non, le pauvre a juste besoin de décompresser.

– Sven ? Y a pas un poil de pression chez lui. Il est relax.

– J'en suis pas si sûr. Je l'ai vu péter un plomb une ou deux fois.

Je me gardais de mentionner les bagarres, les dégueulades dans la rue, le joint occasionnel dans les toilettes.

– Je n'y crois pas, me répondait-elle avec sérieux. Les ingénieurs n'ont pas d'agressivité en eux.

– Ouais, mais il va être docteur, protestai-je. Les docteurs ont un sacré ego. Ils ont besoin de décompresser. Avec tout le stress que vous subissez.

– Pas Sven. Il est doux comme un agneau.

Ça m'énervait, pour tout dire, son incapacité à le voir comme je le voyais. J'imagine que ça me rendait jaloux, comme si je valais moins que lui. Ce savoir me pesait, aussi, et s'il ne s'était pas agi de Sven, je jure que j'aurais traîné la perception de Nadine dans la boue. Mais quand on connaît quelqu'un comme Sven, on le défend, car on a envie qu'il y ait des mecs bien dans ce monde et ça n'avance à rien de les réduire à quelque chose d'aussi vilain et laid que tous les autres.

– Ouais, lui disais-je. T'as sans doute raison.

Un soir, je suis allé chercher Sven dans ma vieille Toyota Camry. Il lui a fallu longtemps pour plier ses membres à l'intérieur de la petite voiture, même avec le siège passager reculé au maximum. Il a parcouru la ville les genoux collés au torse. Il a descendu la vitre et je l'ai regardé laper les premières bouffées d'air printanier, comme un golden retriever heureux, les joues et les lèvres battant presque au vent, les gencives rose vif, ses dents trop grandes d'un blanc immaculé. J'ai glissé la langue sur les miennes, tachées de jaune brun à cause d'un excès de café et de la manie de chiquer que je gardais secrète de tous sauf de Sven. Je lui ai offert la blague à tabac. Il adorait chiquer avec moi et il s'était mis à apporter sa brosse à dents lors de nos sorties pour pouvoir se laver les dents avant que je le ramène chez lui auprès de Tessa.

Il a pincé une bonne dose de tabac qu'il a fourré entre ses molaires, puis il a souri comme un rongeur et nous avons craché tous deux par la vitre en prenant soin de ne pas strier la voiture de jus brun moucheté de grains de tabac. La preuve de nos facéties.

– Bon, a lancé Sven en frappant en cadence sur le toit de la voiture japonaise, qu'est-ce qu'on fait, ce soir, nom de Dieu ? On se tape un billard ? Une partie de fléchettes ? Comment tu le sens, Lily ? Hein ? C'est quoi ton plan, Lily-man ?

Il se trouve que j'avais effectivement un vague plan pour la soirée. J'avais entendu parler d'un bar en rase campagne, à une demi-heure de route, avec une table de billard sur laquelle Minnesota Fats avait joué et dont le nom était soi-disant gravé sur le bord comme un putain de testament de Dieu.

Sven semblait appâté.

– Je veux toucher son nom, a-t-il dit avec une certaine gravité. Je veux faire une tuerie sur cette table, je veux caramboler toutes les billes dans les trous à lapin.

Il a craché dans la campagne que nous traversions déjà, le ciel pesant sous les ailes des bernaches du Canada, le monde parfumé de fumier de vache fraîchement épandu. J'étais heureux de voir Sven si insouciant, avant même de boire une bière et de jouer au billard. Avant même d'entrer dans la pénombre saturée d'un autre bar rectangulaire comme un bunker, avant même de composer des chiffres et des lettres sur un nouveau jukebox. Notre petite voiture était un putain de missile, un missile à deux passagers en quête de billard, programmé vers une cible joyeuse.

Le bar, à la croisée des chemins de campagne et des champs de soja, possédait un parking en gravier et une abondance de néons aux fenêtres qui lui donnaient une allure de navire-casino pirate échoué dans la prairie déserte. À côté de toutes les Ford et Chevrolet du parking, la Toyota avait l'air complètement déplacée. Nous crachions le tabac, nous étions étourdis, chauffés, assommés.

Sven est entré en premier, baissant la tête sous le chambranle trop bas pour lui ; je l'ai suivi comme une ombre de milieu d'après-midi, plus courte que l'original. Nous avons trouvé des tabourets et commandé deux pressions en balayant la salle du regard. La table était tout au fond, sous un cône de lumière jaune, son tapis n'était pas du vert Technicolor des nouvelles tables, il était pâle, usé, avec quelques accrocs et taches, ses bandes défoncées, malmenées. Un vrai bac à gravier envahi par les mauvaises herbes.

– Les boules vont filer, a commenté Sven.

– Cette table a connu des jours meilleurs, ai-je dit. Bon, je vais m'attaquer au jukebox.

C'était un jukebox de plouc-ringard bourré de singles démodés, presque une capsule témoin pour l'enseignement de l'histoire de la musique country et western. J'ai choisi les standards : Hank Williams, Patsy Cline, Merle Haggard, Bob Wills, puis quelques tubes vaguement récents pour contenter la clientèle plus jeune : Clint Black, George Strait et Garth Brooks, mais j'évitais la daube pour pré-ados comme la peste.

Sven s'était approché de la table. Les billes ressemblaient à de gros confettis sur le tapis éculé, il les a râtelées dans le triangle. Puis il a fait le tour de la table en palpant toutes les surfaces de ses mains, comme ils font dans les films quand ils cherchent un passage secret. Je l'ai observé du jukebox ; j'avais déjà presque fini ma pinte.

Il s'est soudain redressé en criant :

– Ça y est ! Je l'ai trouvé !

– Super !

J'ai commandé une nouvelle tournée avant de le rejoindre.

Le nom de l'homme était inscrit à côté de la fente pour les pièces. Quatre lettres, grossièrement gravées dans le bois : FATS. J'ai touché le nom et une décharge électrique m'a traversé, hérissé les cheveux les plus fins, recourbé les orteils. J'avais touché la tombe de Jim Morrison, lors de vacances avec ma famille en France. C'était pareil. Comme Dieu et Adam s'effleurant les doigts sur la peinture du plafond de la chapelle Sixtine. L'électricité.

– Ça alors… a murmuré Sven d'un air approbateur en grattant les rares poils qui couraient sur ses joues. Combien de tables de billard au monde peuvent se vanter de s'être fait casser les boules par Minnesota Fats ? Hein ? Pas des millions, d'après moi.

Nous avons pensivement hoché la tête et bu de grosses gorgées de bière. Puis Sven m'a fait signe. J'ai choisi une queue adossée au mur et cassé.

Un bar est parfois comme un cocon, ou un ventre, un endroit qu'on aimerait ne jamais devoir quitter. Il y a tout ce qu'il faut : bière fraîche, musique connue, pizza surgelée fine comme du papier-cigarette et, avec un peu de chance, des noix de cajou tièdes. Du base-ball ou du football à la télé. Des bocaux de viande séchée. Des pieds de porc en saumure. Si t'es un mec bien, que tu mets des chansons dans le jukebox et que tu te mêles de tes oignons, les gens prennent soin de toi, comme nulle part ailleurs. Possible que le patron offre sa tournée ou que la serveuse dise qu'elle aime tes goûts musicaux et te glisse un billet de cinq pour continuer à faire ronronner la machine.

Je suis allé au comptoir commander d'autres bières, en laissant Sven au billard, où il positionnait les billes dans le triangle. Il aimait faire ça. Il affirmait qu'un triangle mal agencé était comme de mauvaises fondations et faussait la partie, la rendait douteuse. Il s'y prenait bien, du reste, je l'avais vu repositionner les billes cinq, six ou sept fois, s'acharnant à ce qu'elles soient bien *comme il faut*. Il les faisait rouler un long moment sur le tapis puis les figeait brusquement.

– Deux autres, ai-je dit à la serveuse.

C'était une femme âgée, au visage ingrat – un filtre de cigarette pendouillait entre ses lèvres gercées.

– On dirait que ton copain s'est trouvé de la compagnie, a-t-elle dit en montrant le billard.

J'avais détourné les yeux un seul instant, mais une belle blonde s'approchait de Sven en se déhanchant langoureusement, un jean moulant sur de très longues jambes. Elle offrait un spectacle péniblement merveilleux. Son tour de taille était ridiculement fin et même de là où j'étais, à l'autre bout du bar, à travers la gaze et le tulle de fumée de cigarette, je remarquai qu'elle avait les pommettes hautes et des lèvres gonflées comme si elle s'était fait piquer par des abeilles : elle m'a fait penser à une ballerine russe.

« D'où sort-elle, celle-là ? » me suis-je demandé en buvant rapidement et en essayant de comprendre ce que je voyais.

– Je vous conseille de faire gaffe, m'a confié la serveuse, cette fille est une sacrée mangeuse d'hommes. Elle les avale tout cru. Elle en est déjà à son troisième divorce.

J'ai levé trois doigts en haussant les sourcils. La serveuse a solennellement acquiescé.

– Elle me paraît un peu jeune pour ça, ai-je suggéré sans grande conviction.

– Elles commencent jeunes, dans le coin. Enfin bref, je te conseille de surveiller ton copain.

– Oh, Sven est assez grand.

La fille était proche des queues, elle les a touchées avant d'en choisir une parmi la forêt de possibilités, puis elle s'est dirigée vers la table. Le visage de Sven s'est fendu en un sourire aussi énorme que benêt, comme s'il avait gagné au loto ou trouvé un billet de vingt dollars sur le trottoir.

Je n'aurais peut-être pas dû, mais j'ai quitté le bar à ce moment précis pour aller chiquer et boire mon verre en paix. Une fille comme ça sortait tout droit d'un rêve ou d'un film et je ne voulais pas surveiller Sven, ni être présent pour ce qui risquait de se passer. La scène avait un caractère quasi pornographique et je refusais d'en être spectateur, même si le reste des clients ne se gênaient pas, ils se rinçaient l'œil tant qu'ils pouvaient. Non, pour ma part, j'en avais assez vu, merci bien. Sven se lançait dans un secret dont je préférais ignorer les détails. Je n'aurais pas à mentir à Nadine à propos d'un crime dont je n'avais pas été témoin.

Dehors, les étoiles étaient de sortie, par milliards. De la lumière à profusion et, plus proche de nous, une matrice de lucioles planant au-dessus de la Terre, dans leur propre galaxie, clignotant et obéissant à des trajectoires vertes biscornues. J'ai suivi la progression d'un satellite et craché dans le parking en sentant mon corps s'assouplir ; les contours de la planète m'apparaissaient soyeux et flous. J'avais l'impression que j'allais peut-être dériver et entrer en orbite à mon tour, survoler les champs de soja et de maïs, les silos et les granges, et je dois reconnaître que je me sentais prêt pour cette étrange lévitation. Prêt à entamer mon ascension vers Dieu sait où, prêt à entrer en apesanteur, à trancher d'un coup sec le cordon qui me reliait à ma vie antérieure. Et je désirais ce décollage, j'avais envie de planer passagèrement au-dessus de tout, puis revenir me glisser à côté de Nadine entre les draps de notre lit, d'où se dressait son épaule alpine et crémeuse, lisse et nue sur le linge.

C'est à cet instant que Sven s'est précipité hors du bar, la maigrichonne à ses trousses, son rouge à lèvres un peu étalé et le bouton de son jean ostensiblement défait. De quoi me sortir de ma rêverie.

– On y va, gogogogogogo ! a hurlé Sven en me bousculant vers la Camry.

J'ai cherché maladroitement les clés, qui m'ont échappé dans la poussière et les gravillons du parking. Je me suis agenouillé pour les ramasser.

– Je suis bourré, putain, ai-je constaté d'une voix pâteuse.

Sven a saisi les clés par terre avec le genre de mouvement que je n'avais vu que dans des vidéos de pelote basque. Au passage, il m'a agrippé, relevé et jeté dans la voiture en se débrouillant pour prendre le volant et faire gronder le moteur en quelques secondes. Assis sur le siège passager, complètement abasourdi, je me suis aperçu que je venais d'avaler ma chique de Red Man. Je savais que j'allais le payer plus tard.

– Qu'est-ce qui t'arrive, bordel ? lui ai-je demandé. Elle était trop belle pour toi ? Putain, moi qui croyais que tu te payais du bon temps !

Je l'ai regardée disparaître dans le rétroviseur et lui ai même fait tristement un petit signe d'adieu.

Mais Sven hochait vigoureusement la tête en se palpant le cou de ses longs doigts. On aurait dit qu'il avait été mordu par une femme vampire.

– Ça va ? lui ai-je demandé en essayant de sortir de ma torpeur et de reprendre mes esprits.

– Tu m'as abandonné ! Tu m'as abandonné, Lily !

Il a donné un coup de poing sur le volant et le klaxon a faiblement retenti dans la nuit. Il a recommencé ; la voiture traversait l'humidité de la nuit comme un oiseau ivre poussant des cris stridents et désagréables tandis que défilait la campagne.

– Merde, Sven, excuse-moi, je croyais que tout se passait bien. Je veux dire, elle était belle.

– Je peux pas merder. Tu comprends ça ? J'ai pas le droit de merder.

– Qu'est-ce que tu racontes ? lui ai-je demandé, perplexe.

– Je peux pas faire ça, mec. Je peux pas faire ce genre de connerie, impossible.

Il le scandait, plus pour lui que pour moi.

– Elle m'a fait un suçon, m'a-t-il dit en montrant sa gorge avec sérieux.

L'ecchymose luisait fièrement, comme le maillon d'une chaîne de collier par ailleurs invisible.

J'ai éclaté de rire, mais je me suis rapidement repris. Sven m'a donné un bon coup de poing dans le bras.

– Qu'est-ce que je vais raconter à Tessa, nom de Dieu, hein ? Oh, putain de putain !

Il a donné un coup de frein, s'est rabattu trop rapidement et je me suis cogné la tête sur le tableau de bord. Brutalement. J'ai su que j'avais le nez cassé en sentant le sang couler dans ma bouche, puis dans ma gorge, un goût métallique de couvert, comme quand on suce un couteau à beurre.

– Oh merde ! a dit Sven. J'aurais dû te prévenir, bordel. C'est juste… Je sais pas ce que j'ai ce soir. Excuse-moi, mec. Je te demande pardon pour tout.

Il a tendu ses longs bras vers moi et m'a étreint. Nous étions deux hommes en pleine campagne, dans les bras l'un de l'autre. Le premier saignait abondamment, le second avait le cou sucé jusqu'au sang par un démon succube déguisé en ballerine russe. La nuit était tranquille, humide et dense. Les grenouilles coassaient et grognaient dans les fossés. Derrière nous, les feux des freins de la Camry émettaient une lueur rouge dont la douceur me réconfortait. En dépit de tout l'amour que j'éprouvais pour Sven, je n'avais pas envie de mourir, percuté par le pick-up d'un fermier conduisant avec un carton de bière sur la banquette.

– Qu'est-ce que je vais dire à Tessa ? m'a-t-il demandé, son corps affalé sur le mien, des reniflements de peur et de regrets s'échappant de sa bouche et de son nez.

– Ça va aller. Lâche-moi un peu, que j'arrête de saigner.

J'ai trouvé un paquet de Kleenex sur la banquette arrière et m'en suis fourré plein les narines.

Assis dans la voiture, à cheval sur le bas-côté et sur la route, nous avons commencé à réfléchir. Je ne m'étais pas rendu compte à quel point Sven était bourré mais je le voyais désormais en jetant un coup d'œil sur lui, au volant, les yeux débordant de larmes, ses longs doigts posés sur son cou, sa houppe complètement de travers. Je n'avais pas envie qu'il s'attire des ennuis et j'ai compris que je n'allais pas sortir indemne ou impuni de cette affaire.

– Bon, lui ai-je dit, j'ai trouvé. Descends.

Et c'est ainsi qu'on s'est mis à se bagarrer en plein milieu de la route de comté DD, à la lueur rouge des feux arrière de ma Camry. Nous nous battions sans grande conviction, ç'aurait été inutile. Je lui ordonnais de se baisser un peu, pour que je n'aie pas à sauter en lui collant des coups de poing, puis je lui faisais fermer les yeux. Je l'ai cogné sous l'œil droit, près de l'os jugal, il s'est effondré sur l'asphalte en riant avant de sentir la douleur comme une égratignure sur le ciment.

– Bon, lui ai-je dit. Désolé, mais il va falloir ajouter quelques bleus d'amour sur ton cou de girafe.

Je n'ai jamais vu un homme aussi heureux d'encaisser des beignes que Sven à ce moment-là et, après quelques crochets et uppercuts, nous avons fait une pause, essoufflés sur le bitume, mes poings comme des moignons en sang, mes mains fatiguées et douloureuses. Je me suis levé sous le bain d'étoiles. Sven aussi. J'ai respiré à fond.

– C'est mon tour, maintenant, lui ai-je dit. Mais évite les dents, d'accord ?

Un instant plus tard, je grimaçais, les yeux clos à l'approche de son poing. Ce qui me rappelait le base-ball quand j'étais petit. Les nombreuses fois où j'étais planté, terrifié, dans le box des batteurs, attendant d'être cloué par un lancé de balle qui finissait pourtant toujours dans le gant de l'attrapeur.

Mais cette fois-ci, il ne m'a pas raté.

Nous nous sommes arrêtés devant son appartement et Sven m'a serré la main. Il m'a regardé avec joie et sérieux. J'ai constaté que la bagarre ou le trajet l'avait dégrisé.

– Tu te souviens de ce que tu dois dire ?

– Et toi ? m'a-t-il renvoyé.

– Une bagarre a mal tourné dans un bar de ploucs. On essaie de calmer le jeu et, au lieu de ça, les clients se retournent contre nous. On était tellement bourrés qu'on sera jamais fichus de retrouver le bar sur une carte.

– Reçu cinq sur cinq, m'a-t-il dit, et nous nous sommes à nouveau serré la main.

– Foutaises ! m'a lancé Nadine. C'est du gros n'importe quoi ! Je crois pas ces conneries une seule seconde. Tu pourrais pas retrouver le bar sur une carte ? T'as essayé de t'interposer dans une bagarre ? Tu sais qu'après que tu t'es effondré hier soir, Tessa m'a appelée à trois heures du matin. Pour me dire que Sven a un œil au beurre noir et la lèvre fendue. Que ses vêtements sont couverts de sang. Qu'il a des bleus sur le cou ! Qu'est-ce que c'est que ce bordel ?

J'ai décidé de broder un peu l'histoire du cou. Même si elle n'en croyait pas tous les détails, je savais que le mensonge commençait à prendre. Nous les avions feintées, déstabilisées. La ballerine russe s'était égarée dans les immenses prairies de lucioles et les troquets infâmes. Nadine et Tessa n'en sauraient jamais rien.

– Qu'est-ce que tu veux que je te dise ? ai-je demandé faiblement, d'un air contrit. Un de ces gros bouseux avait cravaté Sven et on était mal barrés. Ils auraient pu nous assommer, tu sais. Mais à ce moment-là, j'ai réussi à écraser le pied du mec et Sven a pu se libérer. Je t'assure, j'aimerais pas voir la gueule de ce type aujourd'hui. Ça non…

J'ai inspiré par les narines, qui me faisaient toujours mal. C'était un mercredi matin, Nadine s'apprêtait à amener Lola à l'école et j'avais déjà appelé au boulot pour leur dire que j'étais malade. Si je pouvais faire semblant pendant deux jours, pensais-je, je serais guéri pour reprendre la semaine suivante sans avoir à me justifier auprès du patron. J'ai bu un grand verre de jus d'orange et fait les yeux doux à Nadine.

– Tessa pense que t'es responsable, m'a-t-elle lancé. Que t'es responsable pour toute cette merde. Elle dit que Sven rentrait jamais bourré avant de te rencontrer.

Sa voix était froide. Lola était là aussi, attablée devant des pancakes, ses pieds se balançant de la chaise. Son assiette était inondée de sirop d'érable dans lequel les pancakes flottaient presque, comme des nénuphars.

– Lola ! lui a dit Nadine. Va préparer ton sac et attends-moi dans la voiture, tu veux bien, chérie ? J'arrive.

Elle s'est penchée sur mon visage, j'ai baissé les yeux. Notre mensonge avait marché, mais j'étais tombé bien bas. Lola s'est tortillée pour descendre de sa chaise et elle est partie en courant dans sa chambre, le visage poisseux de sirop et de beurre.

– En tout cas, j'espère que c'est fini, ces conneries, a sifflé Nadine. Tu m'entends ? Terminé. Il est temps de *grandir*.

Puis, bien pire, elle a chuchoté encore plus bas :

– De devenir un homme.

Elle m'a mis KO.

Elle avait pivoté et m'avait brisé la mâchoire. C'est comme ça que Lily s'est écroulé. Effondré.

La maison était vide après le claquement de porte, je suis allé sur le canapé avec un jus d'orange et j'ai zappé d'une chaîne à l'autre. J'avais mal au ventre. Le visage meurtri. Même l'oreiller me faisait mal. Le téléphone a sonné et j'ai laissé la machine répondre. C'était Sven, mais je ne savais plus quoi lui dire. Notre histoire touchait à sa fin.

« Salut, c'est Sven. Je voulais juste m'excuser pour hier soir. J'espère que tu vas bien. Nadine a dit à

Tessa que ton nez n'était pas trop cassé et que t'aurais pas de séquelles. Bref, je voulais juste vous dire que j'ai hâte de récupérer mes cinq boîtes de biscuits. Je passerai les chercher plus tard. Vas-y mollo. Salut. »

Sven était un mec bien. Jusqu'à la moelle. Honnête et droit. Mais moi aussi. J'étais moi aussi un mec bien et je prenais sur moi. Nadine était en pétard. Tessa était en pétard. Et j'étais en train de perdre mon meilleur ami. Pas parce que j'avais roulé des pelles à une ballerine russe dans les chiottes d'un bar de ploucs, mais parce que Sven l'avait fait, et qu'il avait été soit trop malin soit trop con pour ne pas sauver son petit cul de cette mouise.

Je me suis levé du canapé pour aller au frigo. Il était neuf heures du matin, mais j'ai décidé de boire une bière en pansant mes blessures. Le jus d'orange faisait bien descendre la bière et j'ai bu comme ça jusqu'à l'heure du déjeuner. J'avais faim, j'ai trouvé dans la cave une boîte de ces biscuits des Éclaireuses, me suis installé sur le canapé devant la télévision et j'ai mangé jusqu'à plus faim, une boîte après l'autre, en décidant que les biscuits chocolat menthe étaient mes préférés. Pour la deuxième fois en vingt-quatre heures, je me suis endormi devant l'écran de télévision où défilaient des visages heureux, heureux devant l'émission *Today in New York*.

On a sonné à la porte. Couvert de miettes des biscuits de ma fille, je me suis frotté les yeux, j'ai éteint la télé et ouvert. C'était Sven. Cocard et lèvre fendue, la gorge ornée d'un collier criard de bleus, il a baissé la tête pour me regarder et j'ai discerné dans ses yeux une tristesse sincère. Sven était mon ami et j'ai vu qu'il comprenait que notre histoire était finie.

– Entre, lui ai-je dit. Tu veux une bière ?

– Pourquoi pas. C'est peut-être ma dernière, vu ce que Tessa a balancé à Nadine hier soir. Oh, et j'ai un chèque pour les biscuits de Lola.

Il m'a tendu le chèque que j'ai coincé avec un aimant sur la porte du frigo ronronnant.

– Ouais, ai-je dit. Elle me fait sacrément la gueule, sur ce coup. Comment va ton œil ?

– T'as des glaçons ?

Nous sommes restés jusqu'à cinq heures, heure à laquelle Nadine risquait de rentrer de la crèche avec Lola et de trouver Sven, un sac de glaçons sur le visage, tandis que nous buvions et mangions des biscuits d'Éclaireuses en silence, les seuls bruits provenant de notre mastication.

– Je suis vraiment désolé, a-t-il dit.

– C'est bon, ça finira par s'arranger. Tu sais comment ça se passe. Elles sont contrariées.

– Je sais, mais c'est de ma faute. Pas de la tienne. C'est moi qui ai déconné avec cette fille, pas toi.

– Ben ouais, mais je t'ai abandonné. Et c'est moi qui nous ai amenés dans ce bar pour commencer.

Je ne savais plus à qui était la faute et ça n'avait peut-être guère d'importance. Toute cette affaire était ridicule et elle allait me faire perdre mon meilleur ami.

Il a levé sa bouteille et l'a bue jusqu'à la lie.

– Mais non, tu m'as pas vraiment abandonné, j'ai dit ça comme ça. Tout était de ma faute. C'était de ma faute et je le regrette. J'aurais pas dû faire ce que j'ai fait, parce que j'en avais ni envie ni besoin. Tu vois ce que je veux dire ?

Je ne voyais pas très bien au début, mais c'est venu, j'ai acquiescé, nous nous sommes levés. À cet instant précis, j'ai eu une conscience aiguë des trajectoires de nos vies. Sven était comme une fusée de la NASA, il effectuait une ascension quasi verticale, suivie d'un panache de fumée blanc coton dans sa course vers le ciel. C'est la seule personne que j'aie connue qui aurait pu être astronaute ; il en avait l'étoffe.

– Vas-y mollo, Sven, lui ai-je dit en lui serrant l'avant-bras, qui faisait l'effet d'un manche à balai entre mes doigts.

– Vas-y mollo, Lily, m'a-t-il dit en se penchant pour m'étreindre.

Moi, son petit pitbull.

## Rendez-vous à Crawfish Creek

Son visage avait été façonné en puzzle. Aida remarqua les efforts de la pauvre fille pour dissimuler les cicatrices : maquillage à la truelle, cache-cache derrière ses mains, longs cheveux et casquette de base-ball. Les contours des morceaux du puzzle violacés et grossièrement tracés. La bouche de travers, pourtant mignonne. Elle sourit douloureusement à Aida. Et poussa une enveloppe de billets sur la surface poisseuse de la table du café. L'enveloppe n'était pas bien épaisse, c'était tout ce qui restait à la femme balafrée.

Le restaurant était désert. La serveuse leur tournait autour, elle remplit leurs tasses et hocha vaillamment la tête. « C'est moi qui vous l'offre », dit-elle. Puis elle se pencha sur leur table, l'essuya avec son torchon délavé et ajouta : « C'est possible de s'en sortir. C'est toujours possible. Je suis passée par là, moi aussi. Faut pas le laisser vous cogner comme ça. Vous serez morte dans l'année si ça continue. »

Bethany sentit un peu de ses forces la lâcher, perdit légèrement courage, posa sa tasse et redressa la visière de sa casquette. Elle leva les yeux vers la serveuse. « Dieu vous bénisse », lui dit-elle, mais Aida vit qu'elle ne croyait pas du tout en Dieu, que ses yeux ne renfermaient plus que colère et peur.

La serveuse acquiesça, puis repartit vers les cafetières, d'où elle les observait en parlant de tout et de rien avec le cuisinier, un type au visage grêlé avec une longue queue-de-cheval, qui dévisageait les deux femmes derrière ses éléments de cuisson rouge et orange.

Elles restèrent assises en silence, promenant leur regard dans le café, puis Aida finit par dire : « Bon, ben, sortons alors. » Elle prit Bethany par le coude et l'aida doucement à se lever. Elle fourra l'argent dans sa veste. En espérant qu'elle se souviendrait de l'avoir mis là. Elle n'arrêtait pas de perdre des trucs, trop de trucs.

Elles s'approchèrent du pick-up d'Aida, un vieux F-150. Aida ouvrit la portière et guida Bethany sur la banquette. En passant derrière le véhicule, elle vit les épaules voûtées de la femme se refléter dans la vitre arrière. « Bethany », se rappela-t-elle. Elle l'inscrivit dans la paume de sa main avec son long doigt, blanchissant la peau calleuse à la place des lettres : BETHANY. Elle réécrivit le nom dans la poussière et la terre collée au métal de son pick-up : BETHANY. Il y avait des chaînes et un démonte-pneu dans la benne. Une roue de secours, un sac de feuilles d'automne de l'an dernier et deux parpaings.

Aida n'avait pas l'habitude de conduire le pick-up. Ce matin-là, en se rendant à Red Wing, elle ne s'était pas rappelée comment allumer les phares. Elle venait juste de prendre sa retraite après vingt-cinq ans dans la police de la route de l'État et elle était habituée à rouler dans une voiture de patrouille. Elle donna un coup de pied dans les graviers. On avait annoncé de la grêle et elle était prête pour la tempête, la violence des granulés d'un blanc bleuté. Elle monta et claqua la portière. Bethany tressauta.

– J'en ai marre, dit-elle. Marre ! Il peut me faire ce qu'il veut et, moi, j'ai aucun recours. Rien qui puisse l'arrêter ! Merde !

Elle frappa le tableau de bord du poing.

Aida baissa la vitre et sortit un paquet de cigarettes de sa veste en jean. Elle l'offrit à Bethany qui refusa d'un hochement de tête. Aida fumait rarement, mais là, dans ce silence qu'elle n'arrivait pas à combler, elle avait besoin de feu et de fumée. Elle sortit un briquet Zippo de la boîte à gants, alluma la cigarette et aspira une grande bouffée. Toujours pas de grêle, mais le ciel jaunissait, les nuages filaient rapidement ; bizarrement, il n'y avait pas de vent pour agiter les herbes du fossé. Il était tard dans l'année pour la grêle. Le coup de gueule de Bethany apparemment passé, elles attendirent en silence.

Derrière le café et la route qui le bordait : une clôture en fils barbelés, le squelette bétonné d'un silo désaffecté, les bases en pierre d'une ancienne grange. Puis, rien que du ciel bleu et jaune, et des nuages circulant rapidement. Les oreilles d'Aida se débouchèrent avec le changement de pression.

– Très bien, dit-elle d'une voix rauque et graveleuse, qu'est-ce que vous voulez que je fasse ?

Bethany la regarda piteusement. Elle avait été belle dans le temps. D'immenses yeux bleus, un épais cordage de cheveux bruns. Sa peau d'albâtre, parfaite. Aida remarqua des lueurs de courage sur le visage de Bethany, sa force mêlée de rage et sa détermination croissante quand elle se rappelait l'agression, son besoin de se défouler, de *devenir* sa colère. Toute la violence avant d'avoir été mise en pièces.

– Vous savez ce que je veux ? lui dit Bethany. Je veux que vous le chopiez. Je me fiche bien de ce que vous lui faites tant que vous avez compris que je veux me venger. Regardez ma gueule si vous avez peur d'oublier ce que je veux. Et inutile de le confier à vos copains de la police non plus. Parce qu'on sait déjà que ça servira à rien.

Sa voix tremblait. Aida plissa les yeux derrière la fumée et se souvint vaguement que ses anciens collègues ne seraient d'aucun secours. Elle ressentit un pincement dans la poitrine qui ressemblait à du remords, la conscience d'avoir trahi cette femme avant, Bethany, *Bethany*, *Bethany*, *Bethany*.

– Il y est toujours ? demanda-t-elle. Il est à la ferme ?

Bethany hocha à peine la tête, comme si elle ne comprenait pas comment Aida avait pu oublier un détail aussi crucial. Ce désœuvrement courtois, elle l'avait vu sur toute une série de visages ces derniers temps, ce qui était frustrant. C'était son boulot de paraître forte, impénétrable.

– Vous avez besoin de prendre des notes ? demanda Bethany.

– Je vais m'en occuper, dit Aida en soufflant la fumée. Oui, je vais m'en occuper. Mais il va falloir que vous quittiez la ville quelque temps. Je vais vous conduire à la gare routière et vous allez partir. Peu importe où.

La grêle commença à tomber quand elles étaient encore à des kilomètres de la gare et elles s'arrêtèrent sous un pont rouillé et délabré. Les hirondelles effectuaient des allers-retours effrénés à partir de leurs nids. La grêle rebondissait sur le bitume. Des balles de ping-pong gelées sur la route. Elles baissèrent les vitres ; le froid dans l'air était palpable. Aida ouvrit sa portière et descendit, se protégeant sous les vestiges du pont. Elle ramassa un grêlon et le regarda fondre dans sa main. Elle but ce qu'il restait d'eau. Dans le lointain, un nuage conique s'approcha de la terre sans la toucher, puis il sembla s'essouffler et se retira dans les cieux. Le soleil réapparut enfin et un immense arc-en-ciel, aux couleurs saturées, déchira le ciel.

Elles roulèrent sur la route jonchée de grêlons vers la ville d'Albert Lea et la gare routière Greyhound, qui n'était rien de plus qu'une salle en verre rattachée à une station-service Shell. De vieux magazines étaient empilés sur les tables près des grandes baies vitrées qui donnaient sur la prairie et les semi-remorques de passage. Deux enfants martelaient le Plexiglas d'un distributeur automatique dans lequel une friandise pendouillait au bout d'une fine spirale d'aluminium. Leurs petits poings et leurs petits corps ne parvenaient pas à bousculer suffisamment la machine. Bethany donna un seul coup et la barre chocolatée tomba dans le bac de récupération. Les enfants la saisirent puis se tournèrent vers Bethany, comme s'ils s'apprêtaient à la remercier, mais leurs visages se décomposèrent et ils sortirent en courant de la salle d'attente. Aida les regarda traverser le parking pour rejoindre une femme, sans doute leur mère, à qui ils montrèrent du doigt l'inconnue au visage hideux.

Devant le bus qui tournait au ralenti, Aida rendit l'enveloppe à Bethany.

– Gardez l'argent jusqu'à ce que j'aie fini, lui dit-elle. Mieux vaut me payer quand j'aurai fini le boulot.

« Je perds tant de choses », pensa-t-elle.

Bethany acquiesça, serra l'argent dans sa main, le fourra dans son sac et monta dans le car. Quelques minutes plus tard, le conducteur afficha DULUTH en haut du pare-brise et démarra. Le visage mutilé de Bethany derrière la vitre, tourné vers l'extérieur, sa main collée au verre.

Il organisait des combats de chiens dans une vieille grange de la prairie. Sur un terrain volé à une veuve. Il était arrivé chez elle au crépuscule, tout sourire sous la lumière du porche, sans se soucier des papillons de nuit qui saupoudraient son visage. Elle avait ouvert, carabine à la main. Il s'était fait passer pour son neveu, de Butte dans le Montana, et lui avait dit qu'il avait l'argent pour racheter la ferme familiale. Il avait fait danser une liasse devant ses yeux, un billet de cinquante à chaque extrémité et, entre les deux, des fins coupons en carton pour un lavage auto. Elle l'avait regardé avec circonspection, puis s'était frotté le front, comme pour en détacher un souvenir. Elle avait tourné la clé dans la serrure, baissé son arme et l'avait laissé entrer.

Il l'observait de la route depuis quelques semaines, à l'aide de jumelles. Il savait qu'elle quittait rarement la maison et qu'elle vivait seule. Qu'elle était frêle. Il avait aussi compris qu'elle était sénile : elle parlait constamment toute seule et il l'avait vue nourrir des poules invisibles dans sa cour, jeter du grain dans le vide là où il n'y avait que les graviers et quelques herbes éparses. Dans d'autres villes, il avait vécu dans des lotissements de mobil-homes ou en appartement, mais les voisins se plaignaient systématiquement des chiens. Leurs aboiements, leurs excréments, leur violence potentielle. Il avait impérativement besoin d'un endroit privé et d'espace. La veuve s'appelait Ione Miller. Il l'avait appris en volant son courrier.

Elle lui avait servi des biscuits rassis et du café réchauffé. Il avait fait semblant de manger, recraché les biscuits dans une serviette, s'était essuyé la langue. Puis il lui avait fait signer un document, sa main guidant le poignet fragile. Plus tard, elle s'était endormie dans sa chaise et il l'avait portée dans son lit, à l'étage. Elle pesait trois fois rien. Lorsqu'il avait posé l'oreiller sur son visage, elle ne s'était pas débattue, ses mains avaient voleté faiblement à partir des poignets, comme pour éloigner une mouche. Il avait pressé l'oreille sur sa poitrine et tenu une glace devant ses fines lèvres, redoutant de voir ses doigts osseux se ranimer.

Puis il avait libéré ses trois chiens du pick-up, leur avait lancé des baisers en frappant dans ses mains. Ils remuaient leurs queues dans le noir, urinaient. Il avait glissé la main dans la cabine et allumé les phares qui avaient éclairé la prairie, dont les herbes ployaient dans le vent du soir. Au lointain, un chêne géant. Il avait traversé le champ, les chiens sur ses talons. Il avait ramassé des branches mortes jusqu'au petit matin, et les avait empilées derrière la maison. Il avait trouvé du kérosène dans la grange et quelques bouts de charpente pourrie qu'il avait placés aussi derrière la maison. Épuisé, il était rentré, avait enveloppé la vieille femme dans ses draps, l'avait portée dans la grange, puis il était revenu dans la chambre où il s'était écroulé sur le vieux matelas et immédiatement endormi, les bottes aux pieds, sous les yeux doux et humides des chiens roulés en boule sur le plancher. Dans le matelas, il avait senti le creux de l'emplacement où elle avait dormi tant d'années, son fantôme partageant le lit. Il avait envisagé de le brûler, mais il ne voulait pas se retrouver avec les vieux ressorts en métal. Il en achèterait un neuf. En dépit du bruit et des bosses du matelas, il avait dormi d'un sommeil profond.

Le lendemain soir, il avait allumé un énorme bûcher derrière la maison, au bord de la prairie. Il avait observé les flammes envelopper la silhouette dans les draps, puis était retourné à l'intérieur où il avait regardé la télévision pendant plus d'une heure avant d'allumer un vieil électrophone, dont le volume avait envahi la maison et fait aboyer les chiens. Il avait balancé l'appareil sur la pelouse et regagné la chambre où il avait posé le matelas à même le sol. Il s'était allongé et les chiens s'étaient blottis contre lui, lui réchauffant les cuisses et le ventre. Chaque fois qu'il se retournait, le matelas faisait un bruit de feuilles mortes. Il s'était enveloppé dans le linge défraîchi du lit, puis il avait rangé le matelas dans le placard de la vieille femme et fermé la porte. Le matelas semblait encore vivant, et l'on entendait partout des bruits de papier froissé. Il avait rejoint les chiens et s'était endormi par terre, les flammes du bûcher larges et hautes dans la nuit. Personne ne pourrait voir la fumée noire.

Au matin, un tas de cendres chaudes et de charbon. Il avait donné un coup de pied pour voir s'il y avait des os, mais il n'y avait rien de perceptible. Les chiens avaient reniflé et humé le bouquet d'herbes et de fleurs de la prairie. L'air frais et sec de l'été des deux Dakotas traversait les plaines. Il avait lancé une balle de base-ball dans le champ et les chiens l'avaient chassée, sans se lasser. Le cuir de la sphère crasseuse était presque déchiré, les empreintes des crocs cabossaient la surface plusieurs milliers de fois. Il avait étendu les draps sur le fil où ils battaient dans le vent comme des voiles, tandis que les chiens mordillaient leur étoffe en mouvement.

Des mois s'étaient écoulés. Il avait récupéré d'autres chiens, les avait entraînés et endurcis. Il les sauvait de chenils surchargés ou de foyers avec des enfants en bas âge ou des personnes âgées et frêles. Il avait traversé le pays de cette manière, organisant des circuits pour les combats de chiens : Detroit,

Cody, Corvallis, Tempe, Tulsa, Des Moines. Il avait toujours aimé les chiens. Ses parents avaient laissé le rottweiller de la famille partager son berceau.

Bethany l'avait rencontré au magasin d'aliments pour animaux où elle était caissière. Les hommes l'intimidaient, elle avait l'impression de sentir les croquettes et la litière pour chats. Elle regardait rarement ses clients dans les yeux, s'adossait contre la caisse pour lire d'épais livres de poche. Trente et un ans et elle avait fait l'amour une seule fois, la nuit du grand bal du lycée. Et voilà que Bret Kruk glissait les doigts sous son menton et levait son visage interloqué vers le sien. Une queue s'était formée derrière lui, mais personne ne râla, ni même ne toussa. C'était un bel homme, dans le genre dangereux, les muscles toujours bandés et prêts à frapper comme un serpent à sonnettes. Au bar ou au restaurant, il exigeait un service impeccable sans avoir besoin de hausser la voix, son visage maussade suffisait. Les gens étaient prêts à le respecter sans raison.

– On devrait aller faire un tour, un de ces jours, lui dit-il. Je suis nouveau dans le coin. Vous pourriez me montrer le pays. Rencontrer mes chiens. Je parie que vous leur plairez.

Sa voix était chaude. Le bout de ses doigts était chaud. Il avait une odeur d'air frais.

Elle sourit et lui donna son numéro de téléphone, le cœur en feu, embrasé dans une réserve inépuisable d'amour. Elle faillit oublier d'encaisser son argent. Il poussa un caddie entier d'aliments pour chien dans le parking et elle le regarda charger les lourds sacs dans un pick-up Ram rouge. Elle n'avait pas l'habitude de voir de nouveaux véhicules dans le parking.

Quelques jours plus tard, ils marchaient ensemble près de Crawfish Creek, non loin de sa ferme. Les champs autour du grand bâtiment agricole étaient en jachère et il n'y avait aucune odeur de fumier, pas le moindre animal en vue – ni vaches, ni moutons, ni même chevaux –, seulement ses chiens. À cette époque, il en avait trois préférés. Ils se précipitèrent sur la voiture lorsqu'elle se gara devant la ferme, montrant les crocs, projetant des filets de bave crémeuse sur ses vitres, leurs griffes labourant le métal de sa petite auto japonaise. Elle attendit qu'il sorte de la maison. Il lui sourit et lui fit signe. Puis il dit quelque chose de quasi inaudible et les trois chiens s'assirent, haletants, comme hypnotisés.

– Tu peux sortir, lui dit-il, ils ne t'embêteront plus, maintenant.

Elle lui avait apporté une miche de pain fait maison, encore tiède, qui embuait son sac plastique comme s'il respirait. L'homme était trop grand et maigre, un véritable épouvantail, mais musclé.

– Voici ma meute, lui dit-il, ou une partie de ma meute. Oso, Point et Bick.

– Une partie ? demanda-t-elle, perplexe.

– Je suis éleveur, expliqua-t-il en touchant la bosse de son biceps qui affichait plusieurs tatouages grossiers : des cartoons de bulldogs.

– Est-ce que ce sont des pitbulls ? demanda-t-elle en tendant une main hésitante vers eux.

– N'aie pas peur, lui ordonna-t-il, ça les fait flipper.

Leurs longues langues lui léchaient les doigts. Elle rit sottement.

– Tu vois ? dit-il en l'observant du coin des yeux. C'est mes bébés.

– Tu vis ici depuis combien de temps ? demanda-t-elle en grattant les oreilles des animaux.

Ils avaient des cicatrices sur la tête, certaines anciennes, d'autres récentes. Elle les caressa avec douceur en se demandant s'il avait secouru le trio blessé.

– Quelques mois. Ma grand-mère est décédée et m'a légué les terres. Je n'ai pas grandi dans la région, alors j'en suis encore à découvrir les routes, à chercher les magasins. C'est plutôt pas mal. Assez d'espace pour faire courir les chiens. Et j'ai la grange.

Il lui montra le bâtiment rouge, massif, construit sur des fondations de pierres des champs. Elle crut entendre des aboiements provenant de cette direction.

– Tu as d'autres chiens ? demanda-t-elle en fronçant les sourcils.

Il hocha la tête en souriant.

– T'es bien curieuse, ma parole. Allons donc faire une petite balade.

Il lui prit la main. Il avait la main tiède, elle l'avait froide et moite. Elle était très consciente du contact de sa peau contre la sienne.

Il avait préparé un pique-nique. Ils dépassèrent la ferme et s'approchèrent d'un champ de chaumes de maïs, une année de graines qui commençaient à mourir. On était en octobre, l'air était frais et humide, le ciel gris. Ils traversèrent le champ, les chiens gambadant joyeusement autour d'eux. Des faisans s'enfuyaient bruyamment, leur envol tonitruant la fit sursauter.

– Je t'ai bien observée, lui dit-il en la forçant à croiser son regard. T'es superbe, tu le sais ?

Ne sachant quoi répondre, elle détourna la tête tout en serrant sa main dans la sienne. Elle voulait le croire mais n'y parvenait pas tout à fait. Personne ne lui avait jamais dit qu'elle était superbe, personne ne lui avait jamais rien dit. Au sommet d'une crête, le champ descendait vers le ruisseau couleur de plomb. La plupart des feuilles avaient changé de couleur et étaient tombées, mais quelques-unes s'obstinaient dans des tons brun-roux et dorés.

Ils marchèrent jusqu'au crépuscule, revenant à la ferme par le champ. Elle vit un tas de vieilles cendres derrière la maison, crut y apercevoir un os. Se dit qu'il devait s'agir d'un jouet pour chien. Elle continua. Les pieds fatigués.

– Tu peux entrer, lui dit-il, je vais te faire une tasse de thé.

Il lui prit les mains. Le vent porta le bruit d'autres aboiements. Elle se tourna vers la grange. Elle ne voulait pas être seule.

– Allons, viens, dit-il, je mords pas.

Elle le suivit donc à l'intérieur. Plus tard, ils firent l'amour sur un vieux lit de cuivre. Il était tendre pour commencer, puis plus violent. Sa culotte était restée enroulée au bout de sa jambe, comme un bracelet. Ensuite, allongée à ses côtés, elle avait vu les chiens pousser la porte de la chambre avec la truffe et s'approcher de lui. Ils le regardaient patiemment et l'un d'eux lui lécha les orteils, qui dépassaient du lit. Elle se tourna vers le placard où un matelas déglingué était poussé de guingois, contre les portes. Elle regarda le cercle de cendres et de charbons éteints par la fenêtre. Elle se demanda si cette maison serait un jour la sienne. Elle se leva pour aller aux toilettes, les chiens grognèrent, mais elle les apaisa simplement, leur tapotant la tête et leur grattant le ventre. Ils gémirent doucement de plaisir.

Dans le couloir, des dizaines de photos en noir et blanc étaient accrochées dans des cadres en bois vieillis. D'anciennes photos de fermiers, de chevaux, de foires agricoles. Des visages austères fixant un photographe sans doute dissimulé derrière un énorme appareil, sous sa cape de laine noire qui lui recouvrait la tête et le dos. « Il doit se sentir intimement lié à cette maison », pensa-t-elle. Elle toucha du doigt le verre protecteur, laissa son empreinte sur des visages inconnus. Elle descendit le couloir et s'assit sur les WC. Le bruit de son urine l'embarrassa. L'odeur du coït lui collait à la peau, au moindre de ses poils. Elle se demanda si les chiens comprenaient cette odeur.

Aida avait vu Bethany exactement deux fois avant le soir où elle avait appelé du magasin en demandant son aide. Mais elle ne se souvenait que d'une seule fois, dans des circonstances qu'elle était incapable d'oublier, même maintenant.

Quatre mois avant de prendre sa retraite de la police de la route, la brigade canine l'avait envoyée au magasin pour acheter un sac de croquettes – c'était une farce et elle en était le dindon. Ses collègues l'avaient simplement envoyée en mission pour l'éloigner du poste, où ils s'étaient débarrassés de son bureau, quatre officiers costauds l'ayant transporté tout au fond du garage. Après quoi, ils avaient tous réinstallé leurs propres bureaux pour compenser l'absence du sien. Puis ils avaient rempli son casier d'un millier de balles de golf, le visage cramoisi de rire et de plaisir tandis qu'à des kilomètres de là, elle entrait dans le magasin, subjuguée par les odeurs. Au fond : les chants et les cris d'une dizaine d'oiseaux exotiques différents. Elle suivit les panneaux, l'index en l'air – CHIENS –, plaça le sac de vingt kilos sur son épaule et revint vers la caisse. Elle s'arrêta pour regarder les poissons dans l'aquarium. Elle n'avait jamais eu d'animal domestique, même dans son enfance.

Kruk se trouvait aussi dans le magasin mais ne l'avait pas remarquée en dépit de son uniforme et de ses cheveux roux. Le guichet tremblait, et Aida s'aperçut que la caissière sanglotait et qu'elle avait le visage mutilé, les blessures saignaient encore, toutes fraîches. Kruk la secoua une dernière fois puis la gifla en pleine figure. Aida posa immédiatement le sac de croquettes et dégaina son arme de service.

– Arrêtez tout de suite, dit-elle aux muscles tendus du dos de Kruk.

– Mêle-toi de tes affaires, bordel, lui répondit-il, sans prendre la peine de se retourner. De toute façon, c'est fini. Ça m'étonnerait que j'aie envie de revoir cette gueule un jour.

Puis, la femme plus âgée entrant peu à peu dans son champ de vision, il la reconnut et cligna des yeux avant de lui décocher un petit sourire. « La flic rousse, pensa-t-il. Elle nous reconnaît même pas. Le visage de Beth. »

– Les mains derrière la tête, ordonna Aida.

Il s'exécuta, les posa lentement sur l'arrière de son crâne, sur ses cheveux coupés à ras. Il avait du sang sur les doigts.

– À genoux, lui dit Aida.

La caissière sanglotait bruyamment, des filets de sang coulaient le long de son cou.

– Tiens bon, ma petite, lui dit Aida. Appelle l'ambulance. Tout de suite.

Mais la fille ne réagissait pas. Kruk s'agenouilla et Aida s'approcha de lui, rengainant son pistolet pour sortir les menottes. Il roula légèrement en avant, sur la droite et, s'emparant de la main tendue d'Aida, il la fit voler au-dessus de lui, le pistolet valdinguant sur le carrelage brillant du magasin. Le lieu était vide, ils n'étaient que tous les trois, le patron était allé à la banque déposer la recette du jour, en faisant un détour chez lui pour faire une piqûre d'insuline à son chat diabétique. Kruk prit l'arme et la braqua sur Aida. Elle leva les mains, le visage impassible. Les aras et perroquets poussaient des cris aigus, imitaient le langage grossier de la clientèle d'adolescents et se comportaient comme des spectateurs dans le poulailler, à la fois perturbés et ravis par le grabuge.

– Mauvaise idée, lui dit-elle. C'est vraiment une mauvaise idée.

Elle se frotta la tête en se demandant comment elle avait pu perdre le pistolet. Elle étudia le maigrichon devant elle, les tatouages sur ses bras, l'encre délavée n'ébauchant que des formes floues.

Il s'éloigna des deux femmes, sortit du magasin et monta dans son pick-up rouge flambant neuf. Aida cherchait les clés de son patrouilleur dans sa poche, mais Bethany lui agrippa le bras d'une poigne étonnamment forte. Son visage était en sang ; avec ses cicatrices rouvertes, les larmes brûlaient sans doute ses plaies. Aida avait envie de la secouer, mais elle se maîtrisa. Elle entendit le pick-up disparaître dans un crissement de pneus.

– Non, lui dit Bethany. N'y allez pas.

La bouche d'Aida s'ouvrit, elle était furieuse.

– Mais il a pris mon pistolet ! hurla-t-elle.

Elle s'apprêtait à partir, mais la femme ensanglantée la retint.

– N'y allez pas, d'accord ? Je ne veux pas porter plainte. Il n'a rien volé. Tout ce qu'il a, c'est votre pistolet, mais il faut que je vous parle. Laissez tomber, je vous en prie. D'accord ? Écoutez-moi, c'est tout ce que je vous demande. Il n'a pris que votre pistolet. Vous me connaissez, n'est-ce pas ? Vous me *connaissez*. Vous devez absolument m'aider.

Pas un bruit dans le magasin. Même les oiseaux étaient silencieux dans leur cage.

Aida hocha la tête et se concentra sur le visage de la jeune femme. Il lui semblait familier. Mais ses blessures, déjà comme des balafres, étaient atroces. Normalement, elle aurait appelé des renforts, mais Bethany lui agrippait le bras avec tant de force qu'Aida l'écouta. Vingt ans avant, elle ne serait pas restée, elle aurait poursuivi l'homme jusqu'au Canada s'il avait mis le cap au nord. Mais ce jour-là, elle s'arrêta bel et bien. Elle se sentait tellement, tellement lasse.

Et Bethany lui raconta son histoire.

Elle avait emménagé dans la ferme de Bret Kruk. Son maigre mobilier, ses vêtements. La place ne manquait pas pour ses affaires : commodes aux relents de renfermé et armoires abritant des toiles d'araignée dans une odeur de naphtaline. Elle avait passé une semaine entière à nettoyer. Lessivé le vieux plancher croulant, lavé rideaux et linge. Elle avait jeté la nourriture qu'il avait et rempli le réfrigérateur monolithique de fruits et de légumes. Elle avait fait cuire du pain au four. Elle adorait cette cuisine, avec la vue sur les champs tout autour d'elle. Elle avait acheté une plante verte qu'elle avait baptisée Ione, un nom qu'elle avait vu à l'intérieur d'un des tiroirs de la commode et aussi sur l'une des photos dans le couloir.

Une semaine après avoir emménagé, les premiers phares étaient apparus dans l'allée qui menait à la ferme ; il était plus de dix heures du soir. Croyant tout d'abord qu'il s'agissait d'un gang, elle avait traversé la cour pour rejoindre la grange illuminée, devant laquelle brûlait un feu dans un bidon. Kruk passait beaucoup de temps dans la grange, avec ses chiens. Elle n'avait jamais été conviée à y entrer. Bien décidée à l'avertir de l'arrivée imminente des voitures, elle avait ouvert les portes.

À l'intérieur d'une cage de contreplaqué et de fil barbelé, il criait sur deux pitbulls énervés dont le corps puissant était couvert de sueur. Il les tenait séparés, une laisse dans chacun de ses poings blancs, le relief de ses muscles clairement dessiné sur ses bras fins. Puis il avait soudain lâché les laisses et les chiens s'étaient rués l'un sur l'autre. L'un d'eux avait été tué en quelques instants, égorgé par l'autre, le sang giclant sur la terre battue. Bethany avait retenu un cri. Le bruit le plus fort provenait de la respiration de Kruk qui haletait au-dessus des deux chiens, puis il avait maîtrisé celui qui était vivant en lui remettant sa laisse. En le tirant. Après quoi, la nuit avait explosé du bruit des chiens furieux tout autour d'eux. Elle avait alors compris qu'il n'était pas éleveur, mais elle ne se résignait toujours pas à l'admettre.

– Bret, avait-elle dit d'une voix hésitante. Y a du monde qui arrive.

– Rentre à la maison, chérie, lui avait-il répondu trop calmement au goût de Bethany. Rentre, j'attends de la visite.

– Ils sont arrivés, avait-elle murmuré. Bret, qu'est-ce… mais qu'est-ce qui se passe ?

– Je te dis de rentrer. Va au lit. C'est juste quelques paris, voilà tout.

Il lui avait tourné le dos, avait fait sortir le chien « gagnant » ; elle ne savait pas où il l'emmenait. Pour être soigné, espérait-elle. Pansements, soins, analgésiques et de l'eau à boire, même si tout cela semblait très improbable.

Elle avait reconnu le chien mort : Bick. Il dormait dans leur chambre à coucher, galopant dans ses rêves. Bret l'avait décrit comme un red-nose. Bethany s'était glissée dans la cage, avait pris le chien dans ses bras, son corps remarquablement lourd et chaud, et avait quitté la grange au moment même où une colonne d'hommes s'approchait d'elle dans le noir, des laisses dans toutes les mains, certains chiens grondant, certains gémissant, certains se réfugiant dans un silence glacé, certains même heureux au milieu de tout ça. La nuit avait basculé dans une violence exacerbée.

Elle avait porté la bête dans la maison, s'était rendue dans la salle de bains, avait verrouillé la porte, fait couler la douche et s'était mise sous l'eau froide, le chien dans les bras. Elle l'avait tenu jusqu'à ce qu'il refroidisse. Cette nuit-là, elle avait dormi sur le sol de la salle de bains, près de la fraîcheur des toilettes. Kruk n'était pas venu la chercher. Elle l'avait trouvé endormi et ronflant dans son lit le lendemain à midi.

Elle avait ramassé la bête morte dans la baignoire, l'avait enveloppée dans des serviettes et portée jusqu'à Crawfish Creek, où elle avait laissé couler le corps jusqu'au fond, les serviettes ondulant dans le courant. Elle avait passé les trois heures suivantes à jeter de grosses pierres sur le cadavre pour qu'il soit entièrement recouvert. Une pierre tombale et un cairn aquatiques. Lorsqu'elle s'était enfin retournée pour rentrer à la maison, il était là, juste derrière elle. Il lui avait frappé la tête du revers de la main. Elle s'était effondrée, sa bouche se remplissant de sang.

– Une fois par mois, ces hommes viennent ici, ils parient et me paient pour faire combattre leurs chiens, lui avait-il dit d'une voix bestiale, de sa position dominante. Une fois par mois, nom de Dieu. T'es pas obligée de les voir, ni même d'être au courant, d'accord ? T'as plus qu'à oublier ce que t'as vu. C'est que des animaux, de toute façon. (Le souffle court, il avait placé les mains sur ses hanches et scrutait les champs comme s'il craignait d'y voir des témoins. Puis il s'était penché sur elle, lui avait touché l'épaule.) Pardonne-moi, j'aurais pas dû faire ça. Mais enfin merde, ma petite. Je t'avais bien dit de ne pas venir dans la grange.

Il lui avait tourné le dos et s'était éloigné à grandes enjambées dans les chaumes de maïs. Après ça, elle avait été incapable de ne pas le craindre et les chiens le sentaient. Elle le soupçonnait de les dresser contre elle. Elle gardait des morceaux de steak dans ses poches et leur donnait du whisky quand il s'absentait. Elle leur chantait des berceuses tandis qu'ils restaient allongés dans la cuisine, ivres et rassasiés. Elle les aimait vraiment, avec leurs grands yeux et leurs longues langues, et elle se sentait plus en sécurité lorsqu'ils étaient près d'elle, ses protecteurs dont les corps réchauffaient la maison traversée de courants d'air pendant les longs hivers paisibles. Ils se recroquevillaient contre elle sur le canapé pendant qu'elle lisait, la chaleur de leur ventre sur ses pieds gelés.

Elle avait peur de s'enfuir, n'avait pas d'amis, nulle part où aller. Ils avaient passé la plus grande partie de l'automne, de l'hiver et du printemps tranquillement. Ils se promenaient, cuisinaient. Ils étaient partis une semaine à Corpus Christi, au Texas, où ils avaient mangé des gambas et des crabes frais, et où il avait pris Bethany dans un motel de bord de mer, au son régulier du déferlement des vagues tièdes. Elle avait gardé les yeux fermés, ou s'était concentrée sur le passage des ombres d'autres résidants derrière les stores de leur chambre.

Elle était piégée dans la cage aux barreaux enchevêtrés de sa méchanceté et de sa gentillesse. Elle essayait régulièrement de différencier le tueur de chiens de l'homme qui était son amant et compagnon, mais les deux se confondaient constamment, ce qui la déstabilisait. Elle ne comprenait absolument pas que l'on puisse tuer. Il n'y avait jamais eu de chasseur dans sa famille. Les nuits de combat, elle essayait de s'en aller, de faire disparaître la réalité. Elle roulait alors à travers les prairies, s'arrêtant dans des bars routiers pour utiliser leurs toilettes et acheter des snacks et des boissons gazeuses. Elle se réconfortait au son de la country qu'on joue dans ces endroits à un volume doux et rassurant. Le matin, elle trouvait des petits mots qu'il avait laissés sur la table de la cuisine :

*Qui étais-je avant toi ?*
*Bises, Bret*

Un jour, elle avait donné un coup de téléphone anonyme à la police, du magasin où elle travaillait. Elle avait signalé une opération illégale de combats de chiens dans une grange proche de Crawfish Creek. C'étaient les derniers jours du printemps, et elle voulait en finir. Elle espérait que la police ferait peur à Bret et qu'il déciderait lui-même de mettre un terme à ses activités. Le policier l'avait écoutée et lui avait demandé son nom. Elle avait répété les renseignements sur les chiens et raccroché. Le lendemain, un véhicule de police avait débarqué sur leur allée en gravier et deux officiers avaient frappé à la porte.

– On nous a signalé des combats de chiens dans cette propriété, avait dit une femme flic aux longs cheveux roux débordant de la casquette marron de son uniforme.

Elle était grande et mince, la peau très pâle avec quelques taches de son. Bethany avait fait non de la tête et haussé les épaules.

– Je vois pas, avait-elle dit. On a quelques chiens, c'est vrai. Mais j'ai jamais entendu parler de combat.

Se sentant faiblir, elle s'était adossée à la porte. La policière, Aida Battle, l'avait regardée, puis avait enlevé sa casquette en essayant de discipliner sa chevelure flamboyante. C'était leur première rencontre.

– Vous en êtes bien sûre, madame ?

Bethany avait acquiescé.

– Est-ce qu'on peut jeter un coup d'œil dans la grange ? avait demandé l'autre officier, en la montrant du pouce.

Bethany avait acquiescé une nouvelle fois, incapable de les regarder dans les yeux. Le flic était parti vers la grange. Bethany l'avait vu ouvrir les battants de la porte et entrer. Elle avait senti le regard de la flic rousse.

– Je dois prendre votre nom, avait dit cette dernière. Quoi qu'il advienne, je dois noter votre nom.

– Bethany. Bethany Evers.

L'autre officier revenait déjà. Il avait dit à sa collègue avec un haussement d'épaules :

– J'ai rien trouvé. Y a cinq ou six chiens. Rien d'extraordinaire dans une ferme de cette taille. Rien d'autre à signaler.

La rousse avait scruté le visage de Bethany, puis jeté un regard vers la grange :

– Bethany, si jamais vous avez besoin de me contacter pour quoi que ce soit, voici mes coordonnées. Désolée de vous avoir dérangée.

Elle lui avait tendu une carte de visite. Puis elle avait remis sa casquette, souri avec froideur, et lui avait tourné le dos. Bethany avait soupiré. La flic avait fait volte-face.

– Dites-moi, Bethany, qu'est-ce que vous exploitez dans cette ferme ?

Bethany avait hésité puis s'était empressée de trouver une réponse :

– Y a plus d'argent dans l'agriculture. C'est juste que la vie est pas chère, par ici. Et paisible.

Elle avait souri, mais ses yeux imploraient la policière. « Ton collègue est mouillé dans cette affaire, avait-elle pensé. Une grange pleine de pitbulls. Il n'a même pas précisé que c'était des pitbulls. »

– C'est parfait pour les chiens, avait-elle menti. Mon petit ami a hérité de la propriété de sa grand-mère.

Elle redoutait de les voir partir.

Aida avait hoché la tête, donné un coup de pied dans la terre sèche et s'en était allée. Elle avait aperçu au loin un cercle de vieux charbons éparpillés. Les vestiges d'un grand feu. Elle avait regagné la voiture de patrouille où son coéquipier l'attendait. Il était rare qu'elle travaille avec un collègue ; elle avait patrouillé principalement seule pendant sa carrière, mais son lieutenant avait suggéré que Lombard l'accompagne. L'adresse en question était dans un coin complètement paumé et l'officier Battle n'était pas loin de la retraite.

« Je ne veux pas avoir ça sur la conscience, avait-il plaisanté. Te voir partir et jamais revenir. Alors que t'es à deux doigts de la retraite et des cocktails sur une plage de Floride. Pas question. Emmène Lombard, le pauvre saurait pas trouver son cul avec ses deux mains, tu lui feras connaître les petits chemins de campagne. »

Ils avaient descendu l'allée en gravier sous l'ombre écrasante de la grange rouge. Ils avaient croisé le pick-up de Kruk en rejoignant la route. Il leur avait fait un petit signe plein d'entrain, avait baissé sa vitre et sorti le coude. Dans la benne, trois pitbulls tiraient la langue.

– Bonjour m'sieurs dames, leur avait-il dit. Vous cherchez quelque chose ?

Il s'était protégé du soleil en plissant les yeux.

Aida avait examiné les chiens, leurs griffes faisaient tout un vacarme sur le métal de la benne. Ils aboyaient sans répit.

– C'est quelle race, ces chiens ?

– Des terriers, avait-il répondu en hochant la tête. De superbes bêtes.

– Des pitbulls, lui avait-elle renvoyé. C'est bien ça ? Des pitbulls ?

Il avait craché par terre et grimacé.

– C'est pas le nom que je leur donnerais, m'dame. Ce sont mes animaux de compagnie et je les aime.

– C'est pour ça que vous les mettez dans la benne ? Si vous les aimiez, vous les prendriez dans la cabine avec vous. Vous leur mettriez même la ceinture. Vous savez que je pourrais vous verbaliser sur-le-champ ?

Elle voulait mieux voir son visage, mais il était caché dans l'ombre de sa main en visière.

– Aida… avait discrètement murmuré Lombard du coin des lèvres, en faisant semblant de regarder par la vitre.

– On rentre du ruisseau, avait expliqué Kruk. Ils ont joué. Ils s'en sont donné à cœur joie. Je ne voulais pas rentrer en sentant le chien mouillé. Ma copine a horreur de ça.

Il avait à nouveau souri de toutes ses dents.

– Ouais, on vient de la rencontrer, avait dit Aida en stoppant la voiture. Elle est très sympa. Elle a fait visiter la grange à l'officier Lombard.

Elle avait tenté de se rappeler le nom de la jeune femme, sans y parvenir. « Je viens juste de la rencontrer », avait-elle songé. Elle attendait de voir la réaction de Kruk.

Celui-ci n'avait pas cillé, il se grattait les poils de la barbe. S'intéressant plus attentivement au passager de la voiture de police, il avait souri et fait un signe :

– Bonjour, officier Lombard, je ne vous avais pas vu.

Lombard l'avait piteusement salué à son tour. Kruk sourit à Aida en haussant les épaules :

– C'est un bon coin pour les chiens, avait-il fini par dire. Une telle liberté, vous comprenez, ils peuvent vagabonder tout leur soûl.

Aida avait redémarré, le pied sur la pédale de frein.

– Ils sont déjà secs, lui avait-elle dit.

– Quoi ?

– Vos chiens, ils sont secs. (Il avait cligné des yeux.) Vous venez de dire que vous étiez au ruisseau. Ces chiens ont l'air secs.

Kruk s'était tourné vers les trois chiens haletants.

– Ils sèchent vite quand ils sont dans la benne, en plein air. C'est mon petit secret.

Puis, en avançant dans l'allée de sa propriété, il les avait dépassés avec un petit signe amical, comme s'il faisait peu de cas de l'affaire.

– Il a l'air sympa, avait dit Lombard.

– Ah bon, c'est intéressant. Tu le connaissais depuis le début et t'en as jamais soufflé mot. Pourquoi ?

Lombard avait craché par la vitre en se grattant la nuque.

– J'avais pas réalisé qu'il vivait ici. Pas du tout. (Haussement d'épaules.) Il m'arrive de le croiser au bar de temps en temps. Qu'est-ce que ça peut faire ?

– Quelque chose me chiffonne, avait dit Aida. Quelque chose ne tourne pas rond.

Lorsque Bethany eut fini son histoire, Aida réfléchit :

– Je me souviens de ce jour, Bethany. Je me souviens que je ne l'ai pas cru. Ce qui justifie d'autant plus que je le poursuive. Il a mon arme, d'abord. Je ne peux pas laisser passer ça. Le lieutenant aurait ma peau, bon Dieu.

Elle n'arrivait pas à croire qu'elle n'avait reconnu ni Kruk ni la fille. « Son visage : je n'ai pas reconnu son visage balafré, songea-t-elle. Je perds la boule. Je déconne complètement. »

– Vous ne pouvez pas, lui dit Bethany. Pas dans l'immédiat. Emmenez-moi à l'hôpital, c'est tout ce que je demande. Il me faut de nouveaux points de suture.

– Vous ne comprenez pas, répondit Aida en hochant la tête. Je devrais déjà l'avoir coincé. Arrêté et menotté. (Elle se dégagea de l'emprise de Bethany. Des décennies de service irréprochable pour perdre son pistolet à deux doigts de la retraite. Aida était livide, affolée.) Je vais appeler des renforts. Plus de flics.

– Ils s'en fichent, répondit Bethany d'une voix tendue.

– Comment ça, ils s'en fichent. Pourquoi ? demanda Aida, exaspérée.

– Ils trempent tous dedans, la ville entière est mouillée. (Elle avait du sang partout, qui noircissait en séchant.) Et je parie que votre pote aussi, dans la voiture de patrouille.

– C'est impossible. Les faits reprochés sont sérieux : cruauté envers des animaux, paris illégaux, racket…

– Non, ils pensent tous que c'est que des animaux. (Elle s'essuya les yeux.) Je les ai déjà vus balancer leurs chiens après les combats. Allez vérifier dans le ruisseau. Dans les fossés. Vous verrez. Rien qu'en me promenant sur la route près de chez nous, j'ai ramassé quatre-vingts colliers. Quatre-vingts.

Aida se tut.

– Ils se fichent de votre pistolet, officier Battle. (Bethany sortit la carte de visite d'Aida de la poche de sa jupe en jean et la brandit devant ses yeux.) Tout ce qui les intéresse, c'est de jouer de l'argent sur des chiens. Alors maintenant, pouvez-vous m'emmener à l'hôpital ?

« Elle connaît mon nom. Elle a ma carte », pensa Aida.

– Impossible, l'hôpital exigera un compte-rendu des faits. Je ne peux pas mentir.

– Dans ce cas, j'irai seule. Ça ne sera pas la première fois.

Bethany essuya le guichet, nettoya les taches de sang séché. La voiture de son patron était dans le parking ;

il venait de se garer et mangeait un hamburger dans un sac en papier graisseux.

Sonnée, Aida se dirigea vers la porte. Elle s'arrêta à la sortie et dit :

– Je suis navrée, Brittany. Navrée de ne pas avoir pu vous aider.

– C'est Bethany, rectifia la jeune femme. N'oubliez pas vos croquettes.

Aida lui fit un signe de la main, s'engouffra dans sa voiture de patrouille et remarqua la légèreté de sa ceinture et de l'étui. En démarrant, elle saisit la radio pour alerter les autres voitures, puis elle réfléchit. Elle essaya de se rappeler la couleur du pick-up de Kruk. Rouge ? Noir ? Elle prit la route et fonça dans la direction où elle pensait qu'il était parti, mais elle sortit rapidement de la ville et pénétra dans la prairie. Devant elle : des champs plats et des trains pour délimiter l'horizon, rien d'autre. Elle sortit de la route, prit un chemin en gravier qui menait à la voie ferrée. Elle regarda un train de marchandises filer, les wagons couverts de graffitis se brouillant devant ses yeux. Elle baissa sa vitre et aspira une bouffée d'air. « Qu'est-ce qui vient de se passer ? Qu'est-ce qui vient de se passer ? »

De retour au poste, elle se dirigea vers son bureau. Lombard y était installé, il discutait avec sa femme au téléphone.

– T'as pris ton temps, observa le sergent Doty. Où est la bouffe pour chiens ? Où sont les croquettes ?

Il gloussa en examinant les résultats du base-ball dans un journal froissé.

– Qu'est-ce qui se passe ? demanda-t-elle à la cantonade.

Les hommes haussèrent les épaules, levèrent les yeux au plafond, continuèrent à tapoter sur leurs claviers. Lombard raccrocha.

– Mais qu'est-ce que tu fous ? lui demanda-t-elle.

– Qu'est-ce que tu veux, Battle ? dit-il en levant les mains. T'as oublié où était ton bureau ou quoi ?

Ses collègues aimaient la taquiner sur ses problèmes de mémoire. Elle n'arrêtait pas d'égarer ses affaires : sa casquette, des comptes-rendus, sa tasse de café. Ils disaient qu'elle vieillissait.

– Rends-moi mon bureau, lui dit-elle.

– C'est le mien.

Elle ouvrit le tiroir en haut à droite où elle gardait un paquet de tampons, même si elle avait passé l'âge d'en avoir l'utilité. Ils n'y étaient pas. Elle glissa la main devant son entrejambe pour ouvrir le tiroir en haut à gauche où elle gardait deux boîtes de crayons Dixon Ticonderoga #2, tous impeccablement taillés. Le tiroir renfermait un enchevêtrement d'élastiques sur plusieurs couches de magazines de foot en papier glacé.

– Hé ! s'indigna Lombard en refermant brusquement le tiroir. T'arrête de fouiner dans mon bordel !

Elle fit une sortie fracassante de la salle ; les hommes éclatèrent de rire. Elle partit dans les vestiaires s'asperger le visage, détacha ses cheveux, respira profondément. Elle se dirigea vers son casier, l'ouvrit, et une avalanche de balles de golf Titleist dégringolèrent bruyamment et rebondirent dans toute la pièce. Elle était stupéfaite, déconcertée, son cerveau marchait à cent à l'heure. « Ai-je vraiment laissé cette jeune fille là-bas ? Pourquoi ne l'ai-je pas aidée ? Pourquoi ne l'ai-je pas reconnue, et l'homme non plus ? »

À cet instant, ses collègues entrèrent dans les vestiaires ; le lieutenant tenait dans les bras un grand gâteau, toutes bougies allumées. Ils chantèrent à tue-tête *Auld Lang Syne* et *For She's a Jolly Good Fellow*, les canettes de bière déjà ouvertes dans leurs grosses mains. Elle sourit, vaincue et perplexe, retint ses cheveux en arrière, et souffla sur les bougies, faisant ainsi ce qu'ils attendaient d'elle.

– Tu vas nous manquer, lui dit le lieutenant, la main sur son épaule.

– J'imagine que vous n'aviez même pas besoin de croquettes, dit-elle, s'adressant à lui et à la brigade canine.

Ils souriaient de toutes leurs dents, comme une meute de loups.

– Encore une petite chose, dit-elle à voix basse au lieutenant un peu plus tard, en s'approchant de lui. J'ai perdu mon pistolet. Vingt-cinq ans de service et je perds mon arme en allant au magasin pour un canular. (Elle hocha la tête.) Je vais avoir de la paperasse jusqu'aux yeux…

– T'en fais pas pour ça, mange ton gâteau. Dans quelques mois, t'en auras plus besoin de toute façon. Grands dieux, Aida. Ta mémoire te joue vraiment des tours. Tu dois avoir les fusibles du cerveau un peu rouillés, hein ?

Elle acquiesça.

Elle mangea le gâteau, partagea la bière avec les autres officiers de patrouille, puis (au diable le protocole !) ils ouvrirent une boîte de cigares et la salle fut envahie d'une épaisse fumée moite. Tandis que ses yeux rougissaient, elle se demanda lesquels de ces hommes recherchaient des émotions fortes en regardant des chiens se faire trucider. Une brume effrayante s'accumulait dans sa tête. Elle était devenue flic pour protéger les gens, mais dernièrement… elle se sentait faible, facilement dupée, tellement désorientée. Sa mémoire l'abandonnait.

En rentrant en début de soirée, elle évita de peu plusieurs cerfs sur la route. Chez elle, elle prépara une tasse de café en poudre, mélangeant les fines particules à l'eau bouillante. À l'intérieur de son jardin au grillage inutile, deux faons mastiquaient ses plants de salade et elle remarqua des lapins parmi les radis et les fanes de carottes. Elle appréhendait la retraite. Elle devait voir un médecin, elle le savait, mais redoutait l'idée d'un scanner du cerveau, de son corps pénétrant le tube palpitant d'un scanner. Elle craignait encore plus d'avoir

Alzheimer. Elle vivait seule et se demandait si son isolement n'était pas responsable des connexions ratées de son cerveau. Elle oubliait sans cesse des choses, beaucoup de choses. Tout. Elle avait récemment laissé la voiture de patrouille tourner toute la nuit devant chez elle, le moteur au point mort, les phares allumés, jusqu'à ce qu'elle tombe en panne. Le lendemain, elle avait dû verser un jerrycan d'essence pour tondeuse dans le réservoir, suffisamment pour aller jusqu'en ville. Et ce n'était pas tout : elle avait oublié le nom du lieutenant, avait donné une contravention en guise d'argent à une serveuse, avait porté ses baskets au travail trois matins de suite. C'est Lombard qui avait gentiment pointé ses pieds du doigt.

Elle pensa à Bethany. À cet instant, devant l'évier de sa cuisine, en regardant les ombres se propager dans le crépuscule, elle comprit que si la jeune femme ne l'avait pas exhortée d'arrêter l'homme, c'est parce qu'elle le voulait mort ou appréhendé différemment. Et à quoi servirait-il d'impliquer la police et ces hommes qu'elle savait de mèche avec ses activités criminelles ? Puis, au même instant, Aida reconnut l'origine des balafres sur son visage. Elles ne provenaient pas d'une lame, d'aucune sorte de lame. C'étaient des cicatrices de morsures de chien, peut-être même de plusieurs chiens. Le genre de balafre qu'elle voyait fréquemment sur les visages crasseux de jeunes enfants abandonnés.

Elle passa au salon, mit un disque sur le tourne-disques, se versa un verre de bourbon et écouta Dave Brubeck pendant des heures, troublée et honteuse. Elle l'écouta plusieurs fois, retournant le disque un peu comme une crêpe chaque fois que le saphir lui indiquait de le faire, presque hypnotisée. Bethany était seule au monde. Aida n'avait pas été capable de la secourir, à deux reprises. Dans la solitude de sa maison, elle se sentait comme une gardienne inadéquate, prise de peur, elle berçait son verre de bourbon et passait les doigts dans ses cheveux. Puis, dans le courant de la nuit, à l'heure où les coyotes glapissaient dans le champ derrière sa fenêtre, elle entendit le disque osciller sans musique, le saphir nageant vers le rivage du centre sombre et sans sillons. Elle resta ainsi jusqu'à l'aube, dans un flou complet. Avec les grésillements de l'électrophone et le saphir comme une griffe.

Bethany téléphona du magasin pour animaux une semaine après le départ à la retraite d'Aida. Elle souhaitait la rencontrer dans un endroit discret. Elle vivait dans un motel de bord de route depuis des mois, et il ne lui restait presque plus d'argent. On prévoyait de la grêle dans la journée, des tornades étaient déjà signalées dans les comtés de l'ouest.

C'est alors qu'elle expliqua à Aida que les chiens lui avaient mordu la figure, qu'elle s'était échappée de la ferme, qu'elle n'avait pas pu démissionner parce qu'elle avait besoin d'argent, que son patron n'arrivait plus à la regarder dans les yeux, que la procédure pour réparer son visage avait engendré une montagne de dettes qu'elle ne parviendrait jamais à rembourser. Qu'avec la douleur de son visage rapiécé, il lui était impossible de dormir sur un lit, le visage sur un oreiller. La nuit, elle s'endormait sur une chaise et rêvait de chiens morts et de crocs enserrant son crâne comme une balle molle.

Elles se rencontrèrent le lendemain dans un café au bord de la route. Ce matin-là, Aida s'était rendue à une foire d'armes à feu à Red Wing où elle avait acheté un nouveau pistolet pour pouvoir récupérer le sien. Aida avait résumé la situation de Bethany sur un bloc-notes, au crayon de papier. Elle ne cessait de souligner : BETHANY, PITBULLS, GRANGE, VISAGE. Elle souligna BETHANY jusqu'à briser la mine, percer le papier. En passant le doigt dans le trou à l'emplacement du nom, elle ne se souvenait déjà plus de ce qui avait été écrit. « Ça commence par un *b*, dit-elle, ça commence par un *b*. »

Ils se retrouvaient à la grange toutes les premières nuits de nouvelle lune, lorsqu'il fait un noir d'encre et que les chiens sont moins sensibles aux étranges influences de l'astre. La grange pouvait accueillir quelque deux cents personnes serrées comme des sardines, coude contre coude, boucle de ceinturon contre boucle de ceinturon. La plupart garaient leurs fesses sur des vieux gradins en bois que Kruk avait achetés à un lycée rénovant son gymnase.

Aida regarda ses anciens collègues franchir les portes de la grange : déjà soûls, de l'alcool bon marché sous le bras, des cigares odorants plein les mains. Puis ce fut le défilé des politiciens, enseignants, avocats et hommes d'affaires. Kruk les accueillait à l'entrée, inscrivait leurs paris dans un registre et prenait leur argent.

Les voitures des nouveaux venus éclairaient le chemin, plein phares. Les habitués naviguaient dans le noir, sous l'éclat des étoiles clairement visibles, les deux sillons du chemin leur étant familiers. Elle observa leur procession depuis la ferme, le métal de l'arme froid et réel contre la peau pâle du creux de ses reins où le canon se nichait sous l'élastique de sa culotte. La nuit grouillait de chiens.

La plupart des combats ne duraient que quelques minutes. Elle se représentait la scène d'après les hourras ou les huées de l'assemblée d'hommes : les grondements précédant le combat, la ferveur du détachement des laisses, la ténacité des encouragements et des insultes, et, enfin, les suppliques à l'agonie et les exclamations de joie. On entendait aussi l'argent changer de main dans la nuit, comme un frémissement de vieilles feuilles de tremble. Entre deux combats, elle espionnait les hommes qui sortaient de la grange pour pisser dans l'obscurité, le bout rouge de leurs cigarettes ou de leurs cigares illuminant l'ivresse de leur visage. Certains sortaient en portant leurs chiens comme des enfants morts, en les embrassant. D'autres se débarrassaient d'un coup de pied des bêtes mourantes et des carcasses, dans le noir tout proche, tandis que la lueur de la grange éclairait leurs yeux vides. Elle vit un homme pisser sur un chien roué de coups, qui couinait encore. Il était parfois difficile de distinguer le bruit des hommes de celui des chiens. Le pire était le bruit des bottes sur les gradins en bois. Elle en avait les poils qui se dressaient dans le cou. « Garde ton sang-froid, ma petite », se conseilla-t-elle à voix basse.

Le dernier match dura environ une heure, les voix des hommes de plus en plus basses et rauques alors que le combat se prolongeait. Certains spectateurs apparaissaient précipitamment pour vomir, les mains contre le mur de la grange. D'autres partaient, leurs pneus projetant une pluie de graviers.

« Il se bat à l'aveuglette, entendit-elle dire, il a perdu ses deux yeux. »

Le combat se termina peu avant l'aube, le ciel couvert d'hématomes bleu et jaune. Les hommes partirent, certains avec leurs chiens. Elle entra dans le placard avec le vieux matelas, ferma les portes, attendit que Kruk monte l'escalier de son pas lourd. Elle essaya de contrôler sa respiration. Une porte s'ouvrit au rez-de-chaussée. Elle s'attendait au son de griffes canines sur le vieux plancher, mais rien, si ce n'est le bruit d'une bouteille sortie du réfrigérateur, décapsulée. Elle aurait déjà été découverte s'il y avait eu des chiens, elle aurait dû prendre les devants. Elle soupira de soulagement. Il finit par monter.

Il ôta sa chemise ; son dos et sa poitrine étaient maculés de tatouages grossiers. Il s'assit lourdement sur le lit, bâilla, gratta les poils de sa barbe et enleva lentement ses bottes, puis ses chaussettes. Il s'endormit dans la minute. Elle poussa les portes, arme déjà au poing, puis traversa la pièce, pointant son visage. Il ronflait et ses lèvres s'agitaient. Elle se planta à côté de lui, si près qu'elle sentait son odeur de sueur et de sang. Puis elle lui assena un coup de pistolet dans la figure, lui entaillant l'arête du nez. Il hurla. Elle recula prudemment. Dehors, les chiens se mirent à aboyer dans une grange obscure.

– Debout, lui dit-elle en reculant d'un demi-pas.

Il la regarda en souriant.

– Je vous croyais à la retraite. (Il avança le cou et cracha du sang sur les bottes d'Aida.) Surpris que vous vous soyez souvenue du chemin…

Elle tira une balle dans le plancher. La poudre et la fumée envahirent la pièce, la détonation résonnait dans ses oreilles.

– C'est pas le moment de m'emmerder. À terre ! dit-elle en pointant le canon fumant de son pistolet.

Il rampa et s'allongea sans la quitter des yeux. Elle lui passa les menottes, le prit par les cheveux et lui frappa la figure sur le plancher.

– Vous avez réussi, ce coup-ci ! s'exclama-t-il. Qu'est-ce qui vous arrive ? Alzheimer ? Je m'en aperçois, vous savez. Je le vois dans vos yeux. Tout vitreux. Vous êtes de plus en plus paumée, pas vrai ?

– Qu'est-ce que vous avez fait à cette femme ? demanda-t-elle en hochant la tête.

Tout à la fois gonflée d'adrénaline et étrangement dans le cirage, elle se sentait chancelante. Il faisait toujours sombre dans la chambre, il n'y avait que la lumière ambiante des étoiles.

– Je l'avais prévenue de pas montrer sa peur. Elle en était pas capable. Elle était pas assez forte. Ils le sentent, sur une personne. Comme je le sens sur vous.

– On va aller se promener, dit-elle. Vous m'expliquerez tout ça.

Ils sortirent de la maison et traversèrent les champs en direction du ruisseau. Il trébuchait sur les chaumes de maïs, tombait.

– Écoutez, ma p'tite dame, je sais pas ce qui s'est passé. Le plus probable, c'est qu'elle s'est pas rendu compte qu'ils étaient entrés dans la maison après le combat. Peut-être que leurs muselières étaient déchirées. Ou qu'ils étaient blessés, les nerfs à vif. J'imagine qu'elle a dû buter sur eux dans la nuit, en allant aux WC. Franchement, j'en sais rien. Et puis quoi, je l'ai déposée devant l'hôpital. (Il haussa les épaules.) Je l'avais prévenue de pas avoir peur. D'ailleurs, où est-elle ? Je l'ai pas vue depuis un bon moment. Depuis que je vous ai piqué votre pistolet. Vous vous en souvenez, de ça ?

Aida le frappa une nouvelle fois. Ils étaient proches du ruisseau. Elle entendit les succions et remous du courant autour des racines et des troncs coulés. Il s'arrêta au bord. Elle vit une étrange pyramide de rochers dans l'eau.

– Dans l'eau, dit-elle.

– Pas question. Je vais me noyer.

– Allez.

Il tituba sans perdre pied. Jamais il ne craqua, sanglota, ni implora. Il restait planté au milieu de l'étroit ruisseau, les bras derrière le corps, le sang coulant dans sa bouche.

– Où est l'argent ? demanda-t-elle.

Il cracha dans l'eau et le courant emporta le sang.

– Dernière chance, dit-elle en armant le pistolet.

– Dans le congélateur. Et aussi sous une lame du plancher de ma chambre.

– Combien ?

– Je sais pas. À vous de compter.

Elle tira deux fois, son corps chavira et partit à la renverse dans le ruisseau. Elle le regarda dériver jusqu'à ce qu'il soit emmêlé dans une vieille clôture qui traversait le ruisseau avec les autres débris – sacs plastique déchiquetés, branches, chaumes de maïs. La pression de l'eau le poussait de plus en plus profondément dans l'obscurité. Puis elle regagna la maison.

Elle empila l'argent du congélateur sur la table de la cuisine. Il y avait deux liasses épaisses retenues par un élastique et enveloppées dans du film étirable. Son ancienne arme de service était aussi dans le congélateur, à côté de sacs pleins de rhubarbe, de maïs et de tomates. Et le titre de propriété de la maison, que lui avait léguée une certaine Ione Miller. Elle plaça tout ça sur la table et monta à l'étage.

Elle ouvrit les portes de l'armoire et le matelas s'effondra. Mais il fit un bruit inhabituel. Un billet de cent dollars voleta et retomba comme une feuille morte. Elle se pencha plus attentivement sur le matelas. Il y avait une incision sur la tranche et elle vit qu'il était bourré de coupures et de valeurs. « Cet argent n'était pas à lui », pensa Aida. Certains des billets dataient des années 1920. Elle compta l'argent en le retirant du vieux rembourrage moisi. Quatre-vingt-dix mille dollars. Dans un recoin sous le plancher, elle en trouva cinquante mille de plus. Elle descendit l'escalier, des taies d'oreiller remplies d'argent plein les bras. Elle chargea le tout dans son pick-up, en surveillant le champ et le ruisseau. Des aboiements s'échappaient de la grange. Elle verrouilla les portières du pick-up et se dirigea vers l'immense bâtiment rouge. L'aube était levée.

À l'intérieur, un chien à l'agonie, les entrailles traînant hors du ventre sur le sol crasseux, enchaîné à un ancien pieu à vaches, tremblant de peur. Aida s'approcha et passa les mains le long des flancs de l'animal, avec douceur. Elle le libéra mais il ne put que s'affaler dans ses bras. Elle le porta jusqu'au pick-up, son regard inquisiteur sur elle. Elle prit la route sans cesser de surveiller le rétroviseur. Devant elle, sur le chemin en gravier, une Escalade venait de s'engager dans la propriété et se dirigeait vers elle. Le véhicule se rangea sur le bas-côté et le conducteur baissa sa vitre. Elle reconnut le pharmacien. Remarqua son souffle dans la fraîcheur du petit matin.

– Officier Battle, lança-t-il, l'air gêné. (Il vit le chien à côté d'elle, la pile d'argent.) Je ne savais pas que vous faisiez les combats de chiens.

– Wilson, avez-vous de la morphine ?

Son nom lui était revenu sans effort du plus profond d'elle-même. Elle disait ce qui lui venait à l'esprit. Le pharmacien sursauta.

– Il est dans un sale état ?

La rage montait en elle. Elle palpa le pistolet à ses côtés.

– Il est sur la fin, bon Dieu.

– Inutile de gaspiller des médicaments, dit-il avec un geste de la main. Les balles coûtent moins cher.

– Ah ouais ?

Elle brandit le pistolet, stabilisa son poignet sur le rebord de la vitre et tira deux balles dans chacun des pneus du côté passager. Le chien tressaillit, puis trembla. Wilson la dévisagea.

– Morphine, répéta-t-elle.

Wilson l'accompagna chez le vétérinaire dans la benne du pick-up. Elle lui fit porter le chien à l'intérieur.

– Si je vous prends à faire combattre un autre chien, je ne me contenterai pas de bousiller votre véhicule.

Il acquiesça et entra par la porte arrière avec l'animal blessé.

Elle rentra chez elle et gara son F-150 devant sa maison. Du sang sur la banquette avant et un sac de billets. Elle s'extirpa de la cabine, les nerfs de tout son corps noués, à vif. À cet instant, deux faons débouchèrent de son jardin bruni, elle tira le pistolet du creux de ses reins et le braqua sur eux, mais ils disparurent d'un bond derrière un bosquet de bouleaux. Elle essaya d'ouvrir la porte d'entrée qui était fermée à clé. Le trousseau tintait dans sa main. Elle eut du mal à insérer le métal dans la serrure. Appuyée contre la porte, elle se mit à sangloter. Aida craquait mais personne n'était là pour s'en soucier. La porte finit par céder et elle s'allongea dans le hall d'entrée. Elle ressentit le besoin impérieux d'avoir un chien, un animal domestique, une créature quelconque capable de la réconforter. Elle s'endormit ainsi et resta allongée jusqu'à ce que le soleil de l'après-midi la fasse transpirer. Elle se leva alors, finit d'entrer et referma la porte. Des feuilles s'étaient accumulées sur le seuil.

Son répondeur clignotait sur le comptoir de la cuisine, elle appuya sur le bouton. C'était le lieutenant :

– Battle. Lieutenant Cook à l'appareil. Écoute, on m'a signalé une histoire étrange, comme quoi Wilson était arrivé chez le véto avec un chien mort dans les bras. Il dit que c'est toi qui l'a déposé là-bas ? Et qu'il a eu deux pneus crevés près de la ferme où Lombard et toi étiez allés. Tu te souviens...

Mais sa voix s'interrompit brutalement avec la fin de l'enregistrement.

« Deuxième message », annonça le répondeur.

C'était à nouveau la voix du lieutenant.

– Satanées machines. Écoute, je sais que t'es à la retraite et tout ça, Battle, mais il faut vraiment que tu me rappelles pour cette histoire, d'accord ? J'ai envoyé Lombard ce matin pour vérifier que tout allait bien et il n'y avait personne sur place. Ce jeune Kruk trempe peut-être dans quelque chose de louche et Lombard ne l'a pas trouvé, alors que sa Dodge rouge était devant chez lui. Alors si...

La machine interrompit à nouveau le lieutenant avant d'annoncer : « Vous n'avez aucun nouveau message. »

« Elle était rouge, songea Aida, comment ai-je pu oublier une Dodge Ram rouge ? Rouge ? Une putain de Dodge rouge. »

Elle prit une tasse dans le placard, les yeux rivés sur la fenêtre. La portière côté conducteur de son pick-up était ouverte. Elle remplit la bouilloire et la mit sur le feu. Elle sortit et trouva l'argent sur la banquette. Après s'être glissée dans la voiture, elle voulut allumer la radio, mais elle n'avait pas les clés. Elle alla les chercher et les trouva à côté du répondeur. Elle regarda par la fenêtre. La portière était toujours ouverte. De retour sur la banquette, elle tourna la clé de contact. La radio se mit à gazouiller. Aida écouta de la country jusqu'à ce qu'il fasse nuit. On entendait un sifflement à l'intérieur de la maison et les fenêtres de la cuisine étaient embuées. La plaque de cuisson était inondée d'eau projetée par la bouilloire. « Mais qu'est-ce que je fous ? Quel bazar ! Quel bazar ! » Elle trouva un sac de billets sur la table de la cuisine.

À Duluth, Aida retrouva Bethany à côté du grand lac, où elle regardait le lent cheminement des marchandises. C'était le 1er novembre et elle avait une écharpe en cachemire nouée autour du visage.

– C'est la seule matière que je supporte, expliqua-t-elle. Ça me coûte un bras, mais c'est le seul truc agréable au toucher.

Elles restèrent assises sur le vieux banc gris et usé d'un parc. Aida donna un coup de pied dans un sac en toile vers la chaussure droite de Bethany.

– Je suis pas idiote, vous savez, dit Bethany après un moment. Je veux que vous le sachiez. C'est sans doute ce que vous pensez, mais… c'est pas vrai, j'ai fait des études. C'est juste que j'ai jamais su m'y prendre avec les hommes. Je trouvais jamais les mots alors... je me suis tue. Avec Bret, je croyais avoir gagné le gros lot. Vous auriez dû le voir faire avec ses chiens, certains jours. (Elle s'essuya doucement le nez d'un revers de main.) Le matin, surtout. Ils sautaient sur le lit, lui léchaient le visage et... j'entends encore son rire.

Elle jeta une pierre dans le lac. Elle repensa à lui et frissonna, mal à l'aise. Il n'avait pas été un homme bien, il l'avait dupée. Elle ouvrit la fermeture du sac en toile, pencha la tête.

– Ça devrait couvrir les frais de chirurgie, lui dit Aida. J'ai pris cinquante mille pour moi. Ça m'a paru à peu près équitable. Mais c'est dommage pour la ferme. Je me demande si elle avait de la famille. C'était pas mal, comme endroit, près du ruisseau et tout ça.

– Non, dit Bethany. J'aimerais qu'elle soit réduite en cendres. Entièrement. Vous ne vous souveniez plus du tout de moi, hein ? (Elle passa tendrement les doigts sur les cicatrices de son visage.) C'est si terrible que ça ? Les balafres ?

Aida fit non de la tête, les dents glacées par le vent.

– J'ai pris rendez-vous à l'hôpital Mayo, à Rochester, dit-elle, mais je ne sais pas si je peux supporter d'y aller. Je ne sais pas si je suis prête à entendre les mauvaises nouvelles. (Elle marqua une pause. L'air sentait le frais, un soupçon de neige toute proche, mais aussi d'autres choses : gasoil, poisson, sciure.) Non, les cicatrices ne sont pas si graves. Mais non. Je ne vous avais pas reconnue. Je ne suis même pas sûre d'avoir fait un rapport ce jour-là. À vrai dire, je ne me revois même pas revenir au poste. Y a juste… des jours entiers qui disparaissent. Des jours entiers.

– Je vous accompagnerai, dit Bethany en se tournant vers elle.

Aida fit comme si elle n'avait pas entendu ces quelques mots et peut-être que le vent qui soufflait du lac les emporta car la femme rousse ne réagit pas, elle se contenta de regarder l'étendue d'eau. Ses lèvres bougeaient à peine et Bethany comprit qu'elle se parlait à elle-même comme si elle était seule. « Des jours entiers. Des jours entiers. »

Elles restèrent assises, le vent balayant les cheveux sur leur visage. Sur le lac, les cargos progressaient lentement, soulevant des vagues qui déferlaient contre les jetées et leur enrochement. Des silos à céréales abandonnés les surplombaient, dressés dans le ciel bleu, encerclés de pigeons. Elles regardèrent un chien à trois pattes trotter dans un champ de camions rouillés, la truffe noire en l'air, reniflant les brises d'eau douce.

## Sous le feu de joie

*Ce qui signifiait, je le sais – bien sûr que je le sais – / Que ce n'était plus qu'une affaire de semaines / Qu'il n'y avait plus rien à faire.*

Extrait du poème « Arbre de Noël »
de James Merrill

Ils traînaient les sapins par le tronc, dessinant un chemin d'aiguilles sur le lac gelé ; la cime, qui arborait il y a peu une étoile brillante ou un ange, glissait sur la glace, dans la neige et la gadoue. La plupart des arbres étaient depuis longtemps assoiffés, leurs aiguilles devenues des pointillés sur la moquette ; les sapins ornés et enguirlandés n'étaient plus joyeux, ni réjouissants – seulement combustibles.

La tradition voulait qu'on les brûle sur le lac gelé la première nuit de janvier. Kat regarda le groupe quitter le rivage d'un pas décidé, les arbres produisant un grattement sourd sur la glace. Son petit ami

Pieter était penché sur une tronçonneuse dont il vérifiait les niveaux, un bidon d'essence à côté de lui.

– C'est un peu triste de finir comme ça, dit-elle en se frictionnant les bras. De finir brûlés. Tous les ans. À quoi ça rime, au final ?

Ils – les voisins – commençaient à approcher. Les premiers sapins étaient empilés loin de la rive et des maisons. À deux kilomètres de là, la ville scintillait sur la colline. Un isthme de ville encadré par deux lacs.

Pieter activa la pompe d'amorçage, glissa le bout de sa botte dans la poignée pour stabiliser la tronçonneuse sur la glace, puis il tira sur la corde de lanceur. La machine gronda. Il la leva et fit tourner les dents d'acier ; l'engin hurla dans la nuit. Kat sursauta. À cette distance pourtant infime de la ville, on n'entendait aucune circulation : ni bus, ni klaxons, ni musique, ni piétons ivres. La tronçonneuse semblait incongrue, ce qui ne déplaisait sans doute pas à Pieter. Il affichait un large sourire, enfoui sous sa moustache dont il avait ciré les extrémités en boucle. Elle n'aimait pas cette moustache, sa forme savamment étudiée lui faisait penser à une espèce de mante ridicule.

– On fait ça pour rigoler, répondit-il en posant la tronçonneuse dont le petit moteur tournait au ralenti. Et puis, c'est mieux que de les abandonner dans la rue, non ? On les a aimés, après tout. Alors si c'est pour les balancer dans le caniveau ou dans un fossé quelconque… C'est comme se débarrasser d'un cadavre. Non. C'est mieux comme ça. On se retrouve, on fait un grand feu de joie, on boit quelques schnaps, et on finit peut-être à poil, pour un bain de minuit.

Il lui adressa un grand sourire.

– Tu te payes ma tête, dit-elle d'une voix blanche.

– Je n'oserais jamais, répondit-il en allant vers elle.

Il passa ses longs doigts aux relents d'huile et d'essence dans ses cheveux, sa moustache s'approcha de ses lèvres. Ils s'embrassèrent et les poils la chatouillèrent. Il s'était rasé la barbe la veille. Une sorte de plaisanterie. Il l'avait fait pendant qu'elle dormait et elle s'était réveillée le lendemain matin à côté de lui, version étrange de son amant – mais pas une version améliorée.

– Il fait dans les moins quinze. Par ailleurs, sache que je ne suis pas sûre d'être très fan de ce truc, dit-elle en pointant sa moustache du doigt.

– On fait aussi de la plongée, poursuivit-il sérieusement.

– Qu'est-ce que tu racontes ? Il n'y a même pas d'accès à l'eau.

– C'est pour ça que j'emmène la tronçonneuse. Pour créer un accès. C'est comme dans un rêve. Un petit acide et tu te croirais sur une autre planète.

– Tu n'as pas l'intention de faire ça ce soir ? demanda-t-elle en le repoussant.

– Je le fais tous les ans. J'ai même apporté une combinaison à ta taille. Faut que tu essaies. Mais sans acide, ce soir. Un peu d'herbe, peut-être. Ou juste du schnaps. Comme ça te chante.

– Non, mais, j'y crois pas, putain, dit-elle, soudain exténuée.

Le soleil avait disparu depuis longtemps mais il n'était pas tard. Six heures du soir, peut-être, puisque des flux de gens – une cinquantaine en tout – se répandirent sur le lac. Le bûcher de sapins desséchés prenait de l'ampleur, et l'odeur piquante de marijuana se mêlait aux épices métalliques du schnaps. Un homme déversa un seau de kérosène sur la pile. Puis une jeune femme brailla et lança son mégot de cigarette sur le tas. Il tourbillonna dans les airs, orange et jaune, puis caressa le kérosène et le feu prit en un souffle puissant. Les flammes l'escaladèrent rapidement et s'élevèrent à cinq, six, dix mètres dans le ciel. La foule grondait et trinquait. Il y avait de nombreuses glacières sur cette surface plane, mais certains se contentaient de déposer leurs canettes en aluminium à même le lac gelé.

– Hé, dit Pieter. Ça va ? Qu'est-ce qui t'arrive ? Écoute, t'es pas obligée de rester si t'as pas envie. Je veux pas te forcer.

Elle détourna les yeux de lui et de la tronçonneuse qui trépignait sur la glace en rejetant un souffle régulier de fumée bleue. Ils ne sortaient pas ensemble depuis longtemps – trois mois. Elle n'avait jamais connu meilleur amant. Tout ce qui était excessif en lui dans la vie, dans le présent, se révélait libérateur au lit. Il était fougueux et décomplexé, fort et inventif, têtu et hypergénéreux.

Elle n'avait jamais eu d'orgasme avant de coucher avec lui. Lors de leur premier rendez-vous, quelques jours après leur rencontre dans un parc d'attraction, elle l'avait invité chez elle, brûlante de désir malgré ses réticences de principe. Elle avait glissé les doigts dans les passants de sa ceinture. Il l'avait poussée sur le lit. Enlevé ses bottes et son jean. Arraché sa culotte avec les dents. Puis, les yeux dans les yeux, il lui avait dit : « J'arrêterai pas avant que t'aies joui trois fois. » Puis il avait glissé sa langue en elle, sur elle, l'avait butinée comme un oiseau-mouche.

Il prit son visage entre ses mains et l'embrassa.

– Sérieusement, lui dit-il, faut que je rentre à la maison chercher la combinaison et les bouteilles. Je peux te raccompagner.

Elle balaya la fête du regard : une femme jouait de l'accordéon, des voix entonnaient des hymnes, d'autres beuglaient *Hey Jude*. Le feu des sapins de Noël était si chaud que personne ne pouvait s'en approcher à moins de dix mètres.

– Vous vous inquiétez jamais de la glace ? Y en a-t-il un seul qui s'inquiète de quoi que ce soit ?

Elle lui posa la question en l'enveloppant dans ses bras. En observant le feu dans ses yeux.

– La glace doit faire pas loin d'un mètre d'épaisseur en ce moment. Peut-être plus. Ça va jusqu'à deux mètres parfois. On va bientôt le savoir. La lame est bien chaude maintenant.

Pieter prit la tronçonneuse, la fit ronronner et tous les yeux se tournèrent vers lui quand il l'enfonça dans la glace. Les lames pénétraient facilement, profondément, elles crachaient des éclats et des débris de glace, puis de l'eau gelée sur ses mollets et ses cuisses. Il travaillait lentement, en profondeur, creusant un sillon d'un mètre de long. Plus les lames s'enfonçaient, plus il se faisait asperger. Sa moustache ressemblait maintenant à un auvent givré au-dessus de ses lèvres. Une petite foule s'était assemblée.

Quand il eut terminé le premier carré, il se mit à le débiter. Des hommes arrivèrent avec des lanternes et retirèrent les blocs de glace, ouvrant ainsi l'accès au lac, une porte d'eau noire. Tous les yeux étaient fixés sur le trou. Qu'il était étrange d'entendre de l'eau clapoter en janvier, de voir ces petites vagues festonnées.

– Allons chercher le matériel et revenons, dit Pieter.

Il coupa le moteur de la tronçonneuse et prit la main de Kat. Puis il courut presque pour regagner la maison, l'entraînant dans sa course, le feu projetant des ombres timides devant eux.

Pieter louait l'étage intermédiaire d'une demeure fin de siècle de style victorien, tout au bord du lac. Un vrai taudis, en fait. Des souris dans les tiroirs et sur les tuyaux, des plaques de tirage antiques qui soufflaient de la vapeur d'eau chaude, des vitres décorées en hiver de complexes structures de givre.

– Je crois que j'aurai besoin d'un verre, finit-elle par dire en entrant dans l'appartement. Ou d'un petit joint, peut-être ? Quelque chose pour me calmer.

– Tu viens, alors ? lui demanda-t-il en souriant, visiblement surpris.

– Bien sûr, répondit-elle en ayant l'impression de se libérer d'un poids. Soyons fous !

– T'as déjà plongé avec tout le matos avant ?

Il déboucha une bouteille de vin rouge à moitié vide et lui en versa une grande tasse.

– Une fois, répondit-elle, au Mexique. Rien à voir.

– Bon, dit-il en acquiesçant, on ne s'éloignera pas l'un de l'autre. Mais c'est un lac, pas l'océan, on ne risque pas grand-chose. Et on sera reliés par une corde. C'est crucial. N'oublie pas la corde. Mais à l'intérieur de la combinaison, on devrait rester au chaud.

Il la regarda siroter son vin.

– Quoi ? lui demanda-t-elle enfin.

– On devrait sans doute baiser avant d'y aller, dit-il en se déshabillant.

Elle vida sa tasse d'un trait et se débarrassa de ses bottes mukluks. Dans la cuisine, il faisait une chaleur infernale, un vrai petit sauna revêtu de lino. Agenouillée, elle sentit des grains de sel et de sucre lui mordre la peau, puis ses tétons raclèrent le sol avant que Pieter ne passe les mains sous ses seins. Il lui donnait le sentiment de lâcher prise, d'avoir un corps en apesanteur, libéré. Elle devenait une autre personne quand ils étaient enlacés. Lorsqu'ils eurent terminé, elle se leva et, dehors, le feu de bois lui apparut comme un radeau de lumière en furie.

Ils repartirent dans le froid en se tenant la main, le corps gainé de noir dans leur combinaison, leurs bottillons écrabouillant la neige à chaque pas. Il portait les deux bouteilles sur son dos, avec le reste du matériel dans un sac en bandoulière. En revenant sur la glace, ils avaient l'allure de deux personnes partageant un nouveau secret. Des amis ou voisins de Pieter les apostrophèrent. Il leva la main comme en signe de victoire. Kat se sentit rougir. Tout ce cirque était humiliant. Et exaltant.

Pieter l'équipa : bouteilles, ceinture, plombs, palmes, gants et capuche. Malgré la folie de cette plongée nocturne dans l'eau glacée, il était scrupuleux, sa main voletait tout autour d'elle, réglait des sangles, vérifiait jauges et boutons, puis il la regarda bien en face et lui demanda :

– Bon, comment tu te sens ? T'es toujours partante ?

Elle acquiesça en levant les pouces et le regarda s'équiper à son tour. Puis il revint et lui dit :

– On descend une demi-heure. Pas longtemps. On s'attache avec une corde. Tu peux garder la main sur la corde si tu veux. C'est toi qui décides si on se rapproche ou si on s'éloigne l'un de l'autre. On a parfois envie de dériver un peu. Si tu touches quelqu'un dans le noir, ça risque de te donner une petite frousse. Et n'oublie pas le feu. S'il y a le moindre souci, trouve le feu. Il est à côté du trou. D'accord ?

Il descendit le premier, se dandinant jusqu'au trou sous les applaudissements de la foule, les mains en l'air ; il galvanisait l'assemblée en brandissant une énorme torche étanche. Il ajusta son masque et son tuba puis se laissa glisser dans le trou. Il disparut.

Soudain, elle hésita. Elle s'approcha du trou. La main gantée de Pieter sortit de l'eau : quelques doigts lui firent signe de le rejoindre. La foule poussa une clameur. Elle procéda aux mêmes vérifications que lui, ajusta son masque, inséra son détendeur, s'avança et sauta.

Elle fut plongée dans le noir – au-dessus d'elle, un plafond de lumière blafarde, diffuse. Il n'y avait que le trou, la lueur floue de quelques lanternes et des mouvements troubles. La panique la gagna ; incapable de trouver Pieter, elle était suspendue mais coulait lentement dans un monde sans fond. Elle donna des coups de pied frénétiques et ne réussit qu'à se cogner la tête contre la glace, qu'elle touchait en cherchant un bord qui n'existait pas. Elle griffait la glace de ses mains gantées. Le noir se resserrait autour de son champ de vision. Puis : une main. Pieter.

Il était devant elle, les deux mains sur ses épaules, la torche attachée autour du cou. Les yeux écarquillés mais tendres, heureux. Il prit une de ses mains et la pressa sur son cœur. La respiration de

Kat s'apaisa. Tout doux. Elle sentit ses côtes et ses muscles sous la combinaison. La topographie de son corps lui était familière, ses lents battements de cœur aussi. En entrant, elle avait été surprise par l'eau sur ses joues et dans la combinaison, mais elle avait dépassé ce stade. Il faisait plus chaud dans l'eau que dehors, au-dessus.

Ils restèrent ainsi une minute ou deux, agitant leurs palmes, flottant, se raccrochant l'un à l'autre. Les lanternes s'éloignèrent du trou et il ne resta bientôt plus que la torche autour du cou de Pieter, qui projetait un faisceau unique dans le néant. Elle se sentit mieux, ses muscles se relâchèrent. Un hochement de tête à Pieter et il détacha la corde de sa ceinture et la fixa au poignet de Kat. Elle faisait cinq mètres de long. Il lui fit signe et ils s'éloignèrent du trou, se dirigèrent vers une lueur diffuse à quelque distance.

Elle s'aperçut qu'il s'agissait du feu de joie qu'ils voyaient par en dessous. On aurait dit une combustion dans l'espace intersidéral, une lointaine collection d'étoiles – même si elle avait conscience de la largeur et de la hauteur du feu sur la glace. Mais directement sous lui, le feu avait sa propre aurore insolite, en expansions et en contrastes, avec toutes les couleurs de l'arc-en-ciel, son rugissement silencieux, les déformations et les fissures occasionnelles de la glace qui le soutenait. Kat était subjuguée, elle avait envie de la toucher. Et elle le fit, elle toucha la couche de la glace. Une fenêtre translucide. Une forêt de jeunes arbres, condamnés dès le départ et empilés avec amour, pour en arriver là. Elle comprit qu'au printemps, quand la glace fondrait, leurs squelettes et leurs cendres sombreraient au fond du lac – étranges funérailles aquatiques.

Ils s'éloignèrent ensuite du feu et de la lumière, la corde à son bras se tendant dès que Pieter disparaissait dans l'obscurité inexplicable qui l'engloutissait. Elle suivit.

Ils s'étaient rencontrés en automne, l'un des derniers jours d'octobre. Quelques feuilles tenaces encore aux branches des arbres. Kat avait accepté de s'occuper de Harrison, le fils de douze ans de sa sœur aînée, pour le week-end, même si en vérité elle n'aimait pas beaucoup les enfants. Son appartement était petit, plein de livres, et elle n'avait pas la télévision. Son neveu était choqué d'apprendre qu'elle ne jouait pas aux jeux vidéo. Ils passèrent la soirée du vendredi et la plus grande partie du samedi au cinéma, se faufilant d'une salle à l'autre, ne faisant de pause que pour aller aux toilettes ou acheter du popcorn. L'obscurité leur évitait d'avoir à se parler. C'est Harrison qui choisissait les films.

Mais le dimanche, elle se leva courbaturée et en manque d'air frais. Elle réveilla son neveu et ils sortirent acheter des gaufres. Puis elle mit le cap au sud, loin de la ville, vers un parc d'attractions géant. C'était le dernier jour de la saison, les parkings étaient quasi déserts, pas un seul car scolaire jaune en vue. Les billets n'étaient pas chers, ils entrèrent directement, sans attendre, et il n'y avait pas de queue devant les attractions.

Elle remarqua Pieter en arrivant vers les énormes montagnes russes. Il était assis à l'avant du wagon, seul, quelques couples d'ados installés loin derrière lui se pelotaient et s'embrassaient à pleine bouche – pas le moindre adulte pour les surveiller. Pieter avait le visage cramoisi, comme brûlé par le vent. Il portait une écharpe rouge autour du cou, rentrée dans son manteau d'hiver. Son regard était vague et ses yeux rougis, les lèvres pincées avec sérieux.

– Tatie Kat, demanda Harrison. Tu peux me donner quelques dollars pour des jeux vidéo ? J'ai fait assez d'attractions.

Il tendit la main.

– Appelle-moi juste Kat, s'il te plaît.

Elle lui tendit deux dollars. Il la regarda, regarda les deux dollars, puis la regarda à nouveau. Elle comprit que deux dollars ne suffiraient pas et lui en donna deux autres. Ce week-end s'avérait coûteux. Le garçon se glissa sous une arcade voisine, aussi désertée que le reste, où clignotaient les cadrans de quelques jeux vidéo.

Elle regarda Pieter faire plusieurs tours de montagnes russes ; des passagers descendaient à chaque arrêt tandis qu'il demeurait immobile à l'avant de la voiture. Elle s'assit sur un banc ; c'était une journée grise et un vent froid recoiffait ses boucles brunes et rosissait ses joues. Une petite dizaine de minutes plus tard, Harrison revint de l'arcade et s'assit tout près d'elle. Un autre tour de montagnes russes s'achevait, quelques passagers descendaient et se félicitaient. Pieter persistait, se contentant de se moucher avec un Kleenex.

– Tu veux faire un tour ? lui demanda Harrison.

– Ouais, finit-elle par dire. Pourquoi pas ?

Ils se précipitèrent dans le serpent de sièges avant que les barres métalliques ne se ferment. Deux harnais de sécurité s'abaissèrent jusqu'à se loger confortablement sur leur poitrine, Harrison ratatiné derrière la sienne. Ils n'étaient que trois. Kat et Harrison neuf rangs derrière Pieter. Le wagon s'avança avec une secousse et entama l'ascension de l'abrupte pente métallique.

Du sommet, le parc s'étendait sous leurs yeux. La Subaru était visible au loin dans le parking hachuré de blanc. Chute en avant. Pieter disparut sous les yeux de Kat, dont l'estomac se retourna tandis que les wagons prenaient de la vitesse et que le monde se dérobait sous leurs pieds. Elle hurla et agrippa le harnais. Le vent violent fouettait son visage tandis qu'ils dévalaient les montagnes à toute allure, le choc de l'acier sur l'acier l'assourdissait, les secousses incessantes de sa tête lui faisaient percevoir tout ce qui l'entourait comme dans une mauvaise vidéo amateur, aux images saccadées et spasmodiques. Elle cessa de hurler, se concentrant sur sa respiration. Harrison s'enthousiasmait à côté d'elle. Le train fit plusieurs loopings, tel un tire-bouchon tiré par une espèce de canon géant, et effectua quelques vrilles. Kat avait les cheveux dans les yeux, des pièces de monnaie échappées de son jean tombaient bruyamment sur l'acier du wagon.

Puis le train ralentit et s'arrêta le long du quai.

– C'était génial ! dit Harrison.

Les harnais se relevèrent dans un sifflement hydraulique. Ils étaient libres de partir, mais elle vit que le cavalier solitaire, à l'avant, restait à sa place.

– On fait un autre tour ? demanda Kat.

Harrison sourit, lui donna un petit coup de poing dans le bras et dit en riant :

– Tu veux rire ou quoi ? T'as failli y laisser la peau !

– En tout cas, moi, je reste, lui répondit-elle sans tenir compte de ce qu'il avait dit.

– Sérieux ? Ouais, ouais, ouais ! Mor-tel !

Les harnais se remirent en place, le train s'ébranla. Elle fixa son regard sur la tête de Pieter, ses épaules tendues, les mains qu'elle ne voyait pas mais qu'elle imaginait posées sur ses genoux, comme à l'église. Le train attaqua la montée, cliqueta en pentes et en vrilles ; Harrison gloussait et hurlait d'une voix aiguë de fillette. Les yeux de Kat restaient braqués sur la nuque de Pieter. Il était complètement immobile.

C'était moins impressionnant la seconde fois – les loopings, les épingles à cheveux, le tire-bouchon. Et en un rien de temps, le train était de retour à la case départ, Pieter toujours immobile.

– Viens, dit Kat à Harrison, on s'installe à l'avant, ça fera plus peur.

– Mor-tel.

Ils s'installèrent juste derrière Pieter. Kat se pencha vers lui avant que les barres de sécurité s'abaissent et lui demanda à l'oreille :

– Ça va, vous ? Vous n'avez pas bougé depuis une demi-heure.

Il tressaillit, ce qui la fit tressaillir à son tour, et se retourna. Il était très beau, son visage finement ciselé. Des larmes coulaient sur ses joues.

– Oh, excusez-moi, vous pleurez.

– C'est rien, dit-il. C'est le froid, je peux pas m'en empêcher. Je suis aussi un peu stone, ajouta-t-il.

Dès que le harnais s'abaissa, ils repartirent, une course dans le ciel couleur de pâle ardoise, leur voix alternant entre couinements, obscénités et rires. Le monde ralentit tandis qu'ils s'accoutumaient à la vitesse folle de l'attraction. Kat regarda le paysage en contrebas : des agents d'entretien pourchassaient des papiers volants, des vendeurs mangeaient des nuages de barbe à papa, des gardiens fumaient une cigarette. Elle scruta la tête de Pieter, ses cheveux épais, les muscles noueux de son cou, ses oreilles parfaites, comme les coquilles d'une merveilleuse espèce d'escargot.

Pieter descendit enfin du wagon, ses jambes flageolant l'espace d'un instant. Il se dirigea vers des toilettes, dans lesquelles il disparut. Harrison affichait une joie irrépressible.

– Je t'ai entendu dire « bordel » ! s'exclama-t-il en frappant Kat dans le ventre, hilare. T'es la meilleure tante du monde !

Elle surveillait le bloc sanitaire, la porte marquée HOMMES. Son cœur soudain léger, égaré, délivré – comment était-il, au juste ?

– Qu'est-ce qui va pas ? demanda Harrison. T'as peur qu'il dégobille ou quoi ?

– Allons voir.

Ils se dirigèrent vers les toilettes et s'assirent sur un banc. Son neveu était survolté par l'excitation et frissonnait de froid. Elle sentit son corps encore enfantin à côté du sien.

Pieter sortit du bloc, s'épongeant les lèvres et le front avec une serviette en papier marron. Kat se leva mais ne s'approcha pas de lui. Elle perdit soudain la voix, son courage semblait être resté sur les montagnes russes, ainsi que sa capacité à parler à ce bel homme.

– Alors, t'as gerbé ou quoi ? lui demanda Harrison.

Pieter leur adressa un sourire décontracté. Alors qu'il s'approchait d'eux, elle tomba amoureuse de sa démarche. Il semblait chalouper de gauche à droite tout en avançant, ses genoux comme des charnières en cuir plutôt qu'en os, ses hanches fines qui se balançaient, son ventre plat comme une planche sous un torse plus large. Il s'approcha tranquillement d'eux, comme s'il se promenait au bord d'une piscine de Floride, gin-tonic à la main.

Pieter regarda Kat, puis Harrison.

– J'en ai mis partout, dit-il après un temps mort. Tu devrais aller voir ça, mais attention : terrain glissant.

L'enfant partit en courant.

Pieter tendit sa longue main et se présenta :

– Pieter.

– Kat.

– Je peux avoir ton numéro de téléphone, s'il te plaît ?

Elle fouilla maladroitement dans son sac, peinant à trouver un stylo, un crayon, de la craie, n'importe quoi. Elle finit par trouver un stylo, mais il n'avait plus d'encre. Elle le jeta par terre et poursuivit ses recherches. Il se baissa, ramassa le stylo, enleva le capuchon, poinçonna la bille sur sa langue et dit :

– Tant pis. Voilà le mien.

Et il lui prit la main, releva sa manche et se mit à écrire. Sept chiffres à l'encre bleue. Il appuya assez fort pour qu'elle redoute puis espère que le numéro soit tatoué sur sa peau. Elle examina les chiffres.

– À toi, maintenant, dit-il en tenant le stylo sur son avant-bras nu.

Elle lui donna son numéro.

Harrison sortit en courant des toilettes.

– Je parie que t'as mangé des champignons au petit-déjeuner.

– Banco, répondit Pieter en souriant.

Puis il s'en alla d'un pas tranquille, en leur faisant un signe d'adieu.

Ils évoluaient ensemble dans l'obscurité glaciale, si proches que, même sans le voir, Kat sentait le corps de Pieter enveloppé de caoutchouc, ses palmes dans l'eau froide et noire. Le monde était devenu un néant sans trait distinctif, son corps était en apesanteur, elle n'entendait que le faible bruit de sa respiration et ne sentait que les petites bulles frôlant son visage et son masque. Elle s'avança simplement, sans entrave, vers ce qu'elle prit pour les lueurs de la ville – les lumières lointaines des restaurants où elle dînait, des bars qu'elle fréquentait, de son terne bureau, du grand dôme du gouvernement de l'État – tous ses repères familiers.

Elle donna un petit coup sec sur la corde accrochée à son bras, puis s'arrêta et flotta dans l'eau en agitant calmement les pieds, consciente de ses poumons. Pieter s'approcha, sa lampe tournant lentement. Il dirigea le faisceau sous eux et ils restèrent ainsi un moment, face à face, les mains sur les coudes, au-dessus de leurs jambes qui battaient en silence. Ils se dévisageaient ; les secondes devenaient des lustres, le temps se cristallisait comme les molécules d'eau se changent en glace. Puis il lâcha prise et elle le suivit, croyant qu'il revenait à leur point de départ. Mais sans en être sûre.

Elle ne remarqua pas immédiatement la disparition de sa torche. C'est seulement après avoir battu des jambes sur plusieurs mètres (lui sembla-t-il) qu'elle s'arrêta et commença à couler, presque imperceptiblement, puis elle regarda droit devant elle sans rien voir. Aucun signe de Pieter, pas le moindre faisceau de sa torche. Tandis que tous ses sens se mettaient en éveil, que la peur montait du fond du lac noir, hivernal et glacial, elle voulut prendre la corde et ne sentit rien au bout de son bras. Prise de panique, elle toucha son bras, puis l'autre, et les balaya comme s'ils étaient couverts d'araignées ou de mille-pattes. Elle oublia de respirer, donna de vigoureux coups de pied jusqu'à ce qu'elle sente le couvercle du lac contre son crâne – le haut de son cercueil de glace – et se mit à tambouriner inutilement, à s'en rompre les os.

Dix-neuf jours après le retour d'Afghanistan de Pieter, ses parents lui avaient annoncé qu'ils divorçaient. Il raconta à Kat la journée qu'il avait passée à remplir un camion de déménagement, des premières lueurs bleutées de l'aube jusqu'aux violets délavés du crépuscule. Il avait dû faire le plus gros du travail pour sa mère qui n'avait rien emballé. Tout à caser dans des cartons de bière qu'elle avait récupérés derrière un magasin. Ses bibelots. Son nécessaire de couture. Ses collections de petites cuillers en argent, des miroirs aux formes étranges, des nounours. Son linge et ses vêtements, ses romans d'amour, ses tiroirs de bougies jamais allumées, la porcelaine de sa grand-mère, de vieux albums photo. Tout – sa vie entière. Il avait tout enveloppé dans du papier journal et l'avait porté dans le camion. Elle avait supervisé l'arrivée de chaque carton, l'emplacement de chaque meuble.

Le père de Pieter s'était éclipsé dans le chalet familial, à Door County, une péninsule en forme de pouce sur le lac Michigan.

Sa mère lui avait résumé la situation : « Nous avions juste assez d'énergie pour faire durer notre mariage jusqu'à ton retour. Nous avions juste assez besoin l'un de l'autre pour te voir descendre de l'avion. Nous n'aurions pas pu vivre cela seuls, ni séparément. Mon nouveau mec, Dennis, ne comprend pas. Pas vraiment. Mais je ne peux plus vivre avec ton père. La meilleure chose que nous ayons jamais faite, la meilleure chose que moi, j'ai jamais faite, c'est toi. »

Pieter avait conduit le camion jusqu'à un garde-meubles près de l'autoroute et l'avait déchargé, les feux du véhicule de location illuminant l'antre vide.

Il dormit plusieurs heures par jour dans sa chambre d'enfant, les stores baissés, dans le noir. Il ne faisait pas de cauchemar. Il ne se levait que pour aller aux toilettes, manger un bol de céréales, parfois regarder la chaîne de sports pendant des heures, essayant de déceler d'infimes différences dans le programme *Sportscenter* qui était diffusé en boucle de six heures du matin à midi – c'était la seule chose qu'il avait envie de regarder. Des jeunes de son âge, semblables à ceux qu'il avait fréquentés en Afghanistan. Athlétiques, en sueur, courant, hurlant, s'attaquant, se jetant par terre. Il coupait le son de la télé et regardait des plaquages casque contre casque au football, de féroces charges avec la crosse au hockey, des collisions sur le marbre au base-ball, des *tomahawk dunks* au basket. Et il ressentait tout cela.

La drogue, aussi. Lorsque son père revint, ils burent ensemble. Unis contre les journées sombres de l'hiver et ses blizzards qui ensevelissent tout. Au printemps, ils se réjouirent de la fonte de la neige dans les gouttières, des premières tulipes et jonquilles, du vert de l'herbe. En été, ils ne luttaient pas contre l'humidité, ils n'allumaient pas la climatisation. L'argent que son père croyait ainsi économiser en énergie passait en canettes de bière, fraîches, légères et dorées.

Un soir, au lit, Pieter avait demandé à Kat :

– Tu sais comment maximiser le rendement d'un frigo ?

– Non, avait-elle répondu en se tournant vers lui et en riant doucement, la main sur son épaule, l'air faussement sérieux.

– Tu le remplis de canettes de bière. De bouteilles de bière. Verre ou aluminium, peu importe. De la bière. Le moteur n'a pas besoin de tourner autant pour réfrigérer. Le froid reste dans le liquide. Dans les récipients.

C'est ainsi que père et fils avaient picolé jusqu'à l'automne, portant le deuil du soleil atténué et des feuilles brûlées. Pieter fit goûter la marijuana à son père. Ils se passaient une petite pipe, assis dans le jardin derrière la maison.

Cet été-là, il s'était rendu au parc d'attractions avec un ami du lycée, lui aussi un *marine*, qui avait combattu en Irak. Ils s'étaient mis à se fréquenter, jouant au fer à cheval dans le bar des vétérans ou roulant en rase campagne en jetant leurs canettes vides dans les fossés. Ils parlaient peu, passaient trop de temps ensemble pour prendre la peine de combler les silences, et ça leur convenait car l'important était qu'ils ne soient pas seuls. Cet ami, Duane, faisait des rêves, lui. Des cauchemars à hurler, à tremper les draps ; il avait des fantômes plein le crâne. La police était descendue dans son appartement à quatre occasions, toujours au milieu de la nuit. Les trois premières fois, ils avaient dû défoncer la porte. La quatrième, Duane l'avait laissée ouverte. Les voisins avaient cru à un meurtre et avaient appelé les secours.

Ils allaient au parc d'attractions car l'entrée était gratuite pour les anciens combattants et un psy avait dit à Duane que ce n'était pas un mauvais endroit pour essayer de « ressentir » quelque chose sans rien dans les veines, les narines ou les poumons. Ils s'y rendaient donc quatre fois par semaine, comme s'ils allaient au boulot, premiers arrivés, derniers partis. Ils emballaient parfois des filles et les suivaient ensuite dans un dortoir, un motel ou une maison. Ils avalaient des cochonneries : palmiers saupoudrés de sucre glace, saucisses sur bâtonnet, boissons gazeuses, friandises et fritures. Ils portaient un uniforme : baskets, short et débardeur mettant en valeur les biceps et les tatouages de l'armée, les balafres de shrapnel, les marques de briquets chauffés à blanc, les lunes sombres de brûlures de cigarettes et les endroits de leur corps qu'ils désignaient ainsi quand ils étaient soûls : « C'est ici que Titus m'avait attrapé l'avant-bras. Sa main était là, exactement. Il avait une poigne tellement forte que j'ai cru qu'il allait me casser le bras en deux. »

Mais, en dépit des bonnes intentions du psy de Duane, ils n'éprouvaient jamais grand-chose. Si ce n'était un désir étrangement intense de reprendre les combats qu'ils avaient tant détestés.

– Dans ce cas, pourquoi y retournais-tu ? lui avait demandé Kat. Pourquoi y étais-tu ce jour-là ?

– Je sais pas. Il faut bien essayer… Tu sais, t'as envie de ressentir quelque chose. Ça te dérange si on n'en parle plus ? (Puis :) Je sens quelque chose maintenant. Ici. (Il avait placé sa main avec fermeté et chaleur sur son mont de Vénus.) Et si on baisait encore une fois ?

Les premières semaines, elle n'avait pas reconnu les signes d'addiction. Il était simplement ardent, inépuisable. Ils avaient des rapports sexuels, baisaient, faisaient l'amour, avant et après dîner. Il la réveillait en pleine nuit, le visage enfoui entre ses jambes. Et maintenant qu'elle appréciait sa sexualité – une révélation –, que son corps n'était plus absent ou décevant, mais équipé de ses propres feux d'artifice, elle était toujours consentante. Toujours. Ils maigrissaient ensemble, brûlaient leur énergie, se nourrissaient exclusivement de mouvement et de sueur.

Ils habitaient chacun chez soi. Elle avait un boulot, elle était graphiste pour la loterie d'État. C'est elle qui dessinait les tickets à gratter que l'on trouvait dans toutes les stations-service de Beloit à Bloomer. Les appels qu'elle passait chez lui, sur le vieil appareil de son appartement, en fin d'après-midi, la promesse de son corps, tout cela rendait ses journées plus agréables. Et il n'y avait aucun engagement. Il disparaissait certains week-ends – pour être avec son père, nettoyer le chalet ou rendre visite à sa mère et son nouveau fiancé.

Elle l'aimait cependant. Elle ne *connaissait* pas encore tout de lui, ne comprenait pas tout, mais elle en avait envie. Elle le connaissait depuis moins d'une saison et se demandait s'ils auraient toujours l'énergie de se compléter comme ils le faisaient alors – le corps plein de jeunesse, de fraîcheur et de curiosité.

Il lui avait acheté un godemiché pour les fois où il partait. Elle restait seule au lit en son absence, fixant les lumières de la ville et la plaine blanche du lac par la fenêtre de sa chambre, mais le jouet violet ne faisait qu'accentuer sa solitude. Elle le gardait dans un tiroir, à l'intérieur d'un sac de coton, les ficelles soigneusement nouées.

Elle craignait de s'épuiser. Elle craignait tant de choses. Elle ne savait pas comment se rassurer. Au lit, sans Pieter, elle pensait à son travail ou à sa voiture qui avait besoin d'une vidange, d'un nouveau pare-brise, d'un gonflage de ses pneus lisses. Elle pensait à sa sœur, se reprochait de ne pas l'appeler plus souvent. Elle pensait à rendre visite à ses vieux parents à Cadott. Elle se disait qu'elle devrait faire plus de sport. Pourquoi ne consacrait-elle pas le temps qu'elle gaspillait à s'inquiéter de tout et de rien à faire du sport ? Pourquoi ne sortait-elle pas du lit et ne s'allongeait-elle pas par terre, pour se faire des abdos à la Jillian Michaels ? Pourquoi ne reprenait-elle pas des études, un master ? Combien de fois avait-elle commencé à remplir des fiches de candidature avant de les abandonner pour se gaver d'heures sur Netflix ou Hulu ? Des heures qui devenaient des journées qu'elle ne pourrait jamais récupérer, jamais, entièrement passées devant des séries télévisées qu'elle avait déjà regardées une décennie auparavant.

Dans le passé, ces inquiétudes avaient perturbé et dégradé ses relations avec les hommes. Elle craignait de les appeler, ou qu'ils ne l'appellent pas. Le soir, souvent quand il était juste un peu tard, elle finissait par leur téléphoner, d'un ton sans doute légèrement trop grave, avec une pointe de désespoir dans sa voix doucereuse. Elle avait été sidérée qu'un tel geste, un coup de fil amical, eût la capacité de faire tout basculer dans le silence ou l'anonymat. Puis ces hommes disparaissaient de son monde : de son Facebook, de ses e-mails, leur numéro de téléphone changeait, n'était plus attribué.

Alors, à nouveau larguée et seule, elle essayait de chasser ses inquiétudes. Elle sortait avec une amie un vendredi soir et buvait trop vite. Abordait un homme, même laid, au comptoir, et essayait de le ramener chez elle ou d'obtenir son numéro. Ces soirées se soldaient aussi par des échecs, son approche était toujours trop pressante, trop péremptoire, son visage trop luisant, ses yeux trop clairs ou trop tristes. Il y avait toujours quelque chose.

Avec Pieter, elle se sentait ligotée. Engloutie par sa force. Il ne la laisserait pas s'éloigner ou se détacher. Mais même ça, même la gravité de Pieter inquiétait Kat.

Elle s'inquiétait de la peau d'orange quasi invisible sur ses cuisses. Elle s'inquiétait des emprunts contractés pour faire ses études : 52 161 dollars. Elle s'inquiétait de la forme et de la longueur de ses poils pubiens. Elle s'inquiétait de la mémoire de plus en plus chancelante de sa mère. Elle s'inquiétait de la blancheur de ses dents. Elle s'inquiétait de son incapacité à finir *Moby Dick*. Elle s'inquiétait pour Pieter. Elle s'inquiétait de l'amour.

Juste alors, perçant le noir, une lumière : blanche, brillante, froide et suffisante pour calmer le martèlement affolé de son cœur. Pieter. Il lui saisit les bras et la tint à une certaine distance de lui. Mais elle refusait de le regarder. Il l'enveloppa de son corps, prit sa tête entre ses mains et la fixa. Elle ferma ses yeux pour se protéger de lui, de ce cauchemar sous-marin où il l'avait entraînée. Quand elle les rouvrit, il tenait la corde. Il la tira, et son bras s'agita doucement, comme celui d'une marionnette. Son regard était calme. Elle en était certaine, la lumière le lui indiquait. Il prit sa main gantée et guida leur parcours avec détermination. Dans le lointain, elle aperçut une chaude lueur et un peu de mouvement. « Le feu de joie », pensa-t-elle. Son esprit était confus. « Qu'étaient ces autres mouvements ? » Des dauphins d'eau douce ? Non. Des poissons géants ? Des phoques ? Ses mains lui faisaient mal, et elle avait à peine assez d'entendement pour agiter ses palmes et se propulser dans l'eau. Elle sentit qu'il la tirait, comme elle imaginait un bateau traîner un filet, la corde tendue entre eux. Ils s'approchaient rapidement de la lumière et elle distinguait le mouvement des corps, les dégringolades des plongeurs nus, à la peau très pâle ; certaines des femmes n'étaient pas entièrement dévêtues, elles portaient de la lingerie aux couleurs vives. Le trépignement des pieds nus et le glissement soudain des mains la déstabilisèrent après un aussi long moment dans un silence austère, figé. Là, sous le feu de joie, l'eau semblait plus chaude. « Est-ce possible ? » se demanda-t-elle.

Puis : « Pourquoi m'a-t-il abandonnée ? »

Se frayant un chemin parmi le banc de nageurs, Pieter se propulsa hors de l'eau. Un instant plus tard, ses mains gantées de noir plongèrent vers Kat et elle les saisit.

De retour sur la glace, il lui arracha son masque et elle haleta longuement dans l'air froid. Une couverture s'abattit sur ses épaules et il se mit à dégager le matériel de plongée qui lui parut soudain d'une lourdeur inconcevable. Il souleva Kat enveloppée dans la couverture, la porta vers le feu de joie, maintenant sensiblement diminué et, bien qu'il la déposât à sept ou huit mètres des flammes, elle eut l'impression de baigner dans la chaleur oppressante d'un haut-fourneau. Elle fixa le feu. Pieter la touchait, lui frottait les épaules, passait les doigts sur son visage, nichait sa tête contre son torse. Sa moustache s'était affaissée sur ses lèvres et lui couvrait les dents.

– Pourquoi m'as-tu abandonnée ? finit-elle par demander.

– Quoi ?

Elle se mit à pleurer.

– Tu m'as *abandonnée*. Tout en bas. Dans le noir, bordel.

– Mais non, on était toujours ensemble. On était toujours reliés par la corde. Toujours.

– Non, c'est pas vrai ! hurla-t-elle. C'est pas vrai !

Ils prirent conscience des visages qui se tournaient vers eux, vers le feu.

– Kat, lui dit-il calmement. Kat. Je ne ferais jamais une chose pareille, à qui que ce soit. Jamais.

Mais elle n'arrivait pas à le regarder. De nombreuses bouteilles jonchaient la glace, des canettes aussi. Dans l'air, l'aigreur de la marijuana et l'odeur du pin se mêlaient.

– Kat, répéta-t-il.

– Quoi ?

– Kat. Je t'en prie, Kat.

Elle regarda son bras, la cordelette était toujours attachée à son fin poignet. Elle traînait sur la glace entre eux, déjà gelée dans le froid implacable, sous les étoiles qui scintillaient et palpitaient. Le feu crépitait et sifflait, et elle regarda des millions d'aiguilles de pin et de sapin blanchir de chaleur avant d'être incinérées et anéanties.

– Kat, regarde-moi.

Mais elle se leva et s'éloigna du feu de joie, partit vers la banlieue ensommeillée où était garée sa petite voiture bleue tandis que, derrière elle, les nageurs à poil riaient et quelqu'un démarrait le moteur de la tronçonneuse pour percer un autre trou. Elle s'éloigna, sa combinaison formant une seconde peau, plus épaisse, sans savoir ce qu'elle devait ressentir, ni comment le ressentir. Derrière elle, la corde gelée nouée à son poignet traînait par terre. Pieter resta immobile sans cesser de l'appeler sur la surface du lac gelé.

## Brut aromatique

### *Prélude*

« Le jour de la marée noire, expliqua Foreman dans la cabine téléphonique, j'étais dans ma barque. En plein milieu du petit lac. Je l'appelle mon étang. Il est tellement petit qu'on n'a pas vraiment besoin d'un moteur mais, à vrai dire, je me fais vieux, je manque de force. Alors, l'été dernier, j'ai équipé ma barque d'un moteur Evinrude 2CV. Je l'ai payé cinq dollars dans une vente aux enchères. Je traverse le lac en trente secondes grâce à ce truc. Ça m'épargne le dos et les bras.

Bref, j'étais allé pêcher, ce jour-là. Ça voulait pas mordre. Ce qui fait que j'ai beaucoup utilisé le moteur. Je sillonnais l'étang en me disant que s'ils ne voulaient pas mordre dans un coin, ils mordraient dans l'autre. Peut-être qu'à force de passer avec ce petit moteur, je finirais par tous les rassembler dans une petite baie où je les assommerais. Je massacrerais des dorés et des perches toute la journée et j'aurais mon petit dîner.

Je suis rentré vers midi. Ma vessie n'est plus ce qu'elle était non plus. Fut un temps où je pouvais pisser dans une boîte à café que je gardais pour écoper et balancer le résultat dans le lac, mais je ne suis plus assez agile, je manque de dextérité. J'ai peur de faire chavirer le bateau. Alors je suis rentré chez moi. J'ai allumé la radio. C'est comme ça que j'ai appris la nouvelle.

Le type à la radio parlait de flammes de plusieurs dizaines de mètres de haut. Des nuages de fumée noire. Des cadavres dans l'eau, réduits en miettes. Et c'était pas prêt de s'arrêter, le pétrole continuait à gicler du fond de l'océan. Plusieurs jours après, au café en ville, des gens disaient qu'on avait l'impression que la planète saignait. Je crois que c'en était pas loin. »

Le vieil homme inséra pour deux dollars de pièces dans le téléphone et scruta la route pour voir s'il y avait de la circulation. Rien. Rien que lui, seul, sur cette aire de repos avec des bancs de pique-nique et des rochers incrustés de lichen. Un parking aux nids de poule énormes dont les lignes jaunes auraient grand besoin d'un coup de peinture fraîche. Un monument commémorant le passage de voyageurs français et de pirogues pleines de fourrure, de perles, de couvertures et de couteaux.

« Le jour de la marée noire, je suis ressorti de ma cabane et je suis descendu à l'étang. J'étais en train de monter dans ma barque quand j'ai regardé l'eau. Il y avait des traces de carburant. Pas grand-chose, mais tu sais ce que c'est… Faut un mélange d'huile et d'essence pour ces moteurs deux temps et j'ai dû avoir une petite fuite. Et pile là où j'étais allé, je les voyais dans l'eau. Des traces, tu vois, des traînées de carburant. Qui faisaient des arcs-en-ciel, partout. Dieu que je me suis senti mal. »

Le vieil homme se tut un instant, puis il se demanda si son correspondant était toujours en ligne. Il n'entendait plus respirer, ni tousser, rien.

« T'es toujours là ? » demanda-t-il d'une voix rauque.

« Je suis là. Je suis tout ouïe. »

« Bien, c'est bien. Je voudrais pas radoter, mais maintenant que je suis seul, je veux aider, nom de Dieu. Je veux participer. Bref, en voyant cet étang recouvert de pétrole, j'enlève le moteur et je le balance dans le hangar. J'étais gêné comme t'as pas idée. Et depuis, je suis pas allé pêcher, je te jure.

Bref, il me reste plus beaucoup de temps, dit le vieil homme dans le combiné, et j'ai rien à perdre. Alors je suis prêt à aider. De n'importe quelle manière. Tu me dis ce que je dois faire et je le ferai. »

## *Quatrième heure*

Les lèvres de Hazelwood étaient noires de pétrole et il y avait du brut sur le vieux plancher, où il en avait déjà renversé trois verres. Foreman remplit le verre à sirop avec un jerrycan en plastique de vingt litres plein de brut aromatique, placé à côté de l'unique porte de la petite cabane. Dans le récipient transparent, on aurait dit du jus de pruneau s'il n'y avait pas eu l'odeur et d'étranges reflets irisés à la surface. La vieille table était fichue, enduite de pétrole. La table était plus ancienne que la cabane, elle avait été fabriquée par les ancêtres de Foreman, des immigrés, disparus depuis des lustres. Il faisait froid. L'automne était arrivé dans les comtés du nord de la Pennsylvanie, les feuilles rouillées formaient déjà un tapis desséché. Dehors, le ciel était gris.

Foreman reposa le verre au milieu de la table et ajouta du petit-bois dans le feu de cheminée. Juste assez pour se réchauffer les paumes et les rotules auprès des flammes. Hazelwood resta à table ; trois de ses membres étaient solidement scotchés à la chaise en bois, il avait une main libre, autant que faire se peut.

– Je peux avoir une cigarette ? demanda-t-il.

Foreman haussa les épaules, chercha son paquet dans sa poche de poitrine, le secoua pour sortir une cigarette et la coinça entre les lèvres visqueuses de Hazelwood, sur lesquelles le brut commençait déjà à sécher en formant une croûte. Le vieil homme frotta une allumette et la tendit devant le visage de Hazelwood. Ce dernier se pencha vers la flamme et inspira. Son pull en cachemire, blanc à l'origine, était maintenant pailleté de noir, les coudes maculés de boue. Son pantalon de treillis aussi était taché, fichu. Ses mocassins semblaient ridicules dans la campagne environnante. La raie soigneusement peignée de son épaisse chevelure aristocratique, argentée, avait miraculeusement résisté à l'impact du coup de batte de base-ball sciée que lui avait asséné Foreman. Hazelwood avait des yeux très bleus et durs.

De sa main libre, il ôta la cigarette de sa bouche et dit :

– Je pourrais jeter ma cigarette dans cette flaque, là-bas, et mettre le feu.

– T'en prive pas, lui répondit Foreman, ça m'évitera de le faire. Je t'ai donné ta chance. T'y connais que dalle en feu. Je pourrais éteindre un feu comme ça en crachant dessus. En pissant dessus s'il le fallait. Ce qu'il te faut, c'est de l'essence. Du kérosène. Si tu veux foutre le feu. À ta place, j'arrêterais de renverser cette merde et j'en finirais une fois pour toutes. Mais les connards comme toi, vous aimez vos petites marées noires. Pas vrai ?

Hazelwood tira une autre bouffée et souffla la fumée en direction de Foreman. Il souriait noir, une fine couche de brut recouvrait ses dents blanches et parfaitement alignées.

– Je m'y connais en feu, dit-il. On ne devient pas PDG d'une des plus grandes compagnies pétrolières du monde sans s'y connaître en feu. Tous les moteurs de Detroit sont basés sur le feu.

Tous les chauffages domestiques. Alors tu peux garder ta condescendance.

Foreman s'approcha et lui donna un coup de pied dans les reins comme s'il était une carcasse de bœuf. Hazelwood toussa, cracha un mélange de sang et de pétrole.

Un moment plus tard, il se tourna vers Foreman :

– Où as-tu trouvé ce brut ? demanda-t-il en montrant le jerrycan. C'est pas comme si c'était disponible sur le marché. Le citoyen lambda ne peut pas en acheter.

Foreman tira une chaise près du feu et se mit à tailler une petite branche de cornouiller.

– C'était pas compliqué, répondit-il sans regarder Hazelwood. Figure-toi qu'il y a de cette merde plein l'océan au large de la Floride, de la Louisiane, de l'Alabama et du Mississippi. Je sais pas si t'as suivi ça aux infos… Un putain de puits a explosé. Des millions de litres partout. C'est un ami qui me l'a envoyé. Il l'a confié à une semi-remorque qui apportait le dernier convoi d'huîtres et de gambas pour Minneapolis. Le routier s'en est chargé gratuitement. Pour rendre service. Quand il a entendu parler de notre projet pour toi.

– « Notre » projet ?

– Peu importe.

– Ouais. Tout ça me dépasse largement, tu sais, dit Hazelwood. Les gens pensent que ces trucs – forages, marées noires, pétroliers et pipelines – forment un tout. Ils pensent qu'on peut identifier une de ces choses et la fustiger, mais ça ne marche pas comme ça. La moitié du temps, quand les compagnies publient un communiqué de presse, c'est pour agiter les actionnaires, les investisseurs potentiels. Ils construisent une route menant à un gisement futur, juste pour générer de l'intérêt. Il nous arrive de forer dans des endroits où nous n'avons même pas l'intention d'exploiter le pétrole dans l'immédiat. Tu vois ce que je veux dire ? Tu saisis l'ampleur du truc ? Je ne suis pas responsable de cette marée noire. Trois compagnies me séparent de cette responsabilité. Trois conseils d'administration, trois PDG, trois sociétés cotées en bourse à hauteur de plusieurs milliards. Tu comprends ? Je ne suis pas le vilain de l'histoire.

Foreman se leva et s'éloigna du feu pour rejoindre l'autre bout de la table. En regardant Hazelwood fumer, il se sentit soudain épuisé. Un courant d'air traversait la cabane et faisait trembler les vitres.

– C'est chez toi ? demanda Hazelwood.

– Je suis pas ici pour faire la conversation. Il s'agit de faire pénitence. (Il sourit froidement, croisa les bras sur la table et examina ses ongles soulignés de fines lunes de crasse et de brut. Il comprit que Hazelwood n'avait pas peur. Il se demanda si c'était sa fortune qui le réconfortait.) Tu savais que ce puits finirait par lâcher.

– Non. Bien sûr que non.

– Tu savais que c'était probable et tu n'as rien fait pour l'éviter.

– Ce n'était pas ma compagnie.

– C'était ton pétrole.

– C'était leur panne. Une panne systémique. Ma compagnie a un bilan écologique presque sans fautes. Tiens, on parraine la recherche sur les baleines dans l'Antarctique, la recherche sur les rhinos dans le sud de l'Afrique. On finance un type dans le coin qui est obsédé par les libellules.

– Oh, foutaises. Les types de ton espèce sont corrompus jusqu'à la moelle et tu le sais parfaitement. Toujours plus avides, voilà ce que vous êtes.

Foreman frappa sur la table et le verre de pétrole trembla, le liquide noir clapotant jusqu'au rebord.

– Qu'est-ce que tu crois que je sais, au final ? Je veux dire, quelle peut être réellement ma responsabilité ?

– Entière. C'est ta compagnie. C'est toi qui touches d'énormes bonus. T'encaisses bien les chèques, non ? Les généreuses exonérations d'impôts ? Pourquoi les grandes sanctions te seraient épargnées ?

– Alors, c'est une sanction, ça ?

Foreman inspira les dernières vapeurs de la cigarette de Hazelwood mêlées à l'odeur de feu de bois et de froid.

– Un dédommagement. La justice. Ce que tu mérites. Je ne sais plus. Quelque chose. Quelque chose… (Foreman poussa le verre en direction de Hazelwood.) Bois ça et je t'emmènerai à l'hôpital.

– Ça va me tuer.

– Peut-être que oui. Et peut-être que non. Mais je te promets une chose : je t'emmènerai à l'hôpital le plus vite possible. On en a pour une demi-heure. Si tu n'arrives pas à parler, je le ferai à ta place. J'expliquerai ce que je t'ai fait.

– Je ne te crois pas.

– Sinon, je peux mettre le feu à la cabane en te laissant dedans et on te retrouvera jamais.

Hazelwood gigotait sur sa chaise, mais il était bien ligoté.

– J'ai fini ma cigarette.

– Ne la jette pas sur la tache de pétrole.

Hazelwood obéit. Foreman se leva pour récupérer le mégot fumant et le jeta dans la cheminée. Alors qu'il avait le dos tourné, il entendit le verre tomber une nouvelle fois par terre et se briser, le pétrole rejoignant celui de la flaque noire.

– Espèce de gros connard, dit Hazelwood en riant. On peut passer la journée à faire ça.

Foreman se tourna vers le brut visqueux sur le plancher ; le fluide s'immisçait dans les irrégularités et dénivellations du bois. Quelques instants plus tard, la flaque de pétrole se stabilisa. Foreman ne dit rien. Il n'avait pas beaucoup de temps, mais c'était suffisant. Il regarda le PDG.

– J'ai un cancer, lui dit-il.

– Qu'est-ce que j'en ai à foutre ? Tu m'as kidnappé, nom de Dieu.

– Ça devrait t'intéresser. Je viens de te dire tout ce que tu dois savoir.

Foreman s'agenouilla à côté du feu, remua les braises avec un tisonnier. Il avait les mains noueuses, les ongles plats et jaunes. Le long de ses avant-bras et de ses poignets, des traces d'aiguilles ponctuaient le cours de ses veines bleues, là où son traitement avait été injecté. Des poils blancs recouvraient une chair brune et halée saupoudrée de taches de vieillesse. Il n'abandonnerait ni veuve ni orphelin en mourant. Il lui restait juste assez d'énergie pour faire une dernière chose et il était en train de la faire.

– Ce que je sais maintenant, c'est que c'est toi qui as besoin d'aller à l'hôpital. Et plus que moi. Je peux t'attendre.

– Ils peuvent plus rien pour moi, répondit Foreman en toussant. Ils ont exposé la situation devant moi et ils n'ont que plus de chimio à me proposer. Voilà trois ans que je fais de la chimio. Ma femme est morte et j'ai pas eu la force d'aller à ses funérailles. Je suis resté à gerber dans un lit de merde, maigre comme un corbeau. Après quarante-quatre ans de mariage.

Hazelwood semblait agacé et perplexe :

– Pourquoi tu me racontes tout ça ?

– T'es vraiment le roi des cons, toi, répondit Foreman, en prenant un certain plaisir à s'adresser à un homme aussi puissant avec une telle ignominie.

– Ils vont me trouver. Tu le sais bien. Tout le monde cherche. On sera bientôt encerclés. Tu vois comment ça va finir.

Foreman acquiesça en souriant.

– Je vais t'expliquer comment ça marche : t'obtiendras rien tant que t'auras pas bu ton verre de brut. T'auras pas d'eau. T'auras pas de pain. Pas le droit d'aller pisser. Tu resteras assis ici. Alors, à toi de décider. Combien de temps peux-tu tenir ? Ça dépend de toi. Nous trouveront-ils avant ? Un putain de sniper des *marines* me dégommera-t-il avant ? J'en sais rien. Mais on est bien cachés. J'ai tout ce qu'il me faut. Un frigo bien rempli. Eau, bière, fromage, pain, beurre, pommes, citrons, poisson, bifteck, champignons, oignons, œufs. J'ai apporté des livres. De la poésie. Je me suis mis à lire des poèmes, tu sais, depuis que j'ai commencé à mourir. Alors monsieur Hazelwood, j'en ai vraiment rien à foutre. Je vais me contenter de bouquiner auprès du feu. Et j'ai comme l'impression qu'on est mieux cachés que tu le penses, ici. Je leur donne quatre jours pour nous trouver. Peut-être cinq. Ce que je veux dire, c'est que même s'ils cherchent vingt-quatre heures sur vingt-quatre, je pense que c'est le temps qu'il leur faudra pour venir frapper à cette porte-là. Alors la question que tu dois te poser c'est de savoir combien de temps tu peux tenir. Cinq jours ? Quatre jours ? Trois jours ? Deux jours ?

Hazelwood cracha sur les bottes de Foreman.

– Si j'étais toi, lui dit ce dernier, j'économiserais ma salive. Espèce de gros abruti.

Il alimenta le feu et une lueur jaune sale éclaira son visage grisonnant. Il s'autorisa un sourire en dévoilant de vieilles dents usées. C'était le crépuscule, le soir s'installait déjà sur les épaules de la terre.

*Huitième heure*

– Comment m'as-tu trouvé ?

Foreman se balançait sur une chaise en fumant une sans-filtre dont le papier séchait sur ses lèvres. La cheminée crépitait et aspirait l'air. Un hurlement de loup traversa les arbres. Foreman se pencha en avant pour mieux écouter et s'identifia complètement à la bête.

– Comment m'as-tu trouvé ?

Une nouvelle timbale de pétrole sur la table devant Hazelwood.

Foreman toussa ; son corps était perclus de douleurs. Ses os, un assemblage à l'agonie.

– Dès que le puits a explosé, un appel a été lancé. Non, c'est faux. C'était après ta conférence de gros con. Juste après. Quand on t'a tous vu participer à la course de voiliers et tout le bazar. Le pétrole dégobillait dans l'océan, et toi, t'étais sur ton yacht, comme si tu vivais sur une autre planète.

– Un appel ?

– J'imagine qu'on parlerait d'écoterrorisme de nos jours. À l'époque, on se limitait à des incendies de panneaux, des dynamitages de barrages, des cloutages d'arbres. Enfin bref, il reste encore une poignée d'entre nous. On a repris des activités, réintégré la société. Y avait pas de nom pour ce qu'on faisait en ce temps-là, mais n'empêche qu'on est encore tous dans la nature. Libres. Pas la moindre trace de ce que nous avons fait ni de qui nous étions. Mais nous avons gardé le contact, tu vois. T'as vu un ordinateur chez moi ? Nous communiquons par la poste. En téléphonant dans des cabines. Le bouche à oreille. J'étais un saboteur il y a des lustres. Puis je me suis marié. Je me suis rangé et j'ai gardé profil bas. Jamais fait de mal à personne. Maintenant, je veux faire une dernière chose : toi.

Foreman pointa le doigt vers Hazelwood.

– Qui t'a appelé ?

– Non, ne compte pas là-dessus.

– Qu'est-ce que ça peut faire ? Je vais probablement mourir ici, de toute façon. C'est ça ton grand projet, non ? Je meurs si je bois le brut et je meurs si je ne bois pas le brut. C'est gagnant-gagnant pour de vieux écoterroristes cinglés.

Foreman regarda par la fenêtre. Il étudia les aiguilles d'un pin blanc proche de lui, dont le tronc faisait plus d'un mètre de circonférence à la base. Un vieil arbre, rescapé d'une autre époque. Un monument historique.

– Un pote, répondit-il en soupirant. Son frère est dans la crevette dans le Sud. Il a un gamin malade avec des factures médicales astronomiques. Pas facile de régler ce qu'il doit quand toutes les gambas sont parfumées au Castrol.

– Mais comment… comment a-t-il… comment a-t-on pu savoir que je viendrais ici ?

– C'est pas parce qu'on a pas Internet à la maison qu'on peut pas utiliser Internet ailleurs. Dans les bibliothèques. Les cafés. Chez des amis. Ils t'observaient. Cette putain de course de yachts ou je sais pas quoi. Quel tact ! Puis le retour de manivelle et t'as disparu. Quelqu'un a trouvé ta biographie en ligne. Et s'est douté que t'allais rentrer chez toi. On a localisé ton chalet. Si on peut parler de chalet. Plutôt un putain de château. J'étais embarrassé au départ, j'arrivais pas à croire qu'un ingrat comme toi était originaire d'ici.

– Je suis parti dès que j'ai pu.

– Ah ouais ? Ben t'aurais dû partir pour de bon.

– J'aurais dû, oui. (Hazelwood cracha une nouvelle fois par terre.) J'ai soif.

Foreman haussa un sourcil et, quelques instants plus tard, il se leva de son siège et se dirigea vers le vieux frigo alimenté par un groupe électrogène derrière la cabane, les deux machines ronflant et grondant plus ou moins en permanence. Il sortit un grand broc d'eau et referma la porte lourde et ancienne. Il prit un petit verre dans un placard, puis s'assit en face de Hazelwood en posant le broc sur la table. Il leva le verre.

– Quand ils ont découvert la tumeur, expliqua Foreman, ils l'ont enlevée. Et ils m'ont donné tout un tas de cachets. Ils m'ont fait prendre des vitamines. Ce petit verre que tu vois était mon meilleur ami. Je me réveillais le matin, déjeunais, faisais un café et écrivais une lettre. Puis je prenais mes vitamines. J'en faisais descendre une avec un verre d'eau. J'en faisais descendre une autre avec un verre d'eau. Et ainsi de suite. (Il remplit le verre.) C'est mon verre à cachets.

Hazelwood lécha ses lèvres gercées.

– Mon eau vient d'un puits artésien. Elle sort de terre dans un endroit secret à moins de cinq cents mètres d'ici. Une source bouillonnante. Je lui trouve très bon goût. Elle est pure. Certains jours, en rentrant de la chasse ou de la pêche, je descendais le sentier jusqu'à la source, je me mettais à quatre pattes et je buvais à même la terre. Il m'arrivait de surprendre un cerf ou un ours qui faisait la même chose. Elle est sacrément froide, aussi. Putain, qu'il fait froid, là-bas. Froid et bon. (Foreman leva son verre pour boire à la santé de Hazelwood.) À la tienne, Étienne.

Il le vida en deux gorgées et s'en versa un autre. Il n'arrêtait pas de boire. Il but jusqu'à ce que sa panse soit fraîche et pleine à craquer. Un filet d'eau coula dans le pli de son vieux menton et se mêla aux poils de sa barbe. Il fixa Hazelwood et lui dit :

– Je vais aller pisser un coup, puis je reviendrai et je me ferai cuire un steak. Quelques champignons et oignons sautés à la poêle accompagnés d'un verre de vin. (Il se leva et se tourna vers son prisonnier.) Le truc, c'est que malade comme je suis, je n'ai plus guère d'appétit. Mais bon, je reconnais que ça me fera plaisir de manger devant toi.

Il quitta la table et sortit. Il défit sa ceinture et sa braguette, urina. L'air frais de la nuit le fit frissonner. La terre fumait là où il pissait. Son pantalon était trop grand, ses hanches osseuses ; il dut resserrer la vieille ceinture sur laquelle il avait percé toute une série de nouveaux trous avec son canif. Une vague de solitude l'envahit et il se rappela sa femme, les nuits et les jours passés ensemble dans la cabane, le bruit de ses pas sur le plancher. Puis la solitude s'effaça au profit d'une forme de détermination, car il ne lui restait plus qu'une seule idée : elle l'attendait dans l'au-delà, lui faisait signe comme une étoile ou une boule lumineuse, à la fois chaude et froide, distante et familière. Il ne croyait pas en Dieu mais il croyait en elle, quelque part ; il ne pouvait pas en être autrement sinon le monde serait trop lugubre pour qu'il puisse continuer. Il rentra dans la cabane.

La timbale était par terre dans une autre flaque de pétrole, une nouvelle tache sur le plancher. Hazelwood avait renversé sa chaise, son bras libre était coincé et il se débattait, un pied en l'air. Il avait perdu ses deux mocassins et ses pieds étaient bleus de froid. Foreman redressa le type et la chaise ; il reprenait des forces quand il s'agissait de punir cet homme plus jeune que lui.

Hazelwood l'attaqua soudain de sa main libre, mais Foreman esquiva et lui donna un coup de poing dans les dents. Le PDG hurla, les larmes aux yeux et, pour la première fois, il eut l'air d'avoir peur. Il cracha une dent ensanglantée dans la flaque de pétrole. Puis il se ressaisit et siffla en un sourire édenté :

– Je vais te crever, bordel.

– Tu perds ton temps, lui répondit calmement Foreman.

Il s'approcha du fourneau et plaça une sauteuse en fonte sur un vieux réchaud à propane. Il alla chercher un morceau de viande rouge dans le frigo. Le déposa sur une assiette blanche. Puis il assaisonna le steak : sel, poivre et ail. Il coupa un morceau de beurre dans la poêle avant d'émincer les oignons, l'ail et les champignons. Il les mit dans la poêle et réduisit la flamme au minimum.

– Je prépare toujours les ingrédients dans le désordre, dit-il. Greta n'aurait jamais commencé par les oignons et les champignons.

Il trouva une deuxième poêle et la plaça sur un autre feu de la cuisinière.

– Je préfère les grillades, expliqua-t-il, mais dans cette situation…

Il haussa les épaules et sortit une bouteille de vin rouge et un verre propre du placard.

– Tu peux diluer le brut, si tu veux, si c'est plus facile. On peut verser le mélange dans une grande tasse.

– Va te faire foutre, répondit Hazelwood.

– J'ai rencontré un type, une fois. Un vigneron argentin. Tu sais ce qu'il m'a dit ? Il m'a dit que les caves à vin étaient bonnes pour les orgueilleux. Ne garde jamais plus de six bouteilles de vin chez toi, qu'il m'a dit. Garde ce que tu peux boire. Ce que tes amis peuvent boire. Tu sais pourquoi ? Ce vigneron, ce vieil homme, m'a dit : à quoi ça sert d'avoir une cave ? Tu finiras par mourir un beau jour avec toutes ces bouteilles dans une pièce sombre sans même les avoir goûtées. Et qu'est-ce qu'elles attendent dans ce trou ? Qu'un de tes enfants les boive ? Ou qu'il les vende aux enchères comme une foutue collection de timbres ? Non. Bois ton vin. Il faut toujours boire son vin. Voilà ce qu'il m'a dit. Ce type était multimillionnaire et il n'avait pas de cave. Il était propriétaire de deux ou trois vignobles mais, dans sa propriété, il ne gardait jamais plus d'une caisse de vin.

Le jour après t'avoir repéré, j'ai acheté ça. C'est français. Tu te rends compte ? Une bouteille qui nous vient de tout là-bas en France et qui a réussi à arriver ici. Dans ce trou. Un autre truc à propos du vieux vigneron. Quand je l'ai rencontré, il avait quatre-vingt-onze ans et il était marié à une femme de quarante ans qui ressemblait à Sophia Loren.

Foreman plaça la viande dans la poêle avec un peu de beurre et l'ail écrasé, puis il se pencha pour humer le fumet.

– T'es vraiment tordu, espèce de vieux fumier, lui dit Hazelwood.

– Le truc, c'est que j'ai perdu presque tout sens du goût. À cause du cancer. Il m'a complètement bousillé les papilles. Mais je vais te dire un truc : j'arrive à sentir le goût de l'ail. Je sens toujours le goût de l'ail. (Il retourna le steak avec une longue fourchette.) Je l'aime bleu. Saignant. J'aime le goût de l'animal.

Il examina l'autre poêle : les oignons caramélisaient, les champignons sentaient bon. Il attendit un moment, servit le steak, puis disposa les champignons et les oignons sur le côté, dans l'assiette. Il la posa sur la table avec son verre de vin.

– Merde, dit Foreman. Je suis mal élevé.

Il se leva et ramassa la timbale par terre. Il s'approcha du jerrycan de brut près de la porte. Il remplit une nouvelle fois la timbale, la posa devant Hazelwood. Puis il revint s'asseoir. Et leva son verre.

– À la cupidité, dit-il. T'as envie d'argent et de pétrole. Et moi j'ai envie de ce steak bio et de ce verre de vin. (Il but.) Ah, c'est bon. J'ai plus beaucoup de papilles, mais là, je sens bien le goût. Et tu sais ce qui est frappant ? La sensation en bouche. À la fois épaisse et juteuse. Avec une petite touche d'acidité. De quoi me nettoyer le palais. (Il se mit à scier le rose de son steak.) À mon avis, t'es le genre de type à avoir une cave, dit-il, la bouche pleine.

– J'en ai quatre. J'ai un vignoble avec ma femme en Californie.

– C'est bien dommage, dit Foreman en s'essuyant la bouche avec un mouchoir.

## *Dixième heure*

Hazelwood gigotait sur sa chaise ; Foreman était assis lourdement sur la sienne. L'assiette vide était striée de sang, le verre à vin à nouveau plein et le niveau de la bouteille avait sensiblement baissé. Foreman se curait les dents, maintenant violacées par le vin.

– Je vais me pisser dessus, dit Hazelwood.

Le vieil homme haussa les épaules.

Une nouvelle flaque, jaune et âcre, se forma sous l'homme ligoté. Son pantalon kaki était mouillé de l'entrejambe jusqu'à ses pieds engourdis et bleus. Il regardait fixement Foreman.

– Bon Dieu. Je peux avoir une couverture ou un autre truc ? La moindre des choses serait une putain de couverture. De quoi me couvrir les pieds pour la nuit.

– Ouais, ça doit être l'heure, dit Foreman en acquiesçant.

Il se leva de table et disparut dans une petite chambre à coucher. Il rapporta une couverture en laine avec laquelle il lui drapa la partie inférieure du corps. Le prisonnier l'attaqua et, cette fois-ci, parvint à l'atteindre dans le ventre. Le vieil homme grogna de douleur et s'effondra sur un genou. Le PDG avait frappé vite et fort mais, ligoté comme il l'était, il était incapable d'enchaîner un deuxième coup.

Foreman prit le temps de se relever. Après s'être remis de ses émotions, il pointa du menton vers la timbale :

– J'imagine que tu ne vas pas boire ça ce soir, alors ?

– Va te faire foutre, vieux con. Si tu te rapproches de moi une nouvelle fois, je te crève.

Foreman enleva la timbale de la table et la plaça à côté du fourneau. Il revint vers Hazelwood, prenant soin de passer derrière lui. Il vérifia le chatterton qui l'attachait à la chaise puis, s'approchant du côté où le prisonnier ne pouvait pas se défendre, il lui donna deux coups de poing en pleine figure, ce qui fit basculer les pieds de la chaise. Il trouva le rouleau de chatterton et ligota la main libre de Hazelwood de façon à ce qu'il soit complètement immobilisé. Puis il prit un peu de recul pour examiner son visage contusionné, ses lèvres noires, la dent manquante. Foreman déroula une longueur de ruban adhésif et le plaqua sur la bouche de Hazelwood.

Ensuite, il éteignit les lumières, souffla sur les lampes et s'effondra sur le lit de la chambre voisine. Il rêva de sa femme, de ses mains dans l'évier, nettoyant des betteraves rouges dans la lumière d'un après-midi ensoleillé. Il rêva de son rire, de son visage rayonnant de bonheur et d'été mais, dans son rêve, il ne pouvait entendre ni son rire ni sa voix. Ses rêves étaient toujours dépourvus de bande-son.

## *Dix-huitième heure*

Foreman fut réveillé par un frottement de bois contre bois, pas loin de lui. Quatre pieds qui se déplaçaient. Il se redressa et Hazelwood se trouva soudain à côté de lui, toujours ligoté, les yeux écarquillés, le scotch arraché de sa bouche, un couteau à steak entre ses mâchoires. Foreman dégagea rapidement ses jambes de sous les draps, frappa le PDG d'un coup de pied en ciseau dans la tête, et fit voler le couteau par terre. Il continua de frapper Hazelwood jusqu'à ce qu'il finisse par basculer et tomber lentement.

– Laisse-moi partir, vieux connard ! Laisse-moi partir, nom de Dieu. Laisse-moi !

Foreman était essoufflé, ses nerfs éprouvés, son vieux cœur battait la chamade. Il agrippa sa poitrine.

L'homme d'affaires ricana :

– Espèce de vieux couillon. C'est comme ça que tu veux y passer ? À cause de ça ? Une petite marée noire ? Quelques oiseaux de merde, quelques baleines, une poignée de dauphins ? Les gambas qu'un gros con pourra pas s'enfiler dans les restos Red Lobster pendant quelques mois ? Et tu vas me tuer, vieil homme ? Pour une histoire de pétrole ? Pour une putain d'histoire de pétrole ?

Hazelwood était à plat ventre, face contre terre, les pieds bleus, les ongles des orteils dévastés par ses efforts.

Assis au bord du lit, Foreman respirait profondément, la main sur le cœur. Il regarda le PDG ligoté. Derrière sa chaise renversée, quatre marques irrégulières indiquaient sa progression éclopée jusque dans la chambre.

– Les dés sont jetés, finit par dire Foreman. Notre planète vaut sacrément plus qu'aucun d'entre nous. On ne devrait pas mourir pour une histoire de pétrole, mais pour la planète, ça vaut le coup et pas qu'un peu. Et je veux qu'on sache que j'ai fait de mon mieux, que je n'ai pas renoncé, que je ne me suis pas désintéressé. Je crois en ça.

– Tes poèmes te sont montés à la tête. On croirait entendre un vieux pédé.

Ils restèrent ainsi longuement, se dévisageant, le cœur palpitant, le soleil dégringolant par les fenêtres tandis que dehors, partout, les oiseaux chantaient et les cerfs se déplaçaient dans l'ombre. Le vieil homme se mit à tousser, le goût du sang et de la bile dans sa bouche, le repas de la veille mal toléré par ses entrailles délicates.

– Tu risques pas d'aller bien loin, dit Foreman en tirant une couette sur son prisonnier étendu et en le recouvrant comme avec une bâche. Je ferais mieux d'aller faire un tour en ville. Pour que tout ait l'air normal.

Il partit dans la cuisine d'un pas hésitant, fit un café et but de l'eau. Ses mains ne cessaient de trembler.

## *Vingtième heure*

La petite ville grouillait de policiers, de voitures banalisées, d'équipes de télévision. La rue principale était saturée de voitures, de fourgons, d'étranges piétons en costume-cravate, jupes et talons hauts. Foreman roulait doucement, les mains effleurant le volant de son vieux pick-up tandis qu'il regardait le remue-ménage, bouche bée. Ses jambes tremblaient dans son pantalon. S'ils ne cherchaient pas encore chez lui, ils chercheraient bientôt. Il trouva une place de parking et prit le temps de se ressaisir. Il devait passer la journée en ville et y être vu.

Il sortit du véhicule et resserra sa canadienne. Il avait perdu tant de poids qu'il avait l'impression de porter un peignoir de toile dépenaillé. Le vent le transperçait comme si sa chair était en gaze. Il savait qu'il ne verrait pas la fin de l'hiver, ni même peut-être le début. Il marcha d'un pas traînant sur le trottoir.

À la poste, une journaliste interviewait le père Malloy au bout du guichet. Le curé priait pour le PDG et appelait au pardon. Le projecteur fixé à la caméra braquée sur le prêtre brillait si fort qu'il rendait sa peau translucide, comme du lait. Foreman connaissait Malloy et ne lui avait jamais fait confiance. Il avait les mains trop lisses à son goût. Le précédent curé responsable de ses ouailles avait été mineur dans sa jeunesse et, chaque automne, il débitait vingt stères de bois avant les premières neiges. Il avait des mains rêches comme du papier de verre et du cuir. Des mains comme des pattes. On racontait qu'à l'époque où il était mineur, il battait tous les nouveaux venus au bras de fer. Il avait porté une barbe qui semblait incarner la magie divine. Des yeux noirs. Il vous coupait l'envie de pécher car il renvoyait quelque chose qui vous faisait penser qu'il était conscient de vos péchés et qu'il entendait vous les arracher et vous en éloigner. Par la force s'il le fallait. Absoudre, racheter et exiger la repentance, en pleurant comme un gamin apeuré. Le nouveau prêtre avait des allures d'espion. Foreman releva sa boîte postale et s'en alla. Il n'y avait pas grand-chose : des offres de loterie et quelques catalogues adressés à son épouse. Triste petit souvenir.

Il traversa la rue pour aller dans l'unique café de la ville. Il était bondé. Comme il ne pouvait s'asseoir près des vitres, il s'installa au comptoir avec les bûcherons, les fermiers et les vieillards. Il commanda un café et des tartines grillées. Il était barbouillé. Il but lentement, laissant le café lui réchauffer le ventre.

Un bûcheron qu'il connaissait se pencha vers lui et dit :

– À vrai dire, j'en ai rien à secouer si un salopard plein aux as s'est paumé dans les bois. Il peut aller se faire foutre. Il aurait dû s'équiper de Gore-tex hors de prix. Prendre sa petite laine de luxe. Merde, alors. Il aurait pu contribuer à l'économie locale. Engager un guide.

– *Amen*, dit Foreman. Ils se croient indestructibles. Ils croient tout connaître.

– J'ai entendu aux infos qu'il y avait assez de pétrole pour remplir le stade des Yankees. Peut-être plus. On saura jamais. Quelle farce. Ce fumier aurait dû être pendu, il le méritait. Mais ça marche jamais comme ça, hein ? Tu connais le refrain. Quand t'as du pognon... Merde. Ils t'installent dans une prison trois étoiles. Avec des crevettes sauce cocktail pour dîner, mais elles viendront pas de Galveston, ça c'est sûr.

Foreman acquiesça.

– Alors comme ça, il s'est paumé en se promenant ?

Le bûcheron se moucha sans parvenir à ôter toutes les particules de sa moustache.

– Ça me paraît bizarre. La femme de chambre est arrivée chez lui et tout son bordel y était. Bagnole grand luxe. Bagages. On dirait qu'il a disparu. Mais je pense qu'il s'est paumé, voilà tout. L'abruti a laissé son portefeuille sur le bar à côté de ses clés. Ah, ils sont pas dégourdis.

– Depuis combien de temps il est perdu ?

Le bûcheron engloutit des œufs au ketchup et haussa les épaules :

– Moins d'un jour, d'après eux. Ils en pigent pas une.

Ils regardèrent la télévision suspendue dans un coin du café. Le monde voyait leur ville en direct, ce qui avait un effet surréaliste. Le temps s'écoulait devant leurs yeux, ils se tournaient parfois vers la rue principale où les visages diffusés à la télé parlaient à des caméras et des micros. C'était étourdissant, comme si deux mondes presque identiques existaient à une dizaine de secondes d'intervalle, leurs actions et drames à part cela indissociables.

Foreman et le bûcheron restèrent au comptoir pendant une bonne heure. Il n'y avait rien d'autre à faire. Ils échangèrent des sections du journal froissé publié à Minneapolis-Saint Paul. Ils disputèrent plusieurs parties de crib. Quinze deux, quinze quatre, quinze six, une paire de sept pour deux égalent huit. Dans le ciel, des nuages gris filaient rapidement et les tourbillons de feuilles d'automne battaient les voitures de vitesse.

– Ça sent la neige.

– C'est ce que je me disais. Je croyais que c'était le cancer, ce matin, mais c'est peut-être juste le temps.

– Ah, bon Dieu, Foreman, je suis navré pour ça.

– C'est gentil, dit-il en soufflant sur son café. Mais ça me dérange pas. Je vais retrouver ma femme.

– Elle jouait au bridge avec ma mère. J'en ai entendu dire que des bonnes choses.

Les yeux de Foreman devinrent soudain humides et il les détourna du bûcheron.

– Elle me manque, dit-il tout doucement.

Le bûcheron laissa quelques billets sur le comptoir en Formica et toucha le dos de Foreman.

– Si t'as besoin de quoi que ce soit, n'hésite pas !

Foreman acquiesça et se tourna vers la cuisine du resto. Il attendrait le crépuscule avant de partir.

*Trentième heure*

Foreman trouva Hazelwood où il l'avait laissé, dans une flaque d'urine luisante, le fond de son pantalon honteusement lourd. C'était un homme brisé, qui sanglotait et frissonnait. Foreman le traîna vers la cheminée en pierre des champs, puis il se mit au travail d'arrache-pied : il roula quelques feuilles de journal en boule, échafauda une structure de bois et papier mêlée de brindilles, petit bois et cônes de pin. Il frotta une allumette et approcha la flamme du papier. Il souffla tendrement sur le feu naissant, l'encourageant à escalader les barreaux de bois. Il arracha des copeaux d'écorce de bouleau de son panier à bois et les ajouta au feu.

– Je suis gelé, se plaignit Hazelwood. Je me suis chié dessus.

– Tu sais ce qui te reste à faire. Tu bois ta timbale et on n'en parle plus. Je t'ai déjà dit que je suis prêt à le couper avec de l'eau. Comment vous dites, chez vous ? Je le diluerai.

– Qu'est-ce que j'ai soif, putain.

Foreman se réchauffa les mains et sentit le feu imprégner ses vêtements.

– Et si je changeais ? demanda Hazelwood. Si je présentais des excuses publiques ? (Il renifla.) Y a forcément une autre solution ! J'ai une femme. Trois gamins ! J'ai des photos – regarde – dans mon portefeuille. Et d'autres sur mon téléphone. Je t'en prie !

– À propos de ton téléphone, dit Foreman. (Il sortit brièvement et revint. Dans le creux de sa vieille main, il détruisit les différents morceaux du téléphone.) On sait jamais, si ça se trouve, ils peuvent s'en servir pour te retrouver. Ils font de ces trucs avec la technologie de nos jours.

Il jeta le portable déglingué dans le feu, se leva et repartit dans la cuisine. Il se versa un verre d'eau en regardant Hazelwood. Sur les vitres des fenêtres, des flocons de neige grésillaient brièvement avant d'expirer.

## *Trente-quatrième heure*

Tous deux attablés, les yeux dans les yeux. Entre eux, la timbale, et dehors un blizzard de novembre venu d'Alberta, à travers le Saskatchewan et les deux Dakotas. Les vents secouaient la cabane et, dans la cheminée, le feu peinait et crépitait.

– Tu ne fais qu'aggraver ton cas, dit Foreman.

L'autre homme se mourait aussi, même à feu doux. Il ne cessait de lécher ses lèvres noircies mais l'intérieur de sa bouche était complètement sec et incapable de lubrifier quoi que ce soit. Ses lèvres étaient craquelées.

– Qu'est-ce que j'ai soif, répéta-t-il comme une rengaine tragique.

– Ces tempêtes précoces sont parfois les pires. La neige est lourde et humide. Les chasse-neige sont pas encore prêts. Les camions de salage pas chargés. Les gens n'ont plus l'habitude de conduire dans ces conditions. Pas de chaînes pour les pneus. Ils arriveront jamais à te trouver à temps maintenant. Tout dépend de toi. Faut que tu boives. Que tu assumes les conséquences de tes actions. Tu bois cette timbale et je te donnerai toute l'eau que tu voudras. Et même du vin. Je te donnerai à manger. Et je te ramènerai directement à l'hôpital de Duluth. Je te donne ma parole. Mais je céderai pas non plus. On est dans le même bateau, toi et moi. Et si on doit mourir tous les deux, ainsi soit-il.

Foreman se leva et alla chercher un verre d'eau et une pomme dans le frigo. Il la mangea lentement, mâchant la peau, ses vieilles dents mordant la chair blanche du fruit. Il regarda la tempête par la fenêtre : les tourbillons de millions de flocons et les congères s'amassant à la base des jeunes sapins. Il serait obligé d'aller démarrer le pick-up et recharger la batterie au moins une fois dans la soirée. Il ne devait rien négliger. Il y avait deux paires de bottes pour la neige dans la benne, du chocolat et du brandy dans la boîte à gants. Des bougies, des allumettes, des vêtements chauds et une vieille couverture.

– La honeycrisp est ma variété de pomme préférée. Elle a la meilleure acidité. Elle te nettoie tout de suite la bouche.

La cabane était silencieuse. La mastication de Foreman et le feu émettaient une musique minimaliste.

– Ma femme a bu de l'huile, un jour, annonça Hazelwood.

Ligoté comme il l'était, il semblait suspendu à son perchoir, le corps penché, la tête baissée.

Foreman cessa de manger, puis recommença en regardant Hazelwood. Celui-ci reprit :

– Notre premier enfant avait du retard sur la date prévue. La petite n'avait pas envie de sortir. Et ma femme voulait faire les choses à l'ancienne. Aucun médicament pendant l'accouchement. Elle est folle. Je l'aime, bien sûr, mais elle est folle. Vous vous entendriez sans doute très bien, tous les deux. (Il hocha la tête, passa ses mains sur les nœuds.) La sage-femme lui a donné de l'huile de ricin. Je m'en souviens maintenant. Elle y a ajouté un peu de jus d'orange. Ma femme a tout descendu. Je m'en souviens. Sans se plaindre. Meredith est née environ une heure plus tard. Dans la baignoire. Tu sais ce que ça fait, ce truc-là ? J'imagine que ça irrite les intestins. Ce qui doit à son tour stimuler l'utérus. J'en ai bu une gorgée, c'était dégueulasse. Je ne l'oublierai jamais. T'as pas d'enfants ? demanda Hazelwood en levant les yeux vers son ravisseur.

Foreman lui jeta un regard de travers en rongeant sa pomme.

– C'est vachement plus facile de me tuer dans ces conditions, pas vrai ? Le fait de pas avoir d'enfant ? De ne pas savoir ce que c'est que d'être père. Personne à plonger dans l'embarras ou dans la honte de tes actions. Putains d'écolos de merde. Complètement détachés de la réalité. Vos cœurs sont deux fois plus gros que vos têtes.

– Mange ça, dit Foreman en lui lançant son trognon de pomme en pleine figure.

Hazelwood garda son sang-froid.

– Tu crois que je m'amuserais à faire empirer l'état de la planète dont vont hériter mes enfants ? Tu crois que je ferais ça ? En connaissance de cause ? Et comment je pourrais les regarder dans les yeux ? Ce n'était pas de ma faute. Je ne suis qu'un homme. Un simple homme, bon Dieu.

– C'est classique, je ne suis pas surpris que le PDG assis devant moi essaie de se défiler plutôt que d'assumer ses responsabilités et de tenter de changer la situation, de l'améliorer. Espèces de têtes de nœud, vous êtes grassement payés pour comparaître devant le Congrès soudain frappés d'amnésie, pour sourire aux caméras et mentir, pour trouver de nouveaux moyens d'entuber les gens. Au final, vous n'êtes rien de plus que des marchands. Tout simplement.

Ils se mitraillèrent du regard pendant des heures – la timbale entre eux était toujours pleine de sa patiente noirceur. Foreman jeta un coup d'œil à sa vieille montre éraflée : minuit. Un nouveau jour. Il se leva, ramassa le trognon de pomme par terre et sortit dans le blizzard pour faire tourner le pick-up et recharger la batterie. Soixante centimètres de neige, lourde et humide comme une couche de ciment qui n'a pas encore pris. Il s'assit au volant de son véhicule sans quitter la cabane des yeux. Il distinguait le haut d'un des pieds de la chaise de Hazelwood et voyait qu'elle ne bougeait pas. Il mit le radiateur à fond et resta assis dans le courant de tiédeur jusqu'à ce que la chaleur du moteur ait fait fondre le tapis de neige qui avait enseveli le pick-up de blanc. Puis il éteignit le moteur et rentra.

– Pas de couverture ce soir, annonça-t-il à Hazelwood. (Il traîna la chaise dans la salle de bains et la renversa.) Je t'enferme à clé. Réveille-moi quand tu seras prêt à boire. Je t'entendrai.

## *Quarante-deuxième heure*

Foreman s'éveilla, la vessie pleine et brûlante. Dehors, le monde semblait avoir été gommé et recréé. Partout, du blanc et encore de la neige tombant d'un ciel obscurci. Un bruit étrange provenait de la salle de bains. Le vieil homme se hâta d'aller ouvrir la porte. La clé dans la serrure, il essaya de tourner la poignée, mais il sentit la résistance du PDG. La porte s'entrouvrit et Foreman vit que Hazelwood s'était débrouillé pour se redresser et qu'il buvait dans la cuvette des toilettes en porcelaine. Le devant de son pull de cachemire, déjà abîmé par le pétrole, était mouillé en forme de V. Adossé à un placard près du sol, les pieds contre la porte, il était toujours ligoté à sa chaise.

– Si t'arrêtes pas tes conneries, le prévint Foreman, je vais te bousiller les jambes, nom de Dieu !

Le prisonnier finit par relâcher la pression de ses jambes et la porte s'ouvrit et rebondit. Le roi du pétrole riait en laissant apparaître sa dent manquante, ses gencives et ses dents un peu moins noires.

– J'ai pissé partout dans ta salle de bains, dit-il. J'ai bu pendant des heures. Jamais rien bu d'aussi bon.

Foreman évacua l'homme et la chaise sans ménagement et leur fit traverser la maison, en créant des sillons dans le bois du plancher. Il le traîna dehors, lui fit dévaler un petit escalier d'un coup de pied, et Hazelwood atterrit dans une dune de neige. Le vieil homme repartit à l'intérieur. Il avait encore perdu une manche. Il arracha ses cheveux frisottants.

– Quel con, se dit-il. Mais quel con !

## *Quarante-troisième heure*

Proche de l'hypothermie, Hazelwood était incohérent. Ses lèvres étaient passées du noir au bleu. Foreman le traîna à l'intérieur et l'installa près du feu. Le prisonnier sentait horriblement mauvais. Le vieil homme ne s'était préparé ni à ses propres défaillances ni au courage forcené de ce capitaine d'industrie. Il frappa le haut de sa nuque froide et le contact lui parut si bon qu'il se donna un autre coup. Puis il s'avachit dans une chaise et fixa du regard son otage obstiné.

## *Quarante-cinquième heure*

– L'idée m'est venue un jour, peu après la marée noire, expliqua Foreman. Je pensais à mon enfance et ce souvenir m'est apparu spontanément. Il a surgi dans ma tête. Je me suis souvenu de mon père furieux contre moi quand j'étais gamin – je devais avoir quatre ou cinq ans. C'était parce que j'arrêtais pas de chier dans ma culotte. Il trouvait sans doute que j'étais trop vieux pour ça. Ça devait l'embarrasser ou je sais pas quoi.

Hazelwood leva les yeux vers son gardien, le visage fermé, maussade.

– Et donc je me suis souvenu de ce jour, dans la cuisine, la cuisine de la maison où j'ai grandi. Je suis assis à table. Cette même table. Sauf que je suis un petit garçon. Et mon grand-père est là aussi, parce qu'il explique à mon père ce qu'il doit faire. « Fais-lui manger sa merde, il lui dit. Et il le refera plus. Fais-la-lui manger. »

Puis je me souviens qu'ils ont placé ma couche devant moi. Je suis assis sur une chaise mais si petit que mes yeux sont au même niveau que la table et la couche. Elle est dégoûtante, elle déborde et dégage une odeur atroce, et mon papi plonge une cuiller dedans et dit : « Fais-le, vas-y. C'est plus un bébé, c'est ses cochonneries. » Mon père tient ma tête et la cuiller et moi je pense : « Non, ne fais pas ça. Ne me fais pas manger mes cochonneries. Je t'en prie, papa. » Je me souviens qu'ils me poussent la figure vers elle. Vers ma couche. Je me souviens que maman est dans la cuisine et je comprends pas pourquoi elle les arrête pas. Mais pourquoi ne les arrête-t-elle pas ?

Il regarde par la fenêtre et tambourine des pouces sur la table. Hazelwood le regarde.

– C'est de ça qu'il s'agit, alors ? dit le PDG. Tu veux que je mange ma merde ? C'est ton fantasme pervers de vengeance ? Une vengeance tordue contre ton père ou les représentants de l'autorité en général ?

– Peut-être, admit Foreman.

## *Quarante-septième heure*

Voilà une heure que Hazelwood souriait, son visage et son moral étrangement revigorés.

– T'es prêt ? demande Foreman.

– Amène-moi là-bas, lui dit Hazelwood. Je vais te battre à ton propre jeu. Puis je t'enverrai en prison. J'ai décidé de ne pas te tuer. Non. Je vais t'envoyer en taule et te garder vivant et souffrant pendant longtemps. Quand j'en aurai fini, si ta femme te regarde du ciel, elle ne voudra même plus de toi. (Il cracha par terre et se mit à sautiller sur la chaise en direction de la table.) Détache-moi la main, bordel, ordonna-t-il.

Foreman s'exécuta, posa la timbale devant son prisonnier, s'assit et observa, les yeux écarquillés.

Hazelwood porta le gobelet à ses lèvres et but deux grosses gorgées. Il s'étrangla et plaça sa main libre devant sa bouche, mais il recracha la plupart du brut, qui lui dégoulina sur le menton et le cou. Des éclaboussures atteignirent le visage et les vêtements de Foreman.

– Je peux pas ! souffla Hazelwood. Nom de Dieu, j'en ai dans la gorge. Il me faut de l'eau !

Foreman se leva brusquement en renversant bruyamment sa chaise. Il porta la timbale aux lèvres du PDG.

– Bois ! Tu vas boire, nom d'un chien ?

Hazelwood s'étouffait, Foreman lui boucha le nez. Il tenta de déglutir mais s'étrangla à nouveau et vomit une atroce saleté noire. Leurs deux visages étaient des masques de brut noir et de terreur. Hazelwood était agité de haut-le-cœur et de quintes de toux. Foreman surveillait son prisonnier, qui lui pressait la cuisse de sa main libre en signe de protestation et de douleur.

– Nom de Dieu ! hurla Hazelwood. Nettoie cette merde de ma bouche ! Je peux pas boire ça ! C'est pas possible !

Il n'arrêtait pas de cracher, le visage terrorisé, gras et noir, complètement différent de l'image que Foreman avait vue à la télévision : les embruns menaçaient alors de mouiller ses vêtements marins, il brandissait avec assurance son verre à cocktail au-dessus des légions de vagues de l'Atlantique, tout en riant comme un homme à qui le monde appartient. Puis Foreman pensa aux reportages qu'il avait vus sur le golfe. Les oiseaux englués de mazout. Les groupes de dauphins. Les tortues mortes dans leur carapace. Des millions de poissons le ventre en l'air. Il se figea sur sa chaise. Examina le pétrole qui restait dans la timbale. Se souvint de vacances avec sa femme : les dauphins faisaient la course avec la proue du petit bateau qu'ils avaient loué pour explorer les îles des Caraïbes ; il n'avait jamais vu de dauphin avant.

– Pas question, dit-il à Hazelwood. Mais je vais te chercher un peu d'eau. Tu l'as bien méritée.

Il posa un verre d'eau de source artésienne devant Hazelwood qui le descendit avec empressement.

– Donne-moi un chiffon, bordel ! Un truc pour m'essuyer la bouche, nom de Dieu ! s'énerva le prisonnier.

Foreman alla lui chercher un chiffon et le regarda se l'enfoncer dans la bouche, le frotter sur ses dents, gencives et intérieur des joues. Foreman aligna trois tartines de pain beurré devant lui. Il mangea voracement, en fusillant Foreman du regard.

– Il reste du brut dans la timbale.

– Va te faire foutre. J'ai bu ce que je pouvais boire. Je peux pas mieux faire.

– Dans ce cas, retour à la case départ.

Mais le vieil homme était fatigué et doutait de pouvoir mener à bien la seule chose qu'il s'était cru capable de terminer. Une part de lui-même remettait en question toute son initiative. Il savait que si son prisonnier finissait la timbale de brut, il devrait l'emmener à l'hôpital et il craignait que, au final, Hazelwood ne suscite davantage la compassion que le sentiment de revanche du monde extérieur. Il se représentait toutes les caméras de la ville le suivant, se focalisant sur les visages inquiets de sa femme et de ses enfants. Foreman dévisagea le PDG. Il était couvert de pétrole, seul le blanc de ses yeux brillait. Foreman s'aperçut que ses propres vêtements étaient fichus, eux aussi. Ils restèrent assis à se regarder, le souffle court. Mais Foreman n'avait plus d'autre choix que de continuer, et il le savait.

– Tu sais ce qui m'a le plus dérangé, pour la marée noire ? demanda-t-il.

– J'en ai rien à chier, vieux taré. Vraiment rien.

– Les huards. Ce sont mes oiseaux préférés. Ils remontent à la préhistoire. Tu sais qu'ils ont des os solides, pas creux comme les autres oiseaux. Ce qui fait qu'ils flottent moins bien et qu'ils peuvent nager sous l'eau. Il leur arrive d'y rester plusieurs minutes. On jouait à un jeu, ma femme et moi. Quand un huard plongeait, on essayait de prédire le temps qu'il mettrait pour remonter à la surface. On s'installait là, sur la véranda et on les écoutait chanter. C'est un chant sinistre, et beau. Qui ne ressemble à aucun autre. Bon, je suis pas spécialiste ni rien, mais je vais te dire un truc. Les huards ne passent pas l'hiver ici. Ils migrent. Ils descendent dans le golfe. Ils ne vont pas tarder à y aller, d'ailleurs. Je me demande ce qu'ils y verront ou en penseront. J'espère qu'ils vont revenir ici mais, à vrai dire, ça m'étonnerait que j'y sois encore.

J'ai plus grand-chose qui me rattache à la vie. D'après moi, l'état de la planète empire tous les jours et personne ne veut rien y faire. Alors, je sais pas. Peut-être que ça vaut le coup. De te tuer. De t'achever. D'être celui qui nous débarrasse de toi pour toujours. Parce que je crois vraiment pas que ça ait de l'importance pour toi. Je pense pas que tu saurais faire la différence entre un huard et un flamand rose. Je pense que t'en as rien à faire des dauphins et des baleines et je soupçonne que tu te fous comme de l'an quarante des pêcheurs de crevettes et autres pêcheurs du golfe. Mais ce sont des gens, eux aussi. Avec des femmes et des enfants. Qu'est-ce qu'ils vont faire ? Accepter ton sale fric, le prix du sang ? Trouver un boulot chez Walmart ? Pour accueillir les clients, peut-être ? « Bonjour, je m'appelle Dan et j'étais capitaine d'un chalutier. J'employais quatre types. Je rapportais un repas fraîchement sorti de l'océan tous les soirs. J'avais les mains calleuses. Je sentais la mer. Alors je vous souhaite de bonnes courses de merde aujourd'hui. Achetez donc une nouvelle télé. Des glaces pour les gamins. Du papier toilette. »

Hazelwood cracha noir.

– Je sais plus grand-chose, poursuivit Foreman, je t'ai déjà dit que j'étais un saboteur. Un putain de saboteur. J'ai fait sauter un barrage, un jour. C'était formidable de voir toute cette eau se vider en un énorme flot. Cette rivière libérée, débridée. Je ne l'oublierai jamais. C'est sans doute la meilleure chose que j'aie jamais faite, avec mon mariage. Assis sur la berge à regarder l'eau aller où bon lui semblait.

Il baissa la tête, gratta les quelques filaments qui s'obstinaient à se dresser sur son crâne. Il regarda dehors, la neige tombait toujours, mais plus lentement – une neige de cinéma. Assis en face de lui, Hazelwood crachait du brut par terre. Le feu s'étant éteint, leurs haleines étaient visibles dans la cabane.

– J'ai froid, dit Hazelwood. Je sens plus mes pieds. Je sens plus mes pieds, nom de Dieu.

*Cinquante-cinquième heure*

Foreman et Hazelwood à côté du feu ravivé, le prisonnier agitant ses pieds près des flammes, l'air perplexe.

– J'arrive à les remuer, mais je sens rien.

Foreman lisait un mince recueil de haïkus, ses épaisses lunettes en équilibre sur le nez. Il ne quitta pas son livre des yeux.

– Je crois que le chatterton me serre trop, dit Hazelwood. Je ne sens plus mes orteils.

Foreman se lécha les doigts pour tourner les pages fragiles. Le feu crépitait.

– J'ai étudié l'archéologie à la fac, dit Hazelwood. Mais comme il n'y avait pas de boulot dans ce secteur, j'étais frustré avant même d'avoir fini. Je n'ai pas toujours été riche. Aux vacances de printemps, avant l'obtention de mon diplôme, une grosse compagnie pétrolière a parrainé une excursion. Nous avons visité quatre puits dans l'ouest. En Utah, au Montana, au Nouveau-Mexique et en Arizona. La compagnie prenait tout en charge. Le transport en car, la nourriture, l'hébergement. Nous restions dans des motels bon marché, mais c'était super, nous n'avions rien connu d'autre. Je devais avoir vingt et un ou vingt-deux ans – devant la télé d'un motel quelconque à boire de la bière tiède et à fumer des cigarettes. C'était un des plus beaux moments de ma vie.

Foreman s'était désintéressé de son livre.

– Bref, à la fin du voyage, un des cadres de la compagnie est monté dans le car et nous l'avons applaudi. C'était un ancien élève de notre université et il nous a immédiatement plu, même si ce n'était qu'un vieux connard plein de pognon. En tout cas, il nous a conseillé de postuler pour des boulots dans sa boîte. En expliquant que nous avions des aptitudes similaires à celles des géologues qu'ils embauchaient. Et c'est ce que j'ai fait. L'automne suivant, j'étais à Houston pour ma formation. Puis ils m'ont expédié en Arabie saoudite. En mer du Nord. C'était génial. Ça m'a fait voir le monde. Ils se sont bien occupés de moi. Vraiment.

Il cracha dans le feu qui frémit. Il eut un sourire maussade, puis regarda Foreman droit dans les yeux :

– Je te jure que je ne suis pas un sale type. Je ne suis *pas* quelqu'un de mauvais. J'ai l'estomac qui me brûle. Et ça, je le sens.

Il dirigea son regard vers le feu et Foreman reprit la lecture de ses poèmes.

## *Cinquante-sixième heure*

Hazelwood s'éloigna du feu en sautillant sur sa chaise et se traîna vers la vieille table de famille tachée. Foreman l'observait du coin du feu. Il fallut au PDG deux bonnes minutes pour traverser la petite pièce.

Lorsqu'il finit par arriver à côté de la table, il prit la timbale d'un geste sec et but ce qu'il restait de brut en une gorgée rapide, puis il se serra la gorge et fut à nouveau pris de haut-le-cœur, mais sans parvenir à vomir, cette fois-ci. Il ne pouvait même pas pousser un cri de protestation. Foreman quitta sa chaise pour aller dans la cuisine où il versa un grand verre d'eau qu'il porta aux lèvres noires de son prisonnier. Ce dernier but vite puis recracha l'eau, ce qui lui fit aussi évacuer le pétrole, mais seulement un petit peu.

– Chiffon, dit-il d'une voix rauque.

Foreman trouva un mouchoir propre, tint la tête de Hazelwood et lui essuya la bouche. Il avait beaucoup pâli et son corps était saisi de convulsions.

– Cet enfoiré, dit Foreman en sortant dans la neige qui tombait toujours. (Il démarra le pick-up, fit ronfler le moteur, le pot d'échappement dégageant une fumée noire. Il monta le radiateur à fond.) Cet enfoiré a fini par boire.

Il rentra dans la cabine, enveloppa le PDG dans des couvertures, le porta jusqu'au pick-up, l'allongea sur la banquette.

– Je t'emmène à l'hôpital, lui dit-il. Comme promis.

Mais il avait peur. L'allée en gravier était ensevelie sous un mètre de neige et il n'avait pas mis les chaînes aux pneus. Il se demanda s'il y avait suffisamment de poids dans la benne du pick-up. Il avait cru prendre toutes les précautions nécessaires. Il eut alors l'impression d'être un meurtrier.

Il appuya doucement sur l'accélérateur et le pick-up avança d'un bond dans le chaos de neige, le pare-chocs avant buttant dans une blancheur sauvage et refusant d'aller plus loin. Il enclencha la marche arrière et revint sur ses marques. Puis il essaya d'accélérer un peu plus fort. Ils réussirent à surmonter une congère. Le véhicule glissa sur un pan de neige comme un radeau délabré, les pneus reposant sur une congère qui n'offrait aucune adhérence.

– Nom de Dieu, dit Foreman. Oh, je suis désolé, mon vieux. Pardonne-moi.

Il accéléra à fond mais il n'avait plus aucune traction. Il ne restait que de la neige fondue et glissante sous le caoutchouc brûlant.

– Ah, bon sang, Hazel. Je vais y arriver. Je vais nous sortir de là. Je vais t'y amener. Je te l'ai promis, espèce d'enfoiré.

Foreman descendit d'un bond dans la neige qui lui arrivait déjà à l'entrejambe et vit que c'était vain. Il prit les bottes de neige dans la benne, une seule paire suffirait. Hazelwood était inconscient, un filet de brut aromatique s'échappait de sa bouche et coulait sur le revêtement du siège. Il attacha ses bottes rapidement et tira le moribond du pick-up. Puis il s'arrêta, craignant de ne pas pouvoir le faire remonter. Il repoussa Hazelwood dans la chaleur de la cabine. Foreman le gifla jusqu'à ce que ses paupières s'entrouvrent, puis il prit une poignée de neige, la plaça devant son visage et son cou, et la laissa fondre.

– Réveille-toi ! Réveille-toi !

Hazelwood le regardait vaguement.

– Ce brut peut te tuer, mais il est encore tôt. Nous avons le temps. Je te dis qu'on peut y arriver, bon sang ! M'abandonne pas. Réveille-toi, bordel ! Faut que tu retrouves ta famille ! Ta putain de famille ! Réveille-toi, Hazel !

Le PDG se redressa doucement sur la banquette, encore sonné.

– Tu vas conduire, dit Foreman. Je vais nous damer une piste.

Il ferma la portière du pick-up et retourna chercher une pelle dans la cabane. Il revint avec des chaînes et une grosse pelle à neige. Il se mit à creuser sous les pneus, le visage en sueur. Le véhicule se rapprocha peu à peu du sol tandis que Foreman creusait et que la chaleur du pick-up faisait évaporer la neige sous le châssis. Il fixa les chaînes aux pneus avant de passer devant le capot et de creuser deux trous, deux sillons dans la neige blanche et profonde. Ce petit coin du monde n'en restait pas moins à plusieurs kilomètres de la ville. La nuit était une terre désolée, impénétrable. Leur départ, vain.

Foreman prit appui sur sa pelle, en nage.

Au volant, Hazelwood murmurait : « Toutes les précautions, toutes les précautions, toutes les précautions. »

*Soixante-sixième heure*

Au matin, un monde absous, baigné de blanc. Petits oiseaux perchés dans les rameaux des pins. Un ciel bleu de bleu, le soleil encore caché derrière la forêt, blanc et jaune. Les deux hommes à table, endormis sur leurs chaises.

Foreman se réveilla le premier, perclus de douleurs après son déblayage frénétique. Presque incapable de se lever. Il s'approcha de la cheminée, prépara un nouveau feu, son dernier peut-être. Il laissa la chaleur soulager ses mains meurtries. Hazelwood ronflait, mais au moins, il était toujours là, voûté sur sa chaise, endormi près du feu, vivant. Foreman traîna ses savates jusqu'au fourneau, remplit la bouilloire pour le café, dosa la mouture, alluma le gaz. Il regarda son prisonnier dormir. Il allait le remettre d'aplomb, l'amènerait à l'hôpital et partirait.

Foreman cassa des œufs dans une poêle en fonte, brisant les coquilles sur le rebord. Dans une autre poêle, le bacon qui crépitait, et son odeur de graillon. Hazelwood leva la tête. Il avait vraiment sale mine.

– Faut que j'aille chier, dit-il. C'est le brut, c'est comme pour ma femme.

Il courut dans la salle de bains.

Ils mangèrent ensemble, à la vieille table aux nouvelles taches noires de pétrole du golfe.

Hazelwood acquiesça et dévora son repas. Il reprenait des couleurs. Il ne se tourna pas vers Foreman.

Ils regardèrent l'eau dégouliner des corniches, la journée se réchauffer, le soleil regagner son trône. Deux cafetières, une livre de bacon, un fromage, une demi-douzaine d'œufs. Hazelwood se précipitait dans la salle de bains toutes les heures, revenait et mangeait davantage. À midi, il se tourna vers le vieil homme comme pour l'évaluer :

– J'aimerais emprunter des vêtements. Je ne veux pas que mes enfants me voient comme ça. Sans parler de l'odeur.

Foreman acquiesça. Ils se déplaçaient avec prudence l'un autour de l'autre.

Ils essayèrent de faire démarrer le vieux pick-up, mais impossible. Foreman finit par prendre une carte dans la boîte à gants et l'étala sur le capot rouillé. Il montra du doigt une petite tache bleue et une ligne marron interrompue :

– T'es ici, d'accord ? Tu vois ça. C'est un vieux chemin forestier. Tu le trouveras au bout de l'allée. Suis ce chemin et il te mènera tout près de la ville. Prends ça, dit-il en poussant la carte contre la poitrine de Hazelwood. Montre d'où tu viens aux flics. Ils sauront où aller.

Foreman lui donna une paire de bottes de neige, sa parka, des moufles et un bonnet de laine. Un thermos de café et un petit sac à dos de nourriture.

– Vas-y, lui dit-il, t'as été plus résistant que moi. Casse-toi vite fait avant que je change d'avis. Va. Sinon je vais te descendre.

Hazelwood le dévisagea en reculant maladroitement avec ses bottes dans la neige lourde et collante. Foreman lui tourna le dos, regagna sa cabane, s'assit à table et regarda dehors. Puis il se leva, prit une bouteille de vin, la déboucha, et la but au goulot jusqu'à ce que ses dents virent au violet foncé.

## *Soixante-dixième heure*

Les nuages du soir s'affaissaient et rasaient les sapins chargés de neige et les cimes déployées des pins blancs. Le vieux plancher était lisse sous les couches de pétrole et de kérosène des lampes et lanternes. Le veuf moribond se pencha sur la table avec une boîte d'allumettes. Les vapeurs empestaient la pièce principale de la cabane, mais elle restait sombre. Aucune lumière. Le blanc de la terre enneigée éclairait suffisamment pour que les yeux défaillants du vieillard voient qu'il ne restait rien d'autre à faire que de suivre son plan qui lui semblait juste.

Il frotta le soufre de l'allumette et garda un moment la petite flamme dans le creux de sa main avant de la lancer dans l'obscurité. Puis il attendit à table, buvant de l'eau dans son verre préféré, la timbale désormais vide dans sa flaque de feu. Son corps chauffait, des petites flammes dansaient près de ses chaussures, des jambes de son pantalon.

*Coda*

Sirènes et gyrophares bleus, rouges et blancs à travers la forêt hivernale, les chasse-neige en tête, écartant la neige sur les côtés des petites routes de campagne. Le disparu, le PDG, dans l'unique motel de la ville, gardé par deux policiers d'État ; sa femme en route depuis Duluth pour le rejoindre.

Devant les patrouilles de police, la forêt se couvre de lueurs jaune et rouge, puis la fumée se fait sentir. L'allée est trop étroite pour les chasse-neige, la police et les troupes d'intervention abandonnent leurs véhicules et enjambent la neige en brandissant leurs fusils d'assaut, quelques chiens tirent sur leurs laisses, montrent les crocs, bavent des bulles blanches. L'allée est un long couloir de blanc, sous une tonnelle de branches chargées de neige. Ils avancent dans le tunnel de rameaux vers le feu, qui est gigantesque, assourdissant. La cabane commence déjà à s'effondrer.

Ils trouvent le pick-up, chaînes aux pneus, la pelle abandonnée. Ils regardent les flammes s'élever jusqu'à menacer les branches des énormes pins blancs. Ils écoutent les explosions des fenêtres, des verres et des assiettes. Ils prennent un peu de recul et partent à la recherche de traces, d'empreintes dans la neige. Un signe de fuite. Mais ils ne trouvent rien.

Et dans la nuit, loin des sirènes, une meute de loups. Le froid et une maison en flammes font craquer la glace du petit étang.

# Les restes

Agenouillée, la tête jusqu'au cou dans le réfrigérateur, le visage baigné de lumière blanche, elle jette la nourriture de la mère de Mason dans un sac-poubelle noir. Il la regarde derrière le bar en Formica, où il emballe des plats et des ustensiles dans du papier journal. La maison est plongée dans le silence. Tous les postes de radio et de télé ont disparu. La plupart des pièces sont si vides qu'elles font de l'écho.

– J'en suis à six bocaux de moutarde, dit Renée. Quant au beurre, huit plaquettes ici et quatre boîtes dans le congélateur. *Quatre boîtes.* Elle vivait seule. Elle mettait du beurre partout ou quoi ?

Renée porte des gants de caoutchouc jaune qui lui arrivent aux coudes et ne cesse d'écarter des mèches de cheveux de sa figure. Elle leur souffle dessus, exaspérée, comme pour chasser des moustiques ou des guêpes.

Mason porte deux cartons dans le coffre de la voiture. Il respire profondément. Sa mère n'avait jamais vraiment apprécié Renée, elle aurait hurlé si elle l'avait trouvée dans sa cuisine à examiner minutieusement le contenu de son réfrigérateur. Il n'avait jamais compris comment elles avaient pu se détester si poliment, si discrètement, si instinctivement. Et Renée était tout aussi obstinée vis-à-vis de sa mère. Elle abhorrait son sens de la « mode », la décoration intérieure de sa maison, son choix de romans, sa cuisine. Tout. Tout lui déplaisait.

« Une salade, avait-elle coutume de dire, ça serait trop difficile de préparer une salade, pour changer ? Pour rigoler ? Pour tenter le coup ? »

Il revient dans la cuisine en rapportant des journaux et des cartons. Peu à peu, ils vident complètement la maison. Ils ont presque fini. Il ne reste que le garage, ses chiffons crasseux, son huile de moteur, ses outils et les ballons de foot ou de basket dégonflés de son enfance. Ils ont déjà rempli une benne entière avec ses affaires. Les meubles poussiéreux, tentures murales délavées au soleil, bibelots, vieilles chaussettes et vieilles culottes. C'est Mason qui s'est occupé de ses habits. Renée a refusé. Il a jeté ses bas de soie, ses soutiens-gorge, ses caracos bouffants. Dépossédé les cintres de leurs vêtements. Débarrassé sa commode de tous les habits qu'elle a portés, dont beaucoup qu'elle a reprisés plusieurs fois. Le coton usé jusqu'à la trame, ressemblant à de la gaze. Il a cherché sa robe de mariage mais ne l'a jamais trouvée.

– Je vais jeter tous ces restes, dit Renée. C'est vraiment dégoûtant.

Sa mère ne cuisinait pas léger. Mason raffolait de ses plats. Même après avoir quitté la maison et voyagé dans le monde entier. Après avoir épousé Renée, après avoir perdu dix kilos qu'il n'avait jamais repris. Même. Les soirs d'hiver, il songeait à ses lasagnes. À son cassoulet. Son chili. Son pâté. Sa bolognaise. Son pain frais. Sa cuisine au beurre. Ses glaces, tartes et crumbles. Les soirs où Renée et lui rendaient visite à sa mère, il engouffrait tout avec voracité, se resservait, sauçait le gras et l'huile d'olive avec une tranche de pain. Sa mère empilait la nourriture dans son assiette en souriant, sa manière à elle de l'alimenter, de l'élever. En face de lui, Renée grignotait poliment, poussait des petits tas de nourriture autour de son assiette comme si elle était empoisonnée. Souriait d'un air menaçant.

Devant l'évier, tandis qu'il emballe des tasses à café dont les inscriptions évoquent les lieux que sa mère a visités pendant sa retraite – Branson, Gatlinburg, Galena, Wisconsin Dells –, il repense aux soirées passées ici. Aux dimanches soir où il laissait Renée à la maison et rendait visite à sa mère. Un bouquet de tournesols à la main.

« Il y a une ampoule grillée dans le couloir, lui disait-elle, et j'ai peur des escabeaux à mon âge. »

Ou :

« Les WC n'arrêtent pas de couler. Ça m'empêche de dormir la nuit. Tu ne veux pas y jeter un coup d'œil ? »

Il revoit sa mère faisant cuire des pâtes, la buée formant des gouttelettes sur ses cils. Sa mère emballant des restes dans du papier aluminium, lui donnant le paquet de nourriture en disant : tiens, ramènes-en un peu pour Renée. Dis-lui que je regrette de ne pas l'avoir vue.

Renée, qui *détestait* les restes plus que tout. Qui, au restaurant, laissait les doggybags préparés par les serveurs sur la table pour qu'ils se précipitent en criant : « Vous avez oublié vos restes ! » Renée, qui les prenait comme s'il s'agissait d'une bombe dont le compteur s'approchait dangereusement du 0 : 00.

Il ne se rappelle plus quand ils ont fait l'amour pour la dernière fois. C'est devenu un jeu de mémoire. Parfois, même lorsqu'ils sont ensemble, à l'épicerie par exemple, ou dans un avion, il ferme les yeux, fait semblant de dormir et réfléchit : « Ça fait un an ? Deux ? Trois ? »

Ils ne se parlent plus. Du moins pas de sujets importants. Ils sont à l'aise financièrement et l'argent ne constitue même plus un prétexte à se disputer. Elle joue au bridge trois fois par semaine. Il fait partie d'un club de bowling et joue au softball avec une équipe de types plus âgés. La seule chose qui leur reste, ce sont les films. Ils vont au cinéma dans un multiplex près de l'autoroute. Il leur arrive de ne pas voir le même film. Si c'est le même, ils ne se disent pas grand-chose avant la projection. Ni après. Il fait un Sudoku, elle consulte son portable. Elle s'endort sur le chemin du retour. Il la porte parfois dans leur chambre, enlève ses souliers et la couvre avec la couette. Il l'a déjà entendue marmonner « Je t'aime », mais il ne pourrait pas dire quand. Elle lui demande parfois de la laisser dormir dans la voiture.

Un soir, ils se sont disputés si violemment à propos d'un film qu'elle ne lui a pas adressé la parole pendant trois jours. Elle piaffait dans la maison, claquait les portes et malmenait casseroles et poêles.

Comment une distance aussi profonde peut-elle se creuser entre deux personnes qui vivent ensemble, dans l'intimité ? Deux personnes qui se sont aimées ? Cette disparition de la magie, de l'amour, de l'amitié, de la décence, de la complicité lui paraît inexplicable. Ce n'est pas la partenaire sexuelle qui lui manque. C'est la compagne. Une personne avec qui se promener, main dans la main, avec qui regarder la télévision. Avec qui être heureux en silence. Il se demande si elle ressent la même chose ou si cette fracture s'est seulement ouverte en lui.

Un silence malsain enveloppe leur mariage. Mason se représente une cabine téléphonique dans une petite ville, d'où il l'appelle et attend qu'elle lui parle. Elle répond, d'un ton aussi glacial qu'un vent qui a parcouru des milliers de kilomètres de câbles. Puis elle le fait patienter, et il l'imagine s'éloignant, pour ne jamais revenir, le laissant là, en suspens pour toujours, attendant la tonalité ou le clic final. Mais ni l'un ni l'autre ne survient, jamais. Mason vieillit dans cette cabine téléphonique, il vieillit tant qu'elle finit par se transformer en cercueil vitré.

– Mayonnaise, dit Renée. Elle en avait deux bocaux. Faudrait pas risquer d'être à court de mayonnaise, surtout pas...

Elle jette les bocaux dans le sac-poubelle.

Mason s'interrompt et la regarde : elle est à quatre pattes et le haut de sa culotte dépasse de la taille de son jean. Il se sent en proie à une espèce d'élan sexuel et envisage d'aller vers elle, et de la baiser, de la surprendre. Peut-être que c'est exactement ce dont ils ont besoin – peut-être que c'est ce qu'elle veut de lui. Mettre un terme à leur guerre froide. S'effondrer l'un dans l'autre, l'un contre l'autre, et donner libre cours à leur tension et leur colère.

Mais il a peur. Peur qu'elle crie, peur qu'elle le considère comme un fou ou un violeur. Ce qui serait peut-être le cas. Il n'en sait plus rien.

Elle se lève lentement en se tenant le creux des reins. Il lui sourit. Mais son visage reste crispé, ses lèvres engourdies, ses muscles figés. Il se rend compte que ses sourires sont devenus des arcs-en-ciel en hiver. Pas impossibles, mais peu plausibles.

– J'ai besoin de faire un break, dit-elle. De prendre l'air.

Il lui touche l'épaule et elle sursaute, comme indignée. Elle lui adresse un regard froid.

Il n'aurait pas pu débarrasser la maison sans elle. Sa mère vivait ici depuis trente ans. Sans être compulsive, elle avait accumulé pas mal de choses. Le pire a été le grenier. Crottes de souris, poussière étouffante, isolation en fibre de verre rose, chaleur accablante ou froid mordant. Et des cartons de magazines, pelotes de laine, guirlandes de Noël ou reliques de l'enfance de Mason. L'un après l'autre, ils ont jeté tous les cartons. Une chaîne humaine de deux personnes.

Renée ne s'est jamais plainte. Il l'admire pour ça. Elle est coriace.

L'an dernier, Mason a eu une crise cardiaque. Au cinéma. Tous les symptômes caractéristiques se sont manifestés : sueurs, douleur foudroyante dans le bras gauche et dans la poitrine. Renée les a immédiatement reconnus.

– Ne bouge pas, lui a-t-elle dit d'une voix posée, j'appelle les secours.

Il a apprécié qu'elle ait son téléphone, pour une fois, elle a composé le numéro d'urgence tandis que le générique d'un film dont il ne verrait pas la fin défilait devant ses yeux.

Elle a suivi l'ambulance en voiture, plutôt que de monter avec lui.

– Vas-y, lui a-t-elle dit, tout ira bien. C'est plus logique, on n'aura pas besoin de venir récupérer la voiture en taxi.

Elle l'a dévisagé.

Il sait bien qu'il aurait dû lui dire : « Je t'en prie. J'ai besoin de toi. Viens avec moi, s'il te plaît. J'ai peur. »

Dans l'ambulance, l'urgentiste lui a dit :

– Vous avez eu de la chance. Votre femme a tout de suite compris. La plupart des gens s'en tirent pas aussi bien. Quelques minutes de plus, et je vais vous dire un truc, vous étiez foutu. Et regardez-la un peu. Elle reste calme. Elle garde son sens pratique. Vous avez même pensé à prendre votre voiture.

Mason a éclaté en sanglots, le visage décomposé. Sans un bruit. L'ambulancier s'est tourné vers lui :

– Ça va ? Vous avez mal ? Je vais vous donner quelque chose. Attendez un peu. Je suis là. Tout va bien. On s'occupe de vous. On s'occupe de vous. Accrochez-vous. Je suis là. Votre femme aussi est là. Je la vois. Je la vois, votre femme. Elle nous suit. On est presque arrivés.

Il se met à genoux et scrute l'intérieur du réfrigérateur. Il est toujours plein, en dépit des efforts de Renée. Pommes, carottes, chou, fromage, lait, condiments, sauce vinaigrette, crème fraîche, crème fouettée, yaourts… Comme si sa mère nourrissait encore une famille entière. Comme si elle attendait Renée et lui pour un festin. Comme si elle languissait des visites, des dîners, des bouches à nourrir.

Elle lui manque. Elle savait qu'il n'était pas heureux. Une fois, elle l'avait même interrogé sur son couple. Elle avait posé les mains sur son visage, comme quand il avait neuf ans. Elle l'avait regardé droit dans les yeux, jusqu'à ce qu'il craque et baisse la tête.

– Le divorce n'est pas forcément un échec, lui avait-elle dit. C'est seulement un signe d'éloignement. Ça peut arriver à tout le monde.

– Vous n'avez jamais divorcé, papa et toi, avait-il répondu sans lever les yeux de la table.

– Oh, mon poussin, avait-elle dit, ton père et moi avons été malheureux pendant des années.

– Mais je l'aime encore, avait expliqué Mason.

– Je sais bien, mon chat, je sais que tu l'aimes.

Renée revient dans la cuisine.

– J'ai faim, dit-elle. Partons, nous reviendrons demain.

Sa tête s'avachit. Il sent le ventilateur du frigo qui se met en marche, de l'air chaud sur ses genoux, de l'air froid sur son visage et son cou. Il est fatigué, esseulé, abattu.

– Allez viens, dit-elle, lève-toi.

Il est incapable de la regarder.

– Non, dit-il. Je reste ici. Il y a de quoi manger ici.

Il prend une boîte Tupperware orange rangé dans un coin du frigo. Quand il enlève le couvercle, la boîte semble roter. Ou soupirer. C'est du cassoulet. Il se relève et va la placer dans le micro-ondes. Il s'adosse au bar pendant que la nourriture chauffe. Il la regarde.

– Tu sais qu'il n'est pas question que je mange ça, dit-elle. (Il acquiesce.) Qu'est-ce que tu veux, alors ? Tu veux que je te ramène quelque chose ? Tu veux rentrer à la maison à pied ? Quoi ?

Les mots sont un réservoir ; les dents et les lèvres de Mason sont un barrage. Il fait non de la tête, se mordille la lèvre.

– Mason ?

Dans le four à micro-ondes, on dirait que la nourriture tourne sur un manège, dans une lumière étrange.

– Mason ?

– Je vais rester ici.

La maison lui appartient, à présent. Ou leur appartient. Mais il est déjà certain qu'il veut y vivre pour le restant de ses jours. Le micro-ondes émet trois bips stridents. Il le laisse bipper – pourquoi se presser ? Il sort le Tupperware qui est assez chaud pour lui brûler les doigts et les paumes des mains, mais il n'en laisse rien paraître, il ne veut pas lui faire ce plaisir. Il le pose sur la table où il a mangé des centaines, des milliers de repas. Il traverse la cuisine. Va chercher une fourchette. Il se sert un verre de lait entier. Opaque, épais, blanc.

– Mason, ce cassoulet date peut-être d'une semaine, voire deux. Qui sait ? Tu te sens bien ? Mason ?

Elle parle de plus en plus fort.

Il la regarde et lui dit :

– Je suis vraiment navré.

Ce qu'il pense c'est : « Je veux divorcer. »

Puis il prépare une fourchette de fayots, de canard et de saucisse. Il la porte à ses lèvres, mâche, déglutit. Il imagine les mains de sa mère préparant ce plat. La bouche de sa mère partageant la même nourriture. Il imagine le goût de son rouge à lèvres. Il l'imagine, seule, assise à la même table.

Il mastique lentement et fait descendre la nourriture avec une gorgée de lait. Sa gorge fait descendre le tout.

– Mason, dit-elle. Mason, je suis ta femme.

Il hoche la tête et répond :

– Je suis désolé. Vraiment navré.

# Morilles

*Le meilleur conseil que l'on m'ait donné : « Ne va jamais à l'église avec du sang sur les mains. »*

Charlie Parr

Les trois hommes arpentaient le versant sud des collines surplombant les vallées, le visage au ras du sol, les yeux balayant le tapis forestier comme des spots de plein jour. Un joint de marijuana était cloué au coin de leurs lèvres plissées et la fumée s'élevait derrière leurs épaules comme les épaisses moustaches blanches d'une barbe négligée. Baignant dans la saveur piquante de la fumée, ils s'humectaient occasionnellement les lèvres de bière qu'ils transportaient dans un gros sac-à-dos, les bouteilles produisant un étrange carillon étouffé.

– Et merde. Trop tôt, dit Rimes. On est en avance. Il a gelé fort la nuit dernière et c'est pas bon signe.

– Ils vont sortir, assura Coffee. Ils vont bientôt pousser et on sera juste au-dessus d'eux quand ils se décideront.

– J'aimerais bien voir ça, poursuivit Deere. J'aimerais trop les voir sortir de terre. Tu crois que c'est déjà arrivé ? Comme dans ces films avec les nuages qui se déplacent en accéléré, ce genre de trucs ?

Rimes et Coffee ignorèrent Deere, dont les paupières tombaient lourdement sur ses pupilles éteintes et dilatées.

Ils s'approchèrent des ormes – flûtes à champagne noires craquelées dans le ciel –, et tournèrent autour des troncs des arbres morts dont l'écorce s'écaillait en énormes croûtes. Les pommiers anguleux, pas encore adoucis par le blanc-rose de leurs fleurs, étaient couverts de lichen, avares de bourgeons. Les hommes se rassemblèrent sous ces arbres. Ils se déplaçaient partout ensemble, un groupe de glaneurs un peu stone, équipés de filets à morilles. Lorsque l'un d'eux s'arrêtait pour rouler un joint, les autres marquaient aussi une pause, et il roulait une grosse clope pour chacun. Lorsque l'un d'eux s'arrêtait et tombait le pantalon, les deux autres l'imitaient, et on aurait pu les voir, dos à dos, uriner dans la forêt comme si leurs camarades étaient invisibles.

Pas encore midi, et déjà il faisait chaud. Ils enlevèrent leurs pulls. Deere se mit torse nu et sillonna la forêt comme un animal, vêtu d'un simple pantalon et de bottes. Son corps lumineux, d'une blancheur céleste, titubait gauchement ; il portait un regard flou sur le monde, doté de sa propre perspective kaléidoscopique.

– Je prendrais bien une autre bière, dit Rimes à Coffee, qui passa le bras par-dessus son épaule et sortit deux canettes du sac, une qu'il tendit à Rimes, l'autre qu'il porta à ses lèvres.

Ils trinquèrent en faisant un petit bruit et regardèrent Deere en hochant la tête.

– Il est vraiment perché, commenta Rimes.

– Je vais te dire un truc, répondit Coffee. Dès qu'il quitte son costard, ce mec devient complètement cinglé.

Deere travaillait dans le domaine de la sécurité électronique. Lorsqu'il racontait en détail la cuisine interne de sa journée de travail, le regard de ses amis se brouillait, ce qu'il comprenait. Il vivait dans un monde virtuel de chiffres, lettres et impulsions électroniques ; au bureau, il ne croisait que peu de femmes et les propos qu'il échangeait avec ses collègues étaient généralement monosyllabiques ou gauches. Ainsi, quand il se trouvait dans les bois avec Rimes et Coffee, il se lâchait complètement. Ses deux amis se prêtaient au jeu, ils se chargeaient même de veiller sur lui. Dans son pick-up, Coffee avait une tisane qui masquait les traces d'excès de marijuana : son employeur était du genre à rémunérer Deere généreusement, mais à insister pour qu'il effectue des analyses d'urine trimestrielles.

– Combien on en a ? demanda Rimes en s'essuyant le front et en observant le lever du soleil.

– Une livre et demie, répondit Coffee. Pas grand-chose pour une matinée de boulot.

– Bon, moi je vote pour qu'on se trouve un bar. On casse la croûte, on écluse quelques bières et on revient dans l'après-midi quand ces saloperies commenceront à pointer la tête.

– C'est pas moi qui te contredirai.

– Hé, Deere ! gueula Rimes.

Deere se tourna vers ses amis, délaissant le nid qu'il observait avec une certaine mélancolie dans les branches les plus basses d'un pommier.

– Ces putains d'œufs sont bleus comme le ciel, rapporta-t-il en hochant la tête, émerveillé. Un bleu layette.

Il rejoignit Rimes et Coffee, puis les dépassa et descendit la colline vers leurs véhicules.

– Faut qu'je me remplisse le gosier, dit-il sans un regard vers ses amis. Je crève de faim.

Rimes et Coffee échangèrent un sourire.

Ils avaient tous grandi dans ces collines épargnées par la glace – cette partie du monde qui, contrairement aux terres environnantes, n'avait pas été nivelée et complètement aplatie par la dernière glaciation. La *Driftless Area*[1] était comme une carte postale de ce qui avait existé. Un endroit qui ne ressemblait à aucun autre sur terre. Ils en avaient naturellement fait leur terrain de jeu dans leur enfance, un coin où nager, chasser, bâtir des forteresses secrètes. Ils construisaient des radeaux improvisés pour flotter sur les rivières et ruisseaux, ils traquaient les créatures de la forêt pour voir s'ils étaient capables de les approcher sans bruit. Enfants, ils l'avaient parcourue ensemble – un petit clan apprenant à connaître les grottes, ravins et vallons, gouffres et sources qui jaillissaient de la planète comme une blessure saine, et offraient la plus fraîche et délicieuse des eaux.

Deere était parti pour la ville. Il s'était lancé dans l'informatique au moment opportun, avant tout le monde ou presque. Il avait bien réussi et acheté une grande maison, entre autres choses. Il s'était marié, ce qui avait surpris Rimes et Coffee lorsqu'ils avaient été conviés comme témoins dans une grande cathédrale urbaine. Enfant, il avait été le plus petit et le plus malingre d'entre eux, toujours à pleurnicher quand les autres garçons couraient plus vite que lui et se cachaient dans les sumacs ou au fond d'une grotte. Athlète raté, il avait une sainte trouille des filles. Or, voilà qu'un jour il était devenu un

1. La *Driftless Area* est une région du Midwest américain à cheval sur l'Illinois, l'Iowa, le Minnesota et le Wisconsin.

homme, jouissant d'une réussite sociale supérieure à celle de toutes leurs connaissances, marié à une belle femme dont les yeux exprimaient tout l'amour qu'elle éprouvait pour cet époux honnête qui ne voyait qu'elle et n'avait personne d'autre au monde. Le mariage de Deere avait sidéré Rimes et Coffee. Ils s'étaient repliés sur eux-mêmes, sur leur amitié, et étaient devenus des espèces de frères siamois de foire attachés l'un à l'autre par le torse et certains membres. Une fois Deere marié et absent de leur monde, ils avaient vécu dans les collines, deux coyotes tapageurs qui couraient de bar en bar, draguaient les femmes, malmenaient des pick-up, bousillaient des motos. En fin de soirée, ils faisaient un feu sur les berges de la rivière et fixaient les flammes dans lesquelles ils cherchaient ce qu'ils ne connaissaient pas.

Deere était tellement défoncé qu'il s'endormit dans la benne du pick-up de Coffee avant que ses amis n'atteignent le pied de la colline. La couleur de sa peau, pâle comme le lait six heures auparavant, avait viré au rose vif.

– Deere ! hurla Rimes en frappant le côté du pick-up. Couvre-toi, bordel ! On va dans un établissement honnête.

Il lui lança un tee-shirt que Deere enfila en grimaçant, avant de se rendormir aussi sec.

Rimes et Coffee se glissèrent sur la banquette et empruntèrent les virages qui serpentaient dans la vallée. Les grues du Canada poignardaient la terre noire des champs et les chaumes de maïs jaunes, rejets de la récolte d'automne.

– Dans le temps, les gens chassaient ces oiseaux, fit remarquer Rimes.

– On peut s'estimer heureux qu'il nous en reste, avec des gens comme ça, dit Coffee en hochant la tête.

Les collines s'étaient vidées de ces gens-là, Rimes et Coffee en étaient conscients. Les vieux qui avaient tenu des bazars pendant des décennies mouraient et les étagères restaient vides, les portes ouvertes. Les enfants de ces commerçants affichaient des pancartes À VENDRE dans les vitrines et s'en allaient. Les bâtiments restaient déserts, puis d'autres se vidaient, jusqu'à ce que des communautés entières se soient figées, comme si une maladie s'était silencieusement propagée et avait anéanti tout signe de vie, ne laissant que les coques vides d'un temps révolu. Dans les présentoirs de journaux depuis longtemps oubliés moisissaient de vieux articles entrés dans l'Histoire.

Pourtant, alors même que les villes se vidaient, collines et vallons s'étaient repeuplés. Les amish avaient découvert la *Driftless Area* – toutes ces fermes sans fermiers, ces étables sans vaches –, alors ils étaient venus dans leurs calèches et avaient acheté des terres. Mais ils se tenaient à l'écart, repliés sur eux-mêmes, et ils sillonnaient la région dans un silence assourdissant, tout de noir vêtus, la mine toujours sombre. La recolonisation des collines s'effectuait en sourdine, par des nouveaux venus muets dont la langue ne colportait que labeur et prières.

Coffee et Rimes étaient restés là, deux anomalies, deux rocs trop têtus pour s'éroder. Rimes, représentant en tracteurs et semences agricoles ; Coffee, cultivateur de marijuana. Rimes avait racheté la vieille maison de ses parents tandis que Coffee habitait dans une petite caravane Airstream au fond d'un vallon perdu, une inconnue géographique, difficile à photographier pour les avions de passage et les satellites.

– On va où, alors ? demanda Coffee.

– Si on allait aux *Antlers*, dit Rimes. Ils ont de bons burgers.

Coffee acquiesça et jeta un regard à leur ami endormi dont les lèvres s'agitaient en une sorte de langage secret absurde.

Les *Antlers* avait la forme d'un bunker trapu, un bar sombre et décoré à outrance d'animaux empaillés, vestiges d'une époque où ces espèces peuplaient ravins et vallons en grand nombre. Les murs étaient hérissés d'énormes bois d'animaux, et sous cet ivoire américain, des yeux luisaient comme des étoiles mineures qui reflétaient la lueur des cigarettes ou les couleurs pastel du jukebox.

Des braconniers étaient installés au comptoir. Au pied de leur tabouret, de lourds sacs de champignons exhalaient cette odeur de terre et de pourriture que l'on trouve sous les épais tapis de feuilles. Les trois hommes s'assirent au bar, Deere instable sur son tabouret, Coffee et Rimes le serrant de près et le maintenant sur la planète qu'il menaçait de quitter à tout moment.

– Trois bières et trois burgers, commanda Coffee à la serveuse.

Elle s'appelait Trixie et avait perdu son fils en Irak, où il acheminait du kérosène dans le désert pour une boîte de sous-traitance. Une photo de lui, prise lors de la remise de diplôme de fin d'études secondaires, était accrochée près de la caisse, dans un cadre rococo.

Elle servit la bière en premier. Coffee et Rimes la descendirent goulûment, leurs pommes d'Adam s'activant comme des pompes assoiffées. Deere chancelait et dodelinait sur son tabouret, les yeux camouflés sous ses lourdes paupières.

– Où on est ? demanda-t-il.

– Aux *Antlers*, répondit Rimes, alors que Trixie déposait avec dextérité les assiettes sur le comptoir, devant leurs coudes et leurs mains sales.

– On se croirait au zoo, fit-il remarquer d'une voix pâteuse. Un zoo plein de trucs morts.

– C'est de la taxidermie, dit Rimes en riant. Allez, mange ton burger, les champignons vont pas tarder à sortir.

– Les zoos me rendent tristes, décréta Deere. (Il souleva le hamburger de l'assiette en carton et ouvrit la bouche en grand, lentement, avant de décider qu'il devait aller au bout de sa pensée.) C'est rien que des prisons, nom de Dieu. Des prisons pour animaux. Comme si on visitait les taules pour aller regarder les prisonniers. Leur lancer de la bouffe. Les voir crever.

Et il lança brusquement le pain de son hamburger comme un Frisbee sur le buste figé d'un cerf seize-cors.

Les braconniers assis au zinc le dévisagèrent, et Trixie croisa fermement les bras. Derrière elle, son fils disparu souriait de toutes ses dents, sa coupe de cheveux déjà légèrement démodée.

– Mange, ordonna Coffee. Mange ton hamburger, essaie d'atterrir un peu et de te tenir comme il faut, bordel. On réussira peut-être à partir d'ici avant que quelqu'un essaie de te tuer.

– J'les emmerde, dit Deere, la bouche pleine de viande et dégoulinante de graisse. Je suis prêt.

– L'addition, s'il te plaît, demanda Coffee à Trixie en lui offrant son plus beau sourire, les lèvres plissées.

– Ramène-le sur terre, dit-elle en lui tendant la note. Avant qu'il dise une connerie. D'ailleurs, il est trop tôt pour sa philosophie de comptoir. On a même du mal à croire que c'est un gars du coin.

Coffee marqua une pause, puis il fusilla Trixie du regard pour qu'elle comprenne bien que Deere n'en était pas moins son ami. Qu'ils étaient proches comme des frères ou comme les étranges molécules qui lient les gouttes de pluie ou les particules d'un rocher.

– Il est autant du coin que les autres et il vaut sans doute bien mieux que n'importe lequel d'entre nous, nom de Dieu, murmura-t-il à Trixie d'un ton et volume de voix qui ne s'adressait qu'à elle. Sans compter que c'est mon ami, bordel. Et on restera ici toute la putain de journée à boire ta bière si ça nous chante.

Il frappa du poing sur le comptoir en jetant une liasse de billets, sa main épaisse craquant comme une noix en train d'exploser en morceaux. Le bar devint silencieux, la tête des braconniers se baissa pour s'intéresser aux bulles dans leurs verres de bière. Le regard de Trixie s'attarda sur l'argent froissé – le double de l'addition –, puis elle baissa elle aussi la tête et fit semblant d'inspecter ses ongles d'orteils, qui avaient besoin d'une nouvelle couche de vernis. Coffee ne la quitta pas des yeux. Trixie jouait les dures quand elle travaillait au bar mais il la connaissait différemment. Il savait qu'elle était anéantie par le décès de son fils. Parfois, il la voyait débarquer dans son allée dans une vieille Bronco avec une copine plus jeune, en quête de beuh. Il les invitait dans sa caravane et ils fumaient ensemble, en petit cercle rapproché, et il voyait son chagrin se lever ou se dissiper comme le soleil de fin d'après-midi dans la nuit. Il savait que le pourboire qu'il laissait sur le zinc finirait par lui revenir, mais il le regrettait toujours et aurait préféré qu'elle déménage dans un autre endroit.

– Allez, Deere, dit Coffee en soutenant son ami. On va aller se trouver des morilles.

Il lança un regard vers Rimes qui acquiesça et l'aida à passer les bras de Deere sur leurs épaules et à le détacher du bar. Ils portèrent leur ami d'un pas blessé, stone et soûl, jusqu'à la lumière du jour où le soleil était au zénith dans un ciel immaculé.

– On va lui faire boire un peu d'eau, dit Rimes. J'ai une gourde quelque part.

– La bière est faite d'eau ! s'écria Deere pour personne en particulier, puis il répéta plus doucement : La bière est faite d'eau.

Rimes trouva sa gourde derrière la banquette, dévissa le bouchon et en prit une petite gorgée avant de la porter aux lèvres gercées de son ami.

– C'est de l'eau artésienne, dit Rimes.

Deere téta goulûment la gourde, la vida, rota dans la paume de sa main et s'essuya les lèvres. Il sembla immédiatement plus lucide.

– Je vais vous dire un truc, annonça-t-il d'une voix déjà plus assurée, elle a bien meilleur goût qu'l'eau de la ville. La flotte à la maison, elle a un goût de piscine et de détergent. J'arrive à peine à la boire. Même les glaçons ont un drôle de goût. (Il hocha la tête.) Alors, comme ça, c'est de l'eau artésienne ?

Il adressa un regard plein d'admiration à Rimes.

– Directement jaillie de terre, précisa ce dernier. Fraîche, délicieuse et gratuite.

– J'aimerais trouver un puits artésien de bière, dit Deere en imaginant son pays de cocagne. De la bière gratuite jusqu'à plus soif. Qu'est-ce que vous en pensez ?

Ils rirent et Coffee lui donna une tape dans le dos, ce qui fit grimacer Deere car son coup de soleil était maintenant comme un costume douloureux.

– Daniel Deere est revenu d'entre les morts, lança gaiement Coffee.

– Bon, répondit Deere, allons trouver ces putains de morilles.

Les trois hommes s'entassèrent sur la banquette – leur banc d'église préféré –, et le pick-up les éloigna des *Antlers*, repus et revigorés. Une vieille chanson de Merle Haggard passait à la radio et ils frappaient du poing sur toutes les surfaces à peu près plates qu'ils parvenaient à atteindre. Le véhicule traversait ainsi la campagne, au rythme des percussions disparates accompagnées de leurs voix joyeuses. Ils chantaient à l'unisson, massacraient les paroles, mais se retrouvaient toujours parfaitement synchronisés pour le refrain. La panse pleine, ils se sentaient invincibles, défoncés, une famille improbable ayant rarement l'occasion de se réunir.

Ils s'arrêtèrent près d'une colline abrupte qui se dressait dans le ciel comme un téton pointu hérissé d'ormes morts.

– On a des bières ? demanda Deere.

– On en a, répondit Coffee.

– On a de la beuh ?

Coffee tapota sa poche de poitrine.

– On a assez de beuh pour défoncer un bison, mec. Bon, t'es prêt maintenant ou t'as encore besoin de faire un petit somme, bordel ?

Deere sourit.

– Je sens que les champignons sont en train de sortir. On peut presque les entendre si on tend l'oreille.

Il ne fumait ni cigarettes ni pétards d'ordinaire, il réservait cela aux sorties avec Rimes et Coffee.

– Faut battre le fer tant qu'il est chaud, dit-il en allumant un joint et en attaquant la colline.

Les champignons étaient effectivement en train de pousser. Partout sous les ormes, ils apparaissaient sous forme de bonnets d'âne, avec une texture de cervelle, à peine plus fermes que du fromage frais. Les hommes se mirent à quatre pattes sous les arbres en prenant soin de ne pas déranger le tapis de la forêt, le couteau à la main, tranchant les morilles à la base et les fourrant dans leur sac. Ils ne criaient pas en découvrant un nouveau coin. Ils n'étaient pas seuls dans la forêt et leurs voix portaient jusque dans les vallées. Les trois amis se contentaient donc de siffler discrètement en prenant soin de ne pas s'éloigner les uns des autres. Leurs sifflets étaient comme les chants d'oiseaux, nouveaux et étranges, de leur propre volée de trois.

Ils s'arrêtèrent entre chien et loup.

– On en a combien ? demanda Deere avec enthousiasme.

Ils vidèrent tous les sacs dans le coffre du pick-up de Coffee et admirèrent leur abondante récolte en sirotant des bières.

– Y en a douze ou quinze livres, constata Rimes en hochant la tête, impressionné. Moi, ce que j'en dis, c'est que c'est vraiment une putain de bonne journée.

Les trois hommes se serrèrent la main et s'échangèrent d'énormes sourires au crépuscule. Ils étaient pleins d'une espèce d'étincelle qui réchauffait leur poitrine.

– Tu devrais tous les ramener à ta femme, dit Coffee à Deere.

Rimes le regarda, légèrement surpris.

– Qu'est-ce que tu veux que je foute avec quinze livres de morilles ? demanda Deere en riant. Merde alors. C'est pas que j'aime pas Diane, mais on mange pratiquement tout le temps au resto.

– N'empêche, poursuivit Coffee, ça te permettrait de lui montrer ce qu'on fait ensemble. Ce que t'es capable de trouver gratos, juste en te promenant dans les bois. Putain, je te parie que vous pourriez entrer dans n'importe quel resto huppé en ville et vendre ces champignons pour trois ou quatre cents dollars.

– Ouais, mais on s'en sort bien, expliqua Deere avec désinvolture. C'est pas comme si on avait besoin d'argent. Peut-être que vous devriez vous partager le butin. Ça me dérange pas. Laissez-moi juste de quoi faire une omelette.

Une expression de chagrin étouffé traversa brusquement le visage de Coffee, les réjouissances du moment précédent brusquement évanouies. Deere aussi semblait trésaillir, il venait peut-être de réaliser à quel point leurs vies étaient différentes. Son ami avait essayé de lui offrir un cadeau éphémère quasi inestimable et il l'avait réduit en poussière.

S'apercevant de leur changement d'humeur, Rimes prit la parole :

– Vous savez ce que je pense ? On devrait rentrer chez moi, griller une ou deux poêlées de ces petits merdeux, se faire frire un steak et, après, aller traîner dans les bars. On se réhydrate, on prépare nos estomacs à absorber plus d'alcool et on va draguer un peu, qu'est-ce que vous en pensez ?

– Je pense que ça me va, répondit Deere avec un certain soulagement. Mais laissez-moi le volant, d'accord ? J'ai plus jamais l'occasion de rouler en pick-up, et encore moins sur ce genre de route. Ouvre-moi une bière, Coffee.

Tandis que Coffee se penchait pour prendre les trois dernières canettes de bière – un peu tiédies à cette heure – dans la glacière déglinguée, Deere s'était déjà installé derrière le grand volant branlant du pick-up. Coffee n'aimait pas l'argent. Il n'aimait pas en parler, il n'aimait même pas les transactions qui se rapportaient à ses affaires. Certains soirs, dans sa caravane, seul avec les étoiles ou les parasites de la radio, il pensait à sa dimension d'homme, à l'impression générale qu'il donnerait à un inconnu. Il valait mieux que ce qu'il trafiquait, mais il se retrouvait parfois piégé à faire étalage d'une grosse liasse de billets aux *Antlers* – pourtant il se sentait sec et creux dans ces moments aussi. La réussite de Deere l'intimidait : il jouissait d'une richesse qui s'ouvrait sur des mondes et des gens que Coffee avait du mal à imaginer. À ses yeux, la vie de Deere était une énigme impénétrable et pleine d'élégance.

Ils burent ensemble tandis que le pick-up taillait la route, cousait des points irréguliers entre les lignes, ses phares illuminant les yeux ronds des animaux en bord de route. Coffee chassa progressivement les histoires d'argent de ses pensées et se détendit sur la banquette, appréciant d'avoir un chauffeur pour traverser la campagne. Ses paupières se fermèrent et il se laissa glisser dans un léger assoupissement, une ébauche de sourire aux lèvres.

– Deere ! hurla soudain Rimes.

Les yeux de Coffee s'ouvrirent aussitôt. Il appuya ses bras épais contre le tableau de bord.

Deere, dans une totale confusion, avait détourné les yeux de la route pour regarder le visage horrifié de Rimes. Le chauffeur ivre avait cru l'entendre crier : « *Deer*[1] ! », mais il ne vit pas de cerf. En se tournant vers son ami, il n'avait pas remarqué le triangle réfléchissant orange vif collé au dos de la calèche. C'est ainsi que le véhicule fonça droit dans l'attelage, désintégra son squelette de bois et de métal, puis percuta le cheval affolé et l'écrasa ; l'animal poussa le cri lugubre et angoissé d'une créature agonisant dans la nuit. Il avait eu les jambes fauchées et son corps musclé fut projeté dans le noir du fossé, côté passager, ses membres atrocement tordus, le lustre de sueur recouvrant son manteau luisant irradiant dans la lumière des phares, l'amas de nerfs, de pelage et d'os comme autant de belles choses gâchées.

Sang sur le pare-brise craquelé, capot froissé en un U d'acier creux. Deere donna un coup de frein et les pneus firent un insoutenable dérapage sur les fluides étranges déversés sur le goudron. Puis tout s'immobilisa.

Deere cria et ne tarda pas à faire de l'hyperventilation, le souffle ronflant et saccadé, dû au choc et à la confusion. Rimes lui prit la tête, le tira à lui, l'enlaça, le serra dans ses bras et l'apaisa comme s'il était redevenu un nourrisson.

Coffee, d'un coup de pied, ouvrit sa portière défoncée et descendit dans le noir. Il entendit le sang dans les poumons du cheval et le bruit de ses

1. *Deer*, qui signifie « cerf » en anglais, se prononce comme Deere.

jambes mutilées qui tremblaient dans la nuit – ç'en était presque trop à analyser pour son esprit et sa détermination faiblit momentanément. Il faisait les cent pas sous les étoiles dans un état d'incrédulité, les nerfs à vif, grillés dans un système de capteurs anéantis.

Les phares étant vacillants et défectueux, éclaboussés de rouge, il se déplaçait à tâtons dans le noir, avançant le pied pour sentir les débris, les oreilles dressées pour repérer tout mouvement, parole ou cri. Ses pieds touchèrent la toile déchiquetée de la calèche. Ses pieds trébuchèrent sur le châssis métallique paralysé, puis furent piégés dans les rayons brisés d'une roue. Ses pieds frappèrent ce qu'il crut être un sac de vêtements ou de nourriture, mais quand il tendit le bras, c'est le visage lisse d'un enfant qu'il toucha. Il tressaillit et retira sa main qu'il porta à sa bouche. Il avait le souffle coupé. Il s'agenouilla lentement, toucha à nouveau l'enfant, et comprit que son corps était d'une immobilité atroce. Il se dirigea vers les sanglots de Deere.

– Le pick-up marche ? aboya-t-il sans attendre de réponse. Il marche ou non, bordel ?

– Putain, Coffee, lui dit Rimes. Je veux dire, putain, t'as trouvé quelqu'un ?

Coffee passa la main devant Deere et toucha les clés. Inexplicablement, le moteur tournait toujours, son cliquetis tapageur dans le silence de la nuit. Coffee poussa Deere au milieu de la banquette et, sans le voir, il savait que le visage de Rimes était marqué par le chagrin et la confusion. Deere continuait à bredouiller des bribes inintelligibles.

– Ferme la portière si tu peux, ordonna Coffee. Ferme la portière, nom de Dieu, et essaie de m'aider, Rimes. Faut qu'on le sorte d'ici. Faut qu'on se barre, tous.

– Et les amish ? demanda-t-il. Ils sont dehors ?

– C'est fini. Putain, je te dis que c'est fini, mec. Tout ce que je sais, c'est qu'on a intérêt à foutre le camp, sans tarder.

C'est alors qu'un filet de voix brisée, plus affaiblie encore par le bruit du moteur, s'éleva :

– Au secours.

– Merde, Coffee, reprit Rimes. Faut qu'on les dépose en ville, bon Dieu. On va pas les laisser crever.

Deere gémissait, son visage était un masque dégoulinant de larmes et de morve.

– On les laisse, répliqua Coffee en fermant sa portière.

Il lança le pick-up boiteux qui s'éloigna de l'invisible scène de carnage.

Le lendemain matin, ils poussèrent le pick-up au fond de la rivière qui traversait le terrain de Coffee. Il coula et disparut dans l'eau brune. Rimes fit un feu dans lequel ils incinérèrent leurs vêtements. Ils observèrent nerveusement la lourde fumée qui s'éleva au-dessus et au-delà du ravin. Après cela,

Deere passa son temps à se balancer sur le canapé de Coffee. Il avait le visage bouffi, les yeux rouges et semblait complètement hagard. Coffee régla la radio, en quête d'informations sur l'accident, mais quand il en trouva, il baissa le volume pour être le seul à entendre les détails. La police recherchait les assassins d'un petit garçon, des criminels qui avaient amputé une famille et tué leur cheval. Coffee éteignit le poste et regarda les braises du feu.

– Je vais passer un coup de fil, dit-il à voix haute mais à personne en particulier. Je vais nous trouver un autre véhicule. Rimes, appelle la femme de Deere et invente un bobard. Nous avons tous besoin d'un alibi. Je vais téléphoner à Trixie et lui demander un petit service.

Rimes acquiesça et regarda Deere, qui continuait à se balancer, comme un homme qui aurait perdu toutes ses facultés au tréfonds d'un gouffre.

Ils passèrent la journée chez Coffee, en se déplaçant à peine. Ils burent du thé et de l'eau artésienne. De temps en temps, Deere sortait et se tenait à côté des restes fumants de leurs vêtements. Il jetait des cailloux dans l'eau. Ses amis le surveillaient comme on surveille un candidat au suicide.

Coffee fuma une cigarette. Il lança un regard noir à Rimes et lui dit :

– J'ai traversé des passes plus difficiles. On va s'en tirer.

Lorsqu'il sortit de sa torpeur, voici la première chose que demanda Deere :

– Où est leur église ?

– On n'est pas dans un film, Daniel, lui dit Rimes. Tu comprends ? Coffee va te raccompagner chez toi, auprès de ta femme, mais après ça… tu ne pourras plus jamais revenir ici.

Deere le regarda droit dans les yeux.

– Il y a forcément une messe. Il y a eu un mort.

Coffee hocha la tête en regardant la rivière où le pick-up reposait sous trois mètres d'eau trouble.

– Ils n'ont pas d'église, répondit-il. Ce sera chez quelqu'un. Dans la maison de sa famille, sans doute. Putain, Deere, allez, quoi.

– Daniel, faut juste… que tu prennes tes distances, lui dit Rimes. Ils vont chercher un chauffeur de poids lourd. Si on la joue fine, on peut s'en tirer.

Il fit un geste de la main, comme pour lisser l'air qui les séparait.

– Non. Cette histoire m'appartient. J'ai tué quelqu'un. J'ai tué quelqu'un, bordel.

Coffee hocha la tête et caressa son visage mal rasé.

– Nom de Dieu, Daniel, laisse tomber ! gueula Rimes en se levant pour dominer son ami assis.

– Je suis pas un gamin, bordel ! protesta Deere. T'as pigé, Rimes ? Et de toute façon, t'as pas à t'en faire. Je vais pas vous balancer.

La maison blanche, grande et délabrée, était perchée sur la colline. Ils surent que c'était la bonne à la multitude de chevaux et calèches qui attendaient devant. Coffee emprunta le bas-côté de l'allée de gravier avec le Bronco de Trixie ; ils étaient à environ cinq cents mètres de la demeure. Il arrêta le moteur et regarda le bâtiment austère. Rimes avait repris le travail. Il n'y avait que Deere et Coffee. En jetant un coup d'œil à son ami, ce dernier remarqua qu'il avait maigri depuis l'accident, survenu seulement quelques jours auparavant, et que, par endroits, ses cheveux semblaient décolorés, blanchis.

– Je te répète que je te conduirai au Canada, dit Coffee. Merde, je te conduirai au Mexique si tu veux. Allons, Deere. Pourquoi t'infliger ça ?

Deere fit non de la tête.

– Dans ce cas, je vais appeler mon avocat pour qu'il s'occupe de ton cas, nom de Dieu. Nom de Dieu, Daniel.

Ils garèrent le Bronco et parcoururent la dernière centaine de mètres à pied.

Avant même d'être à côté de la maison, ils entendirent les chants. Ils s'approchèrent d'une rangée de fenêtres rectangulaires, en prenant garde de ne pas être vus, le dos collé aux bardeaux. Les hymnes s'échappaient de l'assemblée en deuil en contrebas et s'envolaient dans les airs comme une bande nuageuse. Deere s'approcha de la fenêtre et se plaça de manière à voir l'intérieur. Ils se tenaient droit, leurs vêtements enveloppaient leurs corps maigres comme la pénombre. Les hommes étaient barbus mais leur lèvre supérieure fraîchement rasée paraissait rougie par le froid. La messe était en langue étrangère. Deere et Coffee restèrent plantés devant la maison et écoutèrent longuement. Deere se mit à pleurer en silence, Coffee l'enlaça et le tint dans ses bras. Leur haleine formait un brouillard gris sur la vitre de la fenêtre.

Un petit corps reposait à l'entrée d'une grande pièce et le visage du petit corps appartenait à un garçonnet blond. Ses cheveux accrochaient le peu de lumière qui parvenait à entrer dans la maison, comme des fibres pleines d'une énergie positive. Un cercueil était placé par terre à côté de lui et Coffee crut sentir une odeur de pin fraîchement coupé.

Les deux hommes restèrent longtemps ainsi, retenant leur souffle. Deere était venu pour rendre hommage à l'enfant, mais il se retrouvait comme un fantôme, devant la maison, à regarder le garçon mort et les siens. Il sanglotait en silence.

Coffee se pencha vers son ami :

– Deere, faut que je fume une clope. Viens.

Deere restait figé, le corps crispé, son visage avait perdu ses couleurs et ses joues étaient mouillées de larmes.

Coffee lui toucha le coude :

– Allez quoi, juste une cigarette.

Ils s'éloignèrent discrètement et descendirent l'allée de gravier. Coffee se dirigea vers le Bronco. Il alluma une cigarette et se frotta les tempes avec les callosités de ses doigts.

– Allons faire un tour, dit-il sans se retourner.

Deere monta dans le véhicule prudemment, comme s'il était piégé. Coffee démarra, s'éloigna de la maison en marche arrière, puis s'engagea sur la pente d'une petite colline qui s'ouvrait sur un canyon en grès jaune où des touffes de mousse accrochées à la roche restaient vertes toute l'année. Ils serpentèrent dans la vallée et, quand ils arrivèrent à l'unique carrefour de la ville, Coffee s'aperçut que Deere regardait en direction des vieux réverbères du poste de police, un petit carré de brique avec une seule cellule. Coffee mit le clignotant à gauche et ils partirent au sud-est, en s'éloignant de la ville, en s'éloignant de tout.

– Où allons-nous ? demanda Deere, mais son ton manquait de conviction.

Ils ne parlèrent pas. Se contentèrent de noter la présence de hardes de cerfs et de troupeaux de vaches dans la tiède boue des champs de l'après-midi. Ils passèrent devant des fermes désaffectées, les éoliennes tournant dans le vide, sans produire ni énergie ni eau, devant des cimetières depuis longtemps à l'abandon et des entrepôts de ferraille où les chiens déboulaient derrière des grillages cadenassés pour pourchasser le véhicule de Trixie.

Une fois sortis de cet endroit qui les avait formés, ils s'arrêtèrent dans une station-service et remplirent des gobelets en polystyrène de café au goût de brûlé. Coffee prit appui sur le Bronco boueux pour faire le plein en regardant le paysage, sensiblement plus plat ici, délimité par des champs de maïs bien alignés qui dessinaient les contours de la planète aussi nettement qu'une carte topographique.

– Je veux pas aller en taule, expliqua Deere. C'était un accident.

– Je sais, répondit Coffee en hochant la tête.

Ils roulèrent doucement, regardant les lignes téléphoniques qui montaient et descendaient d'un poteau à l'autre, dont plusieurs étaient coiffés de faucons scrutant le jaune de la plaine. Puis les lignes téléphoniques convergeaient avec de grandes lignes à haute tension, et la ligne de l'État, au sud, expédiait l'énergie dans des fleuves de fibre optique vers la ville, des câbles électriques en une telle concentration que lorsqu'ils baissèrent leur vitre, l'atmosphère semblait chargée de commerce et d'information.

Coffee détestait ce goût de ville dans la bouche, l'air aigre et dense, les strates de bruns du ciel qui obscurcissaient le soleil mais produisaient aussi des couchers de soleil d'une beauté quasi apocalyptique dans leur intensité, tellement saturés de magenta, de rose et d'orange qu'à l'ouest le monde semblait déjà réduit à néant.

– Je ne reviendrai pas.

– Non, Daniel, tu ne reviendras pas, répondit Coffee en allumant une cigarette.

La maison de Deere était au fond d'un cul-de-sac et, quand ils s'engagèrent dans l'allée, les phares éclairèrent la silhouette de sa femme. Elle les salua faiblement. La demeure était illuminée comme une cathédrale, chaque fenêtre enflammée de jaune, crème et blanc. Dans le garage triple, deux véhicules neufs rutilaient à la lueur d'une ampoule nue. La femme de Deere s'approcha de la portière du passager et Coffee remarqua qu'elle avait les yeux rouges et bouffis, et des cernes noirs au-dessus de ses hautes pommettes. Elle ne pouvait pas tout savoir, mais elle savait quelque chose.

– Salut Chuck, dit-elle à Coffee, sans se montrer désagréable.

Il se rappela leur mariage. Il avait dansé avec Diane, senti son corps élégant entre ses mains, fragile comme un œuf Fabergé. La seule autre fois où il avait dansé un slow avec une femme remontait au bal de fin d'études du lycée. Diane lui avait confié en dansant : « Je ne devrais pas te le dire, mais Daniel t'admire beaucoup. Il te suivrait au bout du monde. Tu en es conscient, n'est-ce pas ? »

Il avait préféré oublier ces paroles et les avait effectivement oubliées jusqu'à ce moment devant chez eux, avec le Bronco qui tournait au point mort, la main de Diane à l'intérieur du véhicule, sur l'épaule de son mari. Deere était rentré.

– Entre donc, Chuck, lui dit-elle. Tu boiras bien un thé ou je te préparerai quelque chose à manger. T'as l'air crevé.

Coffee sourit d'un air exténué.

– Si seulement je pouvais, Di.

Il regarda le quartier de son ami. Le cul-de-sac ressemblait à un fer à cheval de villas miniatures, toutes illuminées de lumières incandescentes, chaque pelouse une émeraude soigneusement taillée. Il tendit la main à Deere qui la serra. Puis ce dernier détacha sa ceinture et descendit.

– Je vous donnerai des champignons, dit Coffee. Daniel a oublié les siens chez moi.

Diane se tourna vers son mari, puis vers Coffee, et lui dit d'une voix beaucoup plus circonspecte :

– Je crois que Daniel n'a jamais rapporté de champignons à la maison. On est en droit de se demander ce que vous fabriquez, tous les trois…

Coffee et Deere sourirent, puis Coffee leva le pied du frein et laissa la voiture descendre le petit monticule de l'allée. Il leur fit un signe, enclencha une vitesse et dirigea le Bronco plein nord.

Le beurre avait fini de fondre dans la poêle. Coffee ajouta les oignons, l'ail, puis les champignons, et la cuisine fut immédiatement saturée d'une riche odeur de terre. Un joint se consumait dans un cendrier près de la plaque chauffante et la senteur caractéristique de l'herbe était forte, son amertume atténuée par la douceur citrique du houblon ou peut-être de la citronnelle. Une semaine s'était écoulée depuis l'accident. Coffee avait fait profil bas, sans s'éloigner de son vallon et sans répondre au vieux téléphone à cadran près de son lit. Il n'avait pas revu Rimes depuis avant les obsèques du garçon. Dans les journaux, l'enquête s'essoufflait déjà.

Il vit la voiture de patrouille de la police remonter lentement son allée, inhala une dernière bouffée du stick de marijuana, le jeta dans les toilettes et tira la chasse. Il fit couler une goutte de saline dans chaque œil, ôta les champignons du feu et alla à la rencontre de son visiteur.

– Charles, dit l'officier de police, qui avait connu les parents de Coffee.

Ils échangèrent une poignée de main.

– J'étais en train de préparer des morilles, annonça Coffee vaillamment. Vous m'aiderez bien à les manger avant qu'elles refroidissent.

– D'accord, répondit le policier en enlevant sa casquette.

La caravane était encombrée par des livres, des cassettes vidéo et la télé – accrochés aux murs, des posters de tableaux célèbres et d'anciennes cartes de la région épargnée par la glaciation. L'odeur était sans équivoque et Coffee ouvrit la fenêtre.

Ils s'assirent à la seule table de Coffee, un rectangle minuscule, et mangèrent à même la poêle avec chacun sa fourchette.

– Nom de Dieu, soupira admirativement le policier.

– Je sais… le beurre entre dans toutes les petites alvéoles et enrobe tout.

L'officier hocha la tête et se ressaisit.

– Triste affaire pour ces amish, dit-il.

Coffee acquiesça mais se garda de parler. Ils restèrent silencieux, puis par la fenêtre, ils regardèrent la rivière, où l'eau avait baissé après la saison de fonte des neiges au nord de l'État. L'eau était moins trouble et Coffee savait que d'ici une semaine, le squelette du pick-up serait peut-être visible au fond de la rivière.

– Vous aviez besoin de quelque chose ? demanda Coffee en se carrant dans sa chaise.

– Eh bien, oui, à vrai dire, répondit l'officier.

Il se gratta le sommet de la tête, où les cheveux avaient tendance à s'éclaircir. De longues mèches blondes s'étiraient d'une oreille à l'autre sur son cuir chevelu pâle et luisant. Le policier fouilla sous la table et sortit son portefeuille plein de billets de cinquante dollars. Il le posa de manière à ce que les coins des billets dépassent en éventail, juste ce qu'il fallait.

– Maman a un glaucome, dit-il. Et, bon, elle m'a envoyé chez toi parce qu'elle a entendu dire que t'as ce qu'il faut.

Coffee inspira lentement, s'arrêta et demanda :

– Elle souffre, votre maman ?

– Elle souffre le martyre.

Coffee hocha la tête, se leva, choisit trois livres sur l'étagère et les ouvrit en dévoilant trois sachets en plastique avec une fermeture à glissière, pleins de marijuana. Il les posa sur la table et le policier les examina en mâchouillant ses morilles et en se grattant la tête. Coffee roula deux joints et les alluma tous les deux. Il en passa un à l'officier, qui l'étudia avec circonspection avant d'inhaler un gros nuage de fumée. Il le retint longuement dans ses poumons, puis souffla lentement, dans un grognement, les muscles de son visage se relâchant jusqu'à ce que la peau forme des bajoues près de ses mâchoires et que ses lèvres s'épanouissent en un sourire.

Coffee regarda à nouveau la rivière par la fenêtre, à travers le voile de fumée, et dit :

– Je suis vraiment navré pour votre mère.

## Lenteur ferroviaire

Les pyramides de feuilles en flammes rougeoyaient dans la nuit malgré la pluie. La fumée imprégnait la maison et nos vêtements comme une eau de Cologne grise, et il n'était pas sorcier de deviner qu'on était en novembre. Cette nuit-là, Sunny avait trouvé le chat sous la véranda : il était émacié, la fourrure maculée de merde. Nous avions entendu du bruit toute la soirée. Au début, j'avais pensé à de simples souris dans les murs, mais nous avions fini par nous lever tous les deux pour en chercher l'origine et Sunny l'avait découvert en suivant les miaulements forts, plaintifs, persistants.

Réveillées par notre agitation nocturne, les filles avaient dévalé l'escalier l'une après l'autre. La pluie chassait les dernières feuilles rouille des doigts noirs des arbres. Je me souviens avoir pensé qu'il était trop tôt pour qu'il neige mais que ce n'était pas complètement exclu. La vue de Sunny dehors, dans son vieux short de volley du lycée, me donnait froid : elle avait les jambes nues, les ongles des orteils impeccablement vernis, son dos étroit courbé sous la véranda pour amadouer la créature hirsute.

– Qu'est-ce que c'est, maman ? avaient demandé les filles presque à l'unisson.

Elles s'étaient lovées contre moi. Je n'avais jamais voulu d'enfants mais les filles étaient avec Sunny et elles étaient devenues miennes. Deux fillettes aux cheveux encore plus noirs que ceux de leur mère. Nous habitions près de la rivière, où les pêcheurs prenaient des carpes géantes, des poissons-chats et parfois même des esturgeons sous les bouches d'écoulement de l'usine à papier, où l'eau ne gelait jamais. Je regardais l'usine sur l'autre rive : la vapeur s'élevait sous la pluie battante et reflétait l'éclairage industriel, donnant au complexe des allures de bateau fantôme dans la nuit.

– C'est un chat, avait annoncé Sunny.

Les filles avaient piaillé derrière leurs doigts minuscules.

– Rentre, chérie, avais-je dit. Ça caille.

– C'est bien pour ça qu'il faut faire rentrer ce chat, avait-elle répondu d'un ton acerbe.

Je ne me disputais jamais avec Sunny. Elle en avait bavé dans le passé et je voulais que sa vie avec moi soit facile. Il lui arrivait de me malmener, parfois même de me coller un œil au beurre noir, mais elle en valait la peine. Tout était mieux avec Sunny. Même lorsqu'elle balançait de la farine plein la cuisine ou mettait accidentellement le feu aux rideaux.

Être amoureux d'elle revenait à ça : un combat à mains nues. Elle se lançait dans toutes ses relations, armée d'un coup-de-poing américain et, en matière d'amour, j'avais une mâchoire de verre. J'étais prêt à me faire écraser pour ces soirées où elle revenait en rampant dans notre lit après avoir traîné dans les bars, son visage sur ma poitrine, ses cheveux enfumés, sa voix rauque, à vif.

« Je t'aime, disait-elle toujours. Tu devrais nous quitter, tu sais. C'est pour ton bien que je te dis ça, tu devrais nous quitter. »

Mais je ne répondais jamais. Mieux valait rester silencieux et attendre le retour au calme, laisser mes doigts peigner ses cheveux à la lueur rouge du radio-réveil. Je n'avais jamais connu meilleure amante que Sunny. Certaines nuits, nous enlevions le matelas du sommier et faisions l'amour par terre, pour être plus discrets, mes doigts plongés dans sa bouche pour la réduire au silence, ses dents laissant des marques dans ma chair.

Sunny avait fini par attraper le chat par la peau du cou et l'avait brandi dans la couronne de lumière de la véranda. La créature ne pesait guère plus de deux kilos.

– Je vais chercher un bol de lait, avait dit Nina.

– Réchauffe-le ! avait hurlé sa petite sœur Char.

Les filles étaient parties en courant dans la cuisine d'où s'était bientôt élevé un bruit de vaisselle brisée.

– Je suis allergique aux chats, avais-je dit à Sunny qui, pour toute réponse, m'avait donné un baiser mouillé par la pluie.

– Antihistaminiques, m'avait-elle conseillé en me tapotant le ventre, puis en laissant sa main vagabonder un peu plus bas.

Elle était entrée dans la maison avec le chat, je l'avais suivie en fermant la porte sur la nuit. Je devais être à l'usine de papier dans moins de cinq heures. Les trois femmes de ma vie hurlaient de joie en baignant le félin putride dans l'évier de la cuisine. Du couloir, je voyais du lait renversé et de la porcelaine brisée sur le lino de la cuisine. Je m'étais promis de penser à le nettoyer le lendemain matin.

J'avais rencontré Sunny presque exactement un an auparavant, en novembre. Je pêchais dans la rivière en compagnie des vieux Hmong et des vieux Noirs, nous étions tous voûtés sur nos seaux à cornichons en plastique, les yeux rivés sur les remous en attendant que quelque chose s'y passe. J'avais toujours été célibataire – je ne savais pas rencontrer les femmes, pas vraiment. J'avais eu des amantes à la fac, mais c'était presque toujours accidentel, le genre d'accouplement magnétique imprégné de bière et d'herbe, des intimités rétractées et anéanties au petit matin. Il nous arrivait d'aller jusqu'à un bar routier ou un café pour le petit-déjeuner, mais en règle générale, les filles roulaient juste leurs vêtements en boule et partaient sans dire un mot.

La pêche avait été satisfaisante ce jour-là, une carpe de bonne taille venait juste de mordre lorsqu'une voiture avait donné un coup de frein brutal en haut de la berge. Sans cesser de mouliner dur, je m'étais retourné et j'avais vu un corps jeté d'une automobile, une vieille Hornet, qui avait démarré en trombe, faisant claquer la portière du passager. Aucun des autres pêcheurs ne semblait avoir remarqué quoi que ce soit. J'avais hésité avant de couper ma ligne, mais je n'avais pas le choix. J'avais péniblement escaladé la berge avec mes vieilles bottes en caoutchouc et j'étais arrivé à bout de souffle en haut du talus.

Elle était étendue sur le bitume, genoux en l'air, bottes sur le trottoir, cheveux déployés autour de la tête en une espèce d'auréole noire. L'un de ses bras était posé par terre, l'autre approchait une cigarette de ses lèvres. Elle avait une petite entaille sur le front, rien de grave, et le sang se coagulait déjà dans le froid.

– Ça va ? lui avais-je demandé.

Elle ne m'avait pas immédiatement répondu et si elle n'avait pas fumé, je lui aurais sans doute donné un léger coup de botte pour voir si elle était encore en vie. Derrière moi, la rivière coulait, lente et énorme, un épais coup de pinceau brun de mouvement et de bruit. J'entendais le sifflement de l'usine à papier et les bips d'un chariot élévateur qui reculait. Je m'étais approché d'elle et lui avais tendu la main. Et c'est là que je m'étais aperçu qu'elle pleurait, sans faire de bruit.

– Lève-toi, lui avais-je dit (et c'est le seul ordre que j'aie jamais donné à Sunny).

Elle m'avait pris la main et s'était difficilement remise sur pied. Je lui avais tendu un mouchoir rouge avec lequel elle s'était nettoyé le visage et le nez. Puis elle l'avait glissé dans sa poche comme s'il lui appartenait, comme si elle l'avait trouvé. Ma défunte grand-mère avait brodé mes initiales sur ce mouchoir.

– Tu veux boire un verre ? lui avais-je demandé.

Elle avait acquiescé et nous étions descendus sur la rive. Je l'avais aidée à négocier le talus et, en arrivant, je lui avais montré mon seau à cornichons. Elle s'y était installée en croisant ses jambes musclées. Des jambes de gymnaste ou de joueuse de volley, épaisses et galbées. D'une pichenette, elle avait projeté son mégot dans l'eau et nous avions suivi les pirouettes du filtre dans le courant jusqu'à ce qu'une carpe se dresse et l'engloutisse dans l'obscurité.

– T'as vu ça ? m'avait-elle demandé d'une voix exaltée, en montrant l'endroit de sa disparition.

– Elles mangent tout ce qu'elles trouvent.

– Elle a mangé ma *cigarette*, s'était-elle exclamée, ravie. Elle a mangé ma cigarette, bordel. Je me demande si elle brûlait encore un peu.

J'avais dévissé le couvercle de mon thermos et lui avais versé une tasse de café. Elle avait tendu la main dans le froid et j'avais remarqué ses doigts longs et beaux, qui tremblaient légèrement, tremblements que j'attribuais au froid. Ils étaient couverts de bagues et les ongles vernis d'une couleur qui hésitait entre le noir et le violet.

– Je m'appelle Bruce.

– Sunny, avait-elle répondu en changeant le café de main pour me serrer la main.

Elle avait de la poigne.

– T'as pas du lait ? m'avait-elle demandé. Du sucre ? Du brandy ?

– J'ai ça, avais-je proposé en sortant de la poche de ma veste une flasque en argent que mon meilleur ami m'avait donnée des lustres auparavant, après le lycée, quand nous étions encore en contact.

Sunny avait dévissé le bouchon et reniflé.

– Bourbon Bulleit ? avait-elle demandé.

– C'est mon préféré, avais-je répondu en haussant un sourcil.

Je ne savais pas alors que Sunny était alcoolique et, plus tard, il m'était arrivé de regretter de ne pas l'avoir su, parce que dès le départ nous passions du temps ensemble au bord de l'eau, à boire du Bulleit ou à partager une trentaine de canettes de Hamm's et je me disais que je n'avais jamais vu quelqu'un boire aussi vite, comme si elle se noyait sans pouvoir se maîtriser, avalant le carburant au point d'anéantir ses facultés, jusqu'à ce qu'elle tourne de l'œil ou se comporte comme un zombie en furie. Je la ramenais parfois à la maison sans incident mais, certains soirs, elle se mettait à m'insulter en pleine rue, dans un bar ou sur la pelouse devant chez nous, tandis que les filles pressaient leurs visages contre la fenêtre, une baby-sitter affolée se tenant derrière elles, le téléphone à la main.

– C'est aussi un de mes préférés, avait-elle dit.

Elle avait bu une gorgée de la flasque puis versé quelques gros doigts d'alcool dans son café.

J'avais attaché une nouvelle amorce à la ligne, puis fixé un plomb et choisi un gros leurre brillant. J'étais ravi d'avoir de la compagnie et, quand je m'étais tourné vers la rive, les Hmong et les Noirs m'avaient souri, le visage rayonnant et heureux, puis ils avaient brièvement levé leurs flasques ou tasses en polystyrène à ma santé.

– Ça me plaît ici, m'avait dit Sunny. C'est paisible. Sauf pour cette usine à papier…

Elle avait fait un geste en direction du long complexe de bâtiments et de tas de matériaux, puis bu une gorgée de café.

– C'est là que je travaille.

– Ah bon ? Excuse-moi.

– Y a pas de mal, avais-je répondu. C'est pas un job très glamour.

Sunny avait souri, le visage tourné vers l'eau, puis j'avais senti ses yeux sur moi, tandis que je me concentrais sur un nœud et essayais de prendre mon air le plus bourru en l'ignorant juste assez pour qu'elle comprenne que j'étais intéressé. Le truc, c'est que je ne savais pas où me tourner, alors une fois le nœud fait, j'avais pris le risque de la regarder, droit dans les yeux, et j'avais réalisé à quel point elle était belle. Elle avait écarté des mèches de ses longs cheveux bruns de son visage, j'avais vu les grands anneaux en argent à ses oreilles et j'étais immédiatement tombé amoureux. Je le savais, je le sentais, en plein cœur. Elle avait soutenu mon regard.

– Et si on se barrait ? m'avait-elle demandé.

J'avais rangé mon matériel de pêche, ma ligne, et failli oublier mon thermos, mais les autres pêcheurs, me voyant escalader la berge, m'avaient appelé en riant et avaient montré le thermos du doigt, posé sur le seau à cornichons, aussi gros qu'un obus.

Sunny avait emménagé un mois plus tard, les filles faisaient partie du lot et, du jour au lendemain, ma maison s'était transformée en une nouvelle demeure, chaleureuse, bruyante et pleine de senteurs de femmes : savon, parfum, laque. Sunny fumait – ça allait, car la plupart du temps elle le faisait sous la véranda en regardant la rivière à travers les arbres nus. Mais elle gardait un cendrier à côté de notre lit et, après avoir fait l'amour, elle le plaçait sur son ventre plat et halé, et elle fumait. J'étais obligé d'ouvrir la fenêtre, même en hiver. Elle essayait toujours de me faire fumer, moi aussi, mais je n'avais jamais rien aimé d'autre que les cigarillos White Owls ou Swishers, ce qui la faisait rire.

– C'est la première fois que je suis avec un mec qui ne fume pas, avait-elle dit en hochant la tête. À qui je vais pouvoir taxer des clopes ?

Sunny disait parfois des trucs comme ça – des trucs censés être drôles mais qui semblaient moches ou crasses au final. Je ne lui parlais jamais des femmes que j'avais connues et je n'aimais pas l'imaginer partager une cigarette au lit avec d'anciens amants, parce que c'était intime et je savais que ça ne nous arriverait jamais.

Sunny ne travaillait pas et je me gardais bien de lui demander d'où venait son argent. En général, elle était fauchée, mais elle avait des rentrées soudaines. Elle passait alors à l'épicerie, nos placards se remplissaient et les filles mangeaient leurs céréales préférées. Un jour, en rentrant de l'usine, j'ai trouvé quatre énormes homards en train de bouillir dans une casserole et une bouteille de champagne au frais dans une congère à côté de la véranda.

– T'as gagné au loto ?

– Peut-être, m'a-t-elle répondu en m'enlaçant et m'embrassant, le goût de beurre fondu déjà sur ses lèvres.

– Sérieusement ?

– Sérieusement ! m'a-t-elle singé.

– On a trouvé l'argent, a-t-elle exulté. C'est pas vrai, les filles ? Dans une mallette au bord de la rivière.

Les filles ont acquiescé, comme si elles avaient reçu des instructions, et ont continué à grignoter. Je les ai embrassées et j'ai accroché mon manteau à la patère. Puis j'ai ramassé trois autres manteaux par terre et les ai accrochés aussi.

– Tu as « trouvé » l'argent pour les homards, le champagne et tout le reste ?

Sunny a acquiescé et croisé ses jambes musclées. Elle aimait se promener en short dans la maison sans se soucier du temps qu'il faisait dehors, et elle savait que ça me chamboulait. J'ai remarqué qu'elle s'était rasé les jambes et qu'elle avait changé le vernis à ongles de ses pieds. J'ai eu l'impression qu'il faisait chaud et j'ai vérifié le thermostat.

– Vingt-sept degrés ! me suis-je exclamé.

Les filles ont ri, Sunny aussi. Elle buvait des mimosas et je me suis demandé s'il n'y avait pas déjà une bouteille de champagne vide plantée dans la neige du jardin.

Puis nous avons dîné ensemble, les filles riaient et me chahutaient, Sunny glissait son pied le long de ma cuisse sous la table – nous avions la panse rebondie et, comme toujours, j'ai écarté l'idée que Sunny dealait peut-être de la marijuana ou de la meth, ou qu'elle passait au casino pendant que les filles étaient à l'école. Je ne voulais plus me retrouver seul – c'est la seule chose dont j'étais sûr.

Après avoir couché les filles, Sunny a glissé une cassette dans le vieux magnétophone à côté de mon lit et nous avons écouté Annie Ross en faisant l'amour, nos corps bien au chaud à l'étage de la vieille maison, le champagne nous transformant en deux bulles flottant au-dessus du monde gelé ; à travers les stores, les lueurs de l'usine à papier sur la berge opposée se métamorphosaient en chimères que je pouvais éclipser tandis que Sunny oscillait sur moi comme un cobra sexy, me piégeant dans sa transe.

Sunny n'aimait pas mes voisins et mes voisins ne l'aimaient pas. Peut-être parce qu'elle était nouvelle, un visage inconnu dans le quartier, ou peut-être parce que mon antre paisible de célibataire était devenu bruyant et lumineux. Peut-être aussi parce que, une fois par mois, les flics étaient appelés chez nous pour lui faire baisser le volume de Bon Jovi ou de Poison. Ou peut-être encore parce qu'ils étaient jaloux de sa grande beauté. Je n'écartais aucune possibilité mais, en même temps, Sunny était la mère de deux superbes fillettes et elle était tout aussi encline à faire cuire des brownies et les offrir aux voisins qu'à les réveiller en pleine nuit.

Le truc, c'est que je partais au boulot avant le lever du soleil et rentrais rarement avant le crépuscule. Je franchissais le pont en fer en pédalant sur mon vieux Schwinn, saluant au passage les pêcheurs hmong en contrebas. Je n'étais donc pas présent s'il y avait des scènes dans la journée. Tout ce que j'entendais, c'était Sunny quand elle rouspétait.

– C'est des camées ! a-t-elle grondé un jour. Accros à la meth. T'as déjà vu ces deux salopes ?

– Les sœurs ? Elles dérangent personne.

Les sœurs vivaient en face de chez nous, leur terrain descendait jusqu'à la rivière. Elles devaient avoir la cinquantaine et avaient hérité de la maison de leur mère quelques années après que j'eus acheté la mienne. La mère était une gentille mamie, il m'était arrivé de déneiger son allée et de tondre sa pelouse. Une année, pour Noël, elle m'avait tricoté des mitaines deux tailles trop petites. Mais je n'avais jamais rencontré ses filles. Elles plongeaient la maison dans l'obscurité et n'en sortaient que rarement.

– C'est ce genre de femmes qu'il faut surveiller, a décrété Sunny. Se méfier de cette saloperie d'eau qui dort. Je te parie cinq cartouches de clopes qu'elles ont un labo au sous-sol. Je t'assure, la prochaine fois que tu vois ces salopes, regarde bien leurs dents et leurs yeux. Elles sont défoncées en permanence. Tu peux me croire sur parole.

– Et comment tu pourrais le savoir, toi ? lui ai-je demandé.

Lorsque je rentrais du travail, j'avais toujours envie de deux doigts de Bulleit ou d'une canette de Hamm's bien fraîche mais, avec Sunny, je devais surveiller tout ça. J'ai plongé la main dans le frigo et pris un Coca.

– Laisse tomber, m'a dit Sunny en me fusillant du regard.

Elle savait que j'avais envie de boire un verre. Elle se montrait parfois cruelle. Elle aimait les disputes, aimait élever la voix pour provoquer quelque chose.

– T'es même pas fichu de le dire, hein ? Mais tu crois que moi aussi je suis accro. Tu rentres le soir et tu bois ton Coca. Me dis pas que t'as pas envie de bourbon, là ? Mais t'as quel âge ? Seize ans ? Allez ! Où est le Bulleit ? Va le chercher. C'est bon… tu peux le mélanger au sucre de ton Coca. Allez, on va s'en préparer un, qu'est-ce que t'en dis ?

J'ai refusé d'un signe de tête.

– Qu'est-ce qui s'est passé avec les sœurs ? ai-je demandé pour changer de sujet.

Sunny a pris le chat sur le lino et s'est mise à caresser sa fourrure devenue épaisse et lustrée.

– Geronimo est allé chez elles aujourd'hui et je te jure que j'ai vu ces deux salopes lui donner du lait.

– Bon, c'est pas la fin du monde.

– Non mais, réveille-toi ! a-t-elle aboyé. Elles veulent le voler !

– Personne ne veut voler Geronimo, ai-je répondu calmement.

J'avais les yeux qui pleuraient quand le chat était proche de moi. Sunny le brandissait comme une arme devant mon visage.

– T'en as jamais voulu, de toute façon. Le pauvre petit minou.

Elle a reposé Geronimo, la colère s'affichait sur son visage.

– Je sors, a-t-elle déclaré.

– Où ?

– J'en sais rien, a-t-elle dit en se mordillant les doigts, les yeux soudain vifs et nerveux.

– Et les filles ? ai-je demandé, alors qu'il était impossible de faire culpabiliser Sunny.

– Je sais pas. Fais-leur des macaronis au fromage. Ou des hot dogs. Faut que je sorte, tu sais – que je prenne un peu l'air.

– Tu veux qu'on aille se promener ?

Mais elle n'était pas du genre à s'abaisser à répondre, même de manière sarcastique, à des affabilités aussi minables. Elle a monté l'escalier – ses mouvements étaient subitement pleins d'entrain. J'ai regardé les cuisses qui la propulsaient, ses fesses. Je ne pouvais jamais rester longtemps en colère contre Sunny.

Nous avons eu de nombreuses nuits du même acabit. Les filles et moi à table, partageant un plat à emporter. Elles me parlaient de l'école, puis nous nous installions parfois sur le canapé ensemble, toutes deux blotties contre moi, la lueur bleutée de la télé sur nos visages. Nous faisions du popcorn et, en vérité, dans des moments pareils, si j'aimais Sunny, j'aimais encore plus les filles. Peut-être parce que ces heures où j'étais désorienté, blessé ou jaloux, ne me donnaient jamais le cafard. Après avoir bordé les filles, je m'asseyais dans le rocking-chair sous la véranda et fumait un White Owl dans le noir en regardant la rivière, sachant que les premières pousses printanières sortaient de terre, que la rivière était gonflée, énorme, ses berges constamment rongées par l'eau et charriées loin de chez nous – au sud sans doute. J'aimais imaginer son lit et tous les objets doucement emportés vers la Nouvelle-Orléans puis jusqu'au golfe du Mexique. Des Studebaker de l'ancien temps, des vieux postes de télé, des squelettes peut-être, et tous les débris de l'usine qui se trouvaient au fond, je le savais – palettes et bidons, tous les détritus de l'industrie.

Sunny rentrait et j'étais parfois éveillé, fulminant dans le fauteuil de la véranda. D'autres fois, le grondement d'une moto me tirait du sommeil, je balançais le mégot de mon cigarillo dans le jardin et me redressais pour voir Sunny descendre de moto, adresser un signe de tête au conducteur – toujours un nouvel inconnu – qui fonçait dans l'obscurité pour ne jamais revenir, ne laissant derrière lui que le rouge de son feu. Je me demandais à chaque fois de qui il s'agissait, s'il était digne de confiance ou non : je me focalisais systématiquement sur lui et non sur Sunny qui s'approchait de moi en titubant, le visage rayonnant, rutilant, la lueur orange de sa cigarette illuminant ses yeux pétillants, voilés par la tristesse qui assombrissait toujours ses moments de joie. Elle s'asseyait sur mes genoux, me regardait dans l'obscurité, et je ne savais pas comment lui dire ce que je ressentais parce que j'avais toujours peur que le motard revienne l'attendre et fasse tourner sa machine devant notre maison.

– T'es tellement sympa, me disait Sunny en me dévisageant tristement. Comment tu fais pour me supporter ?

Je ramenais alors sa tête contre mon torse, en éloignant sa cigarette encore luisante.

– Je t'aime. (C'est tout ce que j'arrivais à dire.) Je t'aime.

Et ces nuits-là, quand je lui disais que je l'aimais, il était presque douloureux de prononcer ces mots : ils étaient si vrais et si importants, je croyais en eux autant que je croyais en la rivière. Mais je ne croyais pas en Sunny. Par exemple, je ne croyais pas qu'elle m'écoutait vraiment, si bien que quand je lui disais que je l'aimais, c'était comme le dire à quelqu'un qui est mort et vous manque, quelqu'un auquel on a encore envie de se confier, mais qui a disparu du monde, dont il ne reste plus que votre souvenir ou l'idée que vous vous en êtes fait, qui vous hante comme un fantôme.

Après de telles nuits, les choses s'apaisaient pour un temps. Sunny restait chez nous et aidait les filles à faire leurs devoirs. La maison était propre et, en rentrant du travail sur mon dix-vitesses, je l'apercevais parfois sous la véranda : elle fumait une cigarette, une bière sans alcool à la main, et m'avait préparé une canette de Hamm's bien fraîche. Nous nous embrassions et je m'asseyais à côté d'elle, heureux d'être dehors, la rivière basse en été et légèrement dissimulée par un nouveau rideau de feuilles, l'usine joyeusement hors de vue, ne se manifestant plus que par son odeur dans l'air tiède et épais.

– Je fais un break, m'expliquait-elle. Pardonne-moi pour l'autre nuit.

Heureux de la retrouver, je ne pipais pas mot.

– Ce que j'aimerais... m'a-t-elle dit un de ces soirs à voix basse. Ce que j'aimerais, c'est que tu me dises quoi faire, certains jours. Tu comprends ? J'aimerais que tu me demandes d'arrêter.

– Je ne veux rien te demander.

– Je sais. Mais peut-être que tu devrais. Comme la fois où tu m'as dit de me lever.

D'une certaine manière, j'étais surpris qu'elle se souvienne de ça, de notre première rencontre.

– Tu ne pensais pas que je m'en souvenais, m'a-t-elle dit en tirant une taffe, puis en me proposant une bouffée, comme elle le faisait toujours. Mais je m'en souviens. Je me souviens de ce pauvre type qui m'a jetée de sa voiture. J'étais par terre et je me disais : « Mais qu'est-ce qui déconne chez moi ? Pourquoi je me retrouve toujours dans des plans aussi merdiques ? » Puis t'es apparu et tu m'as dit : « Lève-toi », comme un ange dur à cuire ou un truc dans ce genre. Je me souviens aussi du poisson qui a bouffé ma cigarette, du café, et tu sais, dans l'après-midi, d'avoir fait l'amour et que tes mains sentaient encore la rivière. Au début, j'aimais pas trop ça, mais ensuite j'aimais trop. J'ai aimé que tu interrompes ta partie de pêche pour moi.

Elle m'a regardé.

Le truc, c'est que la plupart des gens sont comme moi dans ce bas monde : sans intérêt. Alors quand on tombe sur quelqu'un comme Sunny, on lui pardonne d'être folle ou allez savoir quoi, parce que s'il n'y avait pas de femmes comme elle la vie redeviendrait ce qu'elle était avant de l'avoir connue. Finis les dîners de homards financés comme par magie. Finies mes filles adorables. Finis les ébats amoureux en écoutant du jazz ou avant d'aller au travail pour garder son odeur sur moi toute la journée comme un parfum qui rend heureux.

– C'était une Hornet, lui ai-je dit.

Elle a eu l'air perplexe.

– Le pauvre type, il roulait en Hornet.

Elle a hoché la tête, m'a embrassé, et malgré tout l'amour que j'avais pour elle, certains jours je détestais ses cigarettes, mais ça faisait partie de son odeur et j'aimais tellement Sunny.

À la mi-août, quand la rivière était au plus bas, nous nous baignions avec les filles. La maison était étouffante sans climatisation et nous dormions tous au frais, au sous-sol. Nous faisions parfois semblant de faire du camping et allumions des bougies ; Sunny et moi racontions des histoires qui font peur jusqu'à ce que les filles s'endorment enfin, leur petits corps maigrichons contre nous.

La rivière en août n'était pas la rivière en novembre ou en avril. Elle était truffée de bancs de sable et d'îlots de gravier, avec des carcasses de voiture visibles ici et là et des vieilles poutres en I éparpillées comme des baguettes de mikado, vestiges d'une époque plus brutale. Les filles batifolaient dans l'eau tandis que Sunny s'allongeait sur une couverture en se badigeonnant d'huile d'olive, son bronzage fonçant de jour en jour. Quand je jetais un coup d'œil sur elle derrière mes lunettes de soleil, elle me souriait et descendait son bikini d'un cran, pour dévoiler une peau presque aussi blanche que la mienne, puis elle laissait glisser ses ongles le long de ses jambes – c'est ainsi que je me piquais fréquemment avec un leurre ou que la canne à pêche m'échappait des mains et tombait dans la rivière.

Les poissons ne mordaient pas, mais les livres et moi, ça fait deux, alors je m'amusais paresseusement à lancer la ligne dans les creux d'eau. J'aimais me concentrer sur la rivière, surveiller les rides et mouvements de choses invisibles sous la surface.

La plus grosse carpe commune jamais pêchée dans le Wisconsin pesait cinquante-sept livres. Celle que j'ai attrapée cet après-midi d'août n'était pas loin de l'égaler. Gigantesque et abominablement laide, elle a brutalement tiré sur le jig-leurre et s'est immédiatement éloignée du banc de gravier où je me tenais pour rejoindre le cours principal de la rivière. Sunny a poussé un cri de joie et s'est levée d'un bond, les filles ont cessé leurs ébats et j'ai été encerclé par un petit groupe de supporters tandis que je moulinais le mastodonte en prenant soin de ne pas casser la ligne et de rester calme, comme si la prise d'une carpe de cinquante livres était habituelle dans mon palmarès. Après avoir enfin réussi à sortir le monstre, je me suis assis lourdement dans les graviers, le visage en sueur. Les filles tournaient autour du poisson, presque aussi grand qu'elles et, armées des plus longs bâtons qu'elles avaient pu trouver au pied levé, elles donnaient des petits coups hésitants sur ses énormes écailles.

– T'es fou si tu crois que je vais faire cuire ce machin, a dit Sunny, les mains croisées sur la poitrine.

– La carpe est le plus gros membre de la famille des vairons, lui ai-je appris, essoufflé.

– Foutaises.

– Je suis trop crevé pour raconter des bobards. C'est la vérité. Cette carpe n'est rien de plus qu'un vairon géant.

– Papa, a dit Char, t'es un bon pêcheur.

Sunny et Nina se sont tournées vers la fillette qui venait de m'appeler papa. Déjà galvanisé par la bataille avec le poisson, mon corps m'a soudain paru électrique, invincible. Il y avait au monde quelqu'un, cette fillette, qui me considérait comme son père, son papa. Pour la première fois de ma vie, j'ai senti la personne que j'étais vraiment se faire dépasser par quelqu'un de fort, digne et héroïque. J'avoue que j'en avais le cœur meurtri de fierté et d'amour.

– Viens ici, ai-je dit à Char. Et toi aussi, Nina.

Les filles ont accouru et m'ont enlacé avec force, leurs petits bras autour de moi. Je les ai serrées aussi, éperdu de bonheur.

– Faut qu'on remette ce poisson à l'eau, ai-je dit au bout d'un moment.

– Je l'entends respirer, a ajouté Sunny.

– Ouais, c'est une sacrée bête.

Sunny et moi avons attrapé la carpe par la queue tandis que les filles plaçaient prudemment les mains sur ses flancs pour la stabiliser. Nous avons ainsi traîné et remis le poisson à l'eau, où il a hésité et agité un peu ses nageoires avant d'activer ses muscles pour regagner les profondeurs.

– Mortel, a dit Nina. C'est le poisson le plus cool que j'aie jamais vu.

– Si t'aimes ce poisson, faut vraiment qu'on aille à Chicago, lui ai-je répondu. On ira visiter l'aquarium et voir quelques requins.

Les filles sont retournées dans l'eau, s'éclaboussant désormais avec un peu plus de prudence. Sunny et moi nous sommes étendus au soleil, nos doigts s'effleurant et les miens explorant parfois le contour de sa cage thoracique ou le plat de son ventre.

– Elles n'ont jamais dit ça à personne, a-t-elle confié, au ciel comme à moi, avec sérieux. Leur vrai père est parti trop tôt.

Il était plus facile pour moi d'exprimer mes sentiments directement aux filles que de dire alors à Sunny que je les aimais et que, bien que nous ne soyons pas mariés, je les aimais comme si c'étaient les miennes, comme si j'étais véritablement leur père. Nous sommes donc restés allongés ainsi, nous retournant de temps en temps, appliquant l'un sur l'autre de la lotion ou de l'huile d'olive. Sunny prenait une couleur de noyer tandis que ma peau devenait si rose que j'ai dû dormir dans la baignoire le soir venu, car même les draps frais de notre campement souterrain semblaient brûlants.

Le 1er décembre, alors qu'un blizzard infernal immobilisait les camions de pompiers à la caserne, j'étais sur le point d'aller prendre mon poste lorsqu'un incendie s'est déclaré dans l'usine. Elle a brûlé trois jours de suite, les flammes aussi hautes et larges que des cathédrales pourléchant le gris du ciel hivernal. Nous avons observé le brasier de la maison, protégés par la rivière sur laquelle le reflet des couleurs reproduisait un double aqueux de l'incendie. La façade de la maison était étrangement illuminée pendant ces trois jours. La fumée et les vapeurs étaient si nocives que nous avons envisagé de descendre dans un motel mais, bien sûr, nous n'avions pas assez d'argent et guère de chance d'en toucher dans l'avenir, vu la situation.

– Qu'est-ce que tu vas faire, maintenant, papa ? m'a demandé Nina.

Je lui ai ébouriffé les cheveux et chatouillé le cou ; elle a joyeusement gloussé.

– T'en fais pas pour ça, ma puce. On va se débrouiller. Te fais pas de souci pour Noël non plus.

– D'accord, a-t-elle dit en examinant les dégâts outre rive, la lente consumation, les fines volutes grises s'échappant du site sinistré.

– Un jour, dans la ville de Cleveland, la rivière a pris feu, ai-je dit.

– Elle devait être vilaine, cette rivière, a commenté Nina.

– C'est la formidable Cuyahoga. Va chercher l'atlas et trouve-la.

En réalité, je m'inquiétais pour Noël. Depuis l'été, la relation entre Sunny et moi avait été plus sereine que jamais, presque étrangement calme, et les filles m'appelaient systématiquement papa. J'avais envisagé d'organiser des fêtes de Noël extravagantes, mais je ne voyais plus comment j'allais pouvoir le faire. Ce soir-là, au lit avec Sunny, je lui ai fait part de mes inquiétudes :

– Je crois que ça va être un Noël modeste. Tu penses que les filles vont s'en apercevoir ?

Allongée à côté de moi, elle regardait paisiblement le plafond.

– Sunny ? ai-je demandé en me dressant sur un coude.

– Ça ira. On a toujours été pauvres. On s'attendait à rien avant, on s'attend à rien maintenant.

– Tu vas bien ? Qu'est-ce qui se passe ? Écoute, j'essaie seulement de faire de mon mieux. De faire plaisir aux filles.

– Quoi ? Et moi, alors ? Je suis pas capable de faire plaisir à mes propres filles ?

Sa voix belliqueuse avait surgi de Dieu sait où. Elle a pris une cigarette sur la table de nuit et l'a allumée. J'ai ouvert la fenêtre, l'air était d'un froid mordant.

– Ferme la fenêtre, bordel ! a-t-elle aboyé.

– Sunny, tu sais que la fumée me brûle les yeux.

– Tu veux que j'aille fumer dehors ?

– Bien sûr que non. Mais on était d'accord, pas vrai ?

– Au cul, tout ça.

– Qu'est-ce qui ne va pas, chérie ?

Elle s'est levée, a enfilé un jean moulant et un chemisier échancré.

– T'en fais pas pour moi, papa, a-t-elle dit en mettant sa paire de santiags. Je rentrerai quand je rentrerai.

Mais elle n'est pas rentrée cette nuit-là. Je l'ai attendue jusqu'à l'aube, l'œil collé au treillis des vitres givrées, à l'affût d'une lueur ou d'un grondement de moto.

Le lendemain matin, j'ai préparé des pancakes pour les filles et les ai envoyées à l'école. Quand elles m'ont demandé où était leur mère, je leur ai répondu qu'elle dormait. Elles ont enfilé leur cartable et haussé les épaules. Sunny faisait souvent la grasse matinée les week-ends et ne se levait pas avant midi. La seule étrangeté était donc le fait que ce soit un jour d'école.

Après le départ des filles, j'ai fait du café que j'ai versé dans un thermos et, en ouvrant la porte pour descendre au bord de l'eau, Geronimo m'a glissé entre les jambes et s'est enfui.

– Merde ! Geronimo !

J'ai dévalé la rue à la poursuite du chat mais, trop rapide pour moi, il s'est précipité vers la rivière et la rangée d'arbres au sommet de la berge. Il a tout à fait disparu. Il faisait froid. J'ai prudemment descendu la berge, trouvé un seau à cornichons blanc abandonné, m'y suis lourdement installé et j'ai sorti la flasque de ma poche.

De gros amas de glace coulaient dans la rivière bedonnante et je me suis souvenu d'une histoire que m'avait racontée mon meilleur ami de toujours, qui aimait pêcher à la mouche pendant la nuit, éclairé d'un simple clair de lune. Il disait que c'était un bon moment pour pêcher car tout était paisible ; il pouvait se planter dans l'eau avec ses cuissardes et fumer un joint sans être dérangé. Une nuit qu'il pêchait avec un ami, une plaque de glace s'était silencieusement détachée et avait coupé le type en deux au niveau des hanches, comme transpercé par une épée géante.

– Je m'en suis même pas aperçu, m'avait raconté mon meilleur ami. J'étais défoncé. Il faisait noir. La glace coule dans la rivière sans un bruit, à moins qu'elle percute quelque chose, comme un autre morceau de glace. Ça faisait des heures qu'il avait disparu quand j'ai enfin levé les yeux sans pouvoir le trouver.

Je me suis souvenu lui avoir expliqué que les trains aussi se déplacent parfois en silence, surtout en hiver. Que mon père était cheminot et que, tous les hivers, des types se faisaient tuer car, dans le froid, les trains roulaient silencieusement dans le dépôt et les employés renversés par ces wagons au ralenti n'avaient même pas le temps de crier. Pas de sifflement. Pas assez de vitesse pour produire le moindre bruit ou la moindre cadence. Des centaines de tonnes d'acier circulant avec nonchalance.

J'ai regardé la glace suivre le courant. Jusqu'où voyagerait-elle avant de fondre complètement ? Les yeux fixés sur le cours de la rivière, je me suis senti comme ce pêcheur au clair de lune, les jambes subitement coupées, plongé dans les profondeurs de l'eau, gelé. Sunny était partie, sans doute, comme je m'y attendais depuis toujours. Il ne restait plus que les filles et moi.

Le bourbon de ma flasque avait bon goût et me réchauffait mais, si je continuais à boire, en rentrant de l'école, les filles allaient trouver un papa ivre et plus de maman, alors je l'ai remise dans ma poche et j'ai bu une gorgée de café.

Ensuite, je me suis levé, j'ai poussé un grand cri dans le vide, fouillé dans ma poche et lancé la flasque argentée le plus loin possible, dans l'eau, où elle est tombée dans un éclaboussement quasi inaudible. J'ai escaladé la berge pour revenir chez moi et j'ai téléphoné à mon père, qui était heureux d'avoir de mes nouvelles. Je lui ai demandé s'il avait envie d'avoir de la visite à Noël, lui ai expliqué que l'usine avait été réduite en cendres, que je n'avais pas d'argent pour des cadeaux et à peine assez pour la mensualité de mon emprunt.

Mon père avait une voix rauque, qu'il devait aux dépôts ferroviaires où il fallait se faire entendre pardessus les moteurs de locomotives, et aussi à la rotation des pipes dans la poche de ses chemises.

– Brucie, m'a-t-il dit, viens nous voir avec les filles. Comment va Sunny ?

– Elle a disparu, papa, et elle m'a laissé avec les deux filles.

– Tu l'as signalé à la police ?

– Je ne crois pas que ce soit ce genre de disparition.

Je l'ai entendu pousser un profond soupir. Il n'avait rencontré Sunny qu'une seule fois, à un barbecue du 4 Juillet, mais il avait été sous le charme parce qu'elle tenait bien l'alcool, fumait des cigarettes et tolérait sa pipe. Lors de ses dernières années d'adolescence, Sunny avait été *hobo*, une vagabonde qui sillonnait le pays en chemin de fer. Elle en avait parlé avec mon père et il avait été stupéfait qu'une aussi belle fille ait survécu à une telle odyssée. Sur mon frigo, fixée par un aimant, j'avais une photo de papa et Sunny : il lui passait la main autour de la taille – elle, une main autour de son épaule, une cigarette aux lèvres, lui sa pipe entre les dents et sa casquette de contrôleur bleu et blanc, joyeusement de travers.

– Elle va revenir, m'a-t-il dit, et ne la laisse plus jamais filer. Entendu ? On lui trouvera de l'aide. C'est pas facile d'arrêter la bibine, mais c'est pas impossible. Ta mère et moi pouvons descendre vous aider s'il le faut.

– Ouais, mais je suis pas sûr qu'elle revienne un jour.

– Elle reviendra, m'a-t-il assuré. Elle reviendra.

– Je t'aime, papa.

– Moi aussi, fiston. À bientôt.

De mémoire d'homme, c'était le premier hiver où la rivière gelait et je ne pouvais m'empêcher de penser que toutes les années précédentes, c'était l'usine de papier et ses excréments chauds qui avaient enrayé le gel. Certains jours, je me postais à la fenêtre, contemplais l'artère d'eau figée et je pensais à ma flasque, en me demandant où elle en était de son périple le long du Mississippi. Il m'arrivait alors de songer à quitter le Wisconsin avec les filles pour un endroit plus chaud, mais il y avait encore une chance que Sunny revienne (elle trouverait alors une maison habitée par des inconnus), et cette pensée me perturbait tout autant que la commode de ma chambre remplie de ses vêtements et de sa lingerie.

J'ai dit aux filles que leur mère était en congé, ce que je ne considérais pas comme un mensonge total car, dans un sens, ai-je raisonné, c'était exactement ce qu'elle avait fait. Elle avait pris congé de la maison.

Noël a été réussi. Papa et maman avaient acheté une pile de cadeaux énorme et il était évident que les filles n'avaient jamais rien vu de tel le matin de Noël. Il y avait des poupées, des vêtements, des bonbons, des jeux de société, et papa avait apporté tout un attirail d'objets ayant trait au chemin de fer, que les filles, a-t-il dit, devraient partager avec leur mère.

Pendant cette matinée, profitant d'un moment où maman était à quatre pattes avec les filles et les aidait à habiller des poupées, papa m'a tapoté l'épaule et m'a tendu deux cadeaux enveloppés de papier journal, son style personnel d'emballage.

– Un petit quelque chose, m'a-t-il dit.

– Papa, ai-je protesté. Je ne t'ai rien acheté, moi. Tu n'aurais pas dû.

– Ferme-la et ouvre-les.

Le premier cadeau était une boîte de cigares Cohiba et, en examinant les marques sur la boîte en cèdre, j'ai compris qu'elle n'avait pas transité par les douanes américaines.

– Papa, tu sais que je ne fume que des White Owls. Des Swishers à l'occasion.

– Il serait grand temps que tu perdes ces sales manies. Ouvre l'autre.

C'était une vieille flasque cabossée et ornée de la gravure d'une femme allongée, nue. Le flacon m'a semblé lourd, je l'ai agité : un liquide a clapoté.

– C'est du Maker's, m'a-t-il dit. Elle était pleine, mais tu sais ce que c'est. Disons que j'ai prélevé une taxe.

J'ai expliqué à mon père que c'était étrange : quelques semaines auparavant, j'avais justement jeté dans la rivière celle que mon meilleur ami m'avait donnée.

– Ne t'amuse jamais à jeter celle-ci dans la rivière. Sinon je te déshérite. C'est la flasque avec laquelle ton grand-père a fait la guerre. (Je l'ai palpée, soupesée.) Tu ne connais sans doute pas son histoire, si ?

Nous sommes descendus au sous-sol, dans l'atelier où ses outils étaient suspendus à des clous au mur, méticuleusement espacés et entretenus. Il y avait deux vieux relax, des fauteuils qu'il avait utilisés à l'étage et qui, au fil des ans, étaient devenus si tachés et élimés que ma mère les avait relégués dans ce salon souterrain, où papa passait des heures à fumer ses pipes en lisant Zane Grey.

La flasque avait appartenu à mon grand-père paternel, Gus, membre des troupes aéroportées parachutées en France vers la fin de la guerre. L'avion avait esquivé les tirs de l'artillerie allemande et avait dû modifier son plan de vol. Gus et ses camarades avaient donc été contraints de sauter dans des bois truffés de soldats ennemis qui les avaient canardés pendant leur chute au ralenti, les parachutes comme des champignons blancs bien visibles dans le ciel bleu. Gus avait vu ses amis mourir, certains horriblement mutilés lors de leur descente en terrain hostile. D'autres avaient tranché les liens de leur parachute, préférant risquer une chute brutale plutôt que de rester trop longtemps à découvert, en cible facile. Mais Gus n'avait pas bougé, il était tombé en pensant au Wisconsin, à ma grand-mère, il avait bu quelques gorgées de la flasque en étain, il avait prié pour sa survie ou sifflé *Over the rainbow*, mais surtout il avait goûté le moment, s'émerveillant du patchwork sous ses yeux, vision de beauté pastorale et d'atrocités de guerre. Peu après avoir atterri, toujours vivant, il avait remis la flasque dans la poche de sa chemise où il avait promptement reçu une balle qui avait ricoché sur le métal pour se planter dans un bosquet de chênes. Après, Gus n'allait nulle part sans sa flasque, même quand il travaillait comme agent d'entretien dans un lycée, où il se réfugiait parfois dans un placard à balais pour écouter les commentaires de parties de base-ball de Milwaukee sur son transistor, saturant le petit espace de fumée de cigarette et savourant son brandy ou son autre boisson du jour.

– Elle porte chance, m'a dit papa. Ta mère cherche toujours les trèfles à quatre feuilles dans la pelouse, mais j'ai plus les genoux pour ce genre de connerie. Sans compter qu'on peut boire un coup avec ça.

Il m'a donné une tape sur le genou, j'ai levé la flasque et bu de l'alcool pour la première fois depuis des semaines. Il avait un goût de métal chaud et de feu, mais aussi de caramel. Papa a tendu la main et nous avons passé un moment à boire, tous les deux, jusqu'à ce que maman nous appelle du haut de l'escalier et que nous remontions à la lumière.

– Un peu de chance me ferait pas de mal, ai-je dit à mon père.

– Comme à tout le monde, a-t-il répondu.

À la fin janvier, les vestiges de la papeterie ne fumaient plus. J'ai entendu dire qu'il n'y aurait pas de reconstruction, que la maison mère consolidait ses opérations et que l'usine où j'étais allé en vélo cinq fois par semaine n'était plus rentable, ne l'avait même pas été avant l'incendie, et qu'elle ne rouvrirait sans doute jamais ses portes. Mais j'ai reçu un appel de mon ancien chef d'équipe, Bud, m'annonçant que le groupe m'avait trouvé un emploi dans une autre usine, située sur la langue de terre de Floride, dans une ville du nom d'Apalachicola.

– C'est une promotion, m'a-t-il expliqué. Tu auras le même genre de poste que celui que j'avais.

– Bud, lui ai-je dit, ne le prends pas mal, mais ton boulot consistait surtout à rester dans ton bureau et à lire des *Playboy*.

– Meilleur boulot de ma vie, répondit Bud.

J'ai appelé mon père.

– Qu'est-ce que t'en penses ? Et pour les filles ?

J'ai deviné qu'il était dans son atelier : j'entendais le volume réduit de son transistor, le doux frottement de coups de balai, le claquement feutré d'outils qu'il rangeait.

– Elle te retrouvera, a-t-il dit. Elle te retrouvera ou elle nous retrouvera. Quoi qu'il en soit, c'est une offre que tu ne peux pas refuser. Il faut que t'y ailles. D'ailleurs, ta mère a envie de changement. Elle n'arrête pas de parler de ces caravanes Airstream.

Des saloperies monstrueuses, si tu veux mon avis, mais tu sais comment ça se passe. J'ai pas le choix.

– Mais papa, je peux pas partir comme ça, avec les filles. Elles sont pas à moi. Pas légalement.

– Faut entamer les démarches. Les adopter. J'ai un ami qui est juge. Lance la procédure avant de partir.

– Elle me manque, lui ai-je dit. Elle était complètement frappadingue, mais elle me manque.

– Elle te retrouvera, a-t-il répété.

Je l'imaginais hocher la tête d'un air assuré. Il l'aimait aussi.

– Je t'aime, papa.

– D'accord fiston. Tiens-moi au courant.

Le panneau À VENDRE était planté dans la pelouse en pente douce et j'ai passé le printemps à peindre la maison tandis que les filles étaient à l'école. Ce fut le moment le plus heureux de ma vie. Le matin, je déboulais dans leurs chambres, ouvrais les volets en chantant. Elles me jetaient des oreillers, mais elles coopéraient toujours, ravies que je ne leur dise pas comment s'habiller ou se coiffer. Je prenais le temps de leur préparer un repas chaud pour le petit-déjeuner – pancakes, saucisses, œufs brouillés et bacon – et, en attendant le ramassage scolaire, nous nous attablions dans la cuisine ou nous nous installions dans la véranda pour manger ensemble ; elles aimaient boire mon café dès que j'avais le dos tourné, ou ajouter d'énormes cuillerées de sucre dans ma tasse.

Une fois les filles parties, je sortais une radio sur la pelouse, suivais le base-ball ou écoutais parfois des vieux classiques de rock'n'roll. Je discutais avec mes voisins et, de jour, le quartier était complètement différent, sympa, avec des couples âgés qui se baladaient ensemble en se tenant la main. Ou les pêcheurs hmong qui descendaient à la rivière, avec leurs seaux, cannes et boîtes d'appâts – ils s'arrêtaient parfois en rentrant pour me montrer leur prise.

Un jour, perché sur l'échelle, j'ai aperçu les sœurs du coin de l'œil : elles sortaient d'une vieille voiture et s'approchaient de la porte arrière de leur maison. L'une d'elles tenait Geronimo entre les mains et il avait l'air aussi négligé que la nuit où nous l'avions trouvé.

– Hé ! ai-je hurlé. Hé, c'est mon chat que vous avez ! C'est mon putain de chat, bordel ! C'est Geronimo !

J'ai presque sauté de l'échelle et renversé un plein pot de peinture sur la pelouse. Soit elles ne m'entendaient pas, soit elles faisaient semblant, mais elles sont rentrées dans leur sombre demeure au moment où mes pieds touchaient terre. J'ai traversé la rue en courant, je suis entré dans le jardin à l'arrière de leur maison, j'ai frappé à leur porte moustiquaire, mes poings déformant le cadre en aluminium bon marché.

– Ouvrez !

Je frappais furieusement ; les vis mal serrées et les trous de la vieille moustiquaire m'entaillaient les doigts et les paumes des mains.

– Ouvrez la porte, bordel de merde, et rendez-moi Geronimo !

Un store déglingué s'est entrouvert et j'ai vu deux yeux se plisser. Profondément ridés et cernés, les yeux caves qui me fixaient étaient rouges de colère. J'ai entendu une des sœurs dire « Casse-toi ! » d'une voix rauque. Puis le store s'est refermé et le silence est revenu.

– Pas question, ai-je répondu en subodorant la suite des événements.

Ma vie entière, j'avais sans doute été trop docile. Il m'arrivait d'y penser et de m'interroger sur ce que ça m'avait rapporté. Ça m'avait suffi pour trouver ce boulot d'ouvrier, emmerdant et anonyme. Suffi pour perdre de vue mon meilleur ami du lycée. Suffi pour piéger Sunny mais pas la garder. Et je n'avais aucune garantie que celui que j'étais arriverait à garder ces deux fillettes dans sa vie. Je me suis soudain senti traversé d'un courant de rage et de furie. Furie à la pensée que j'allais me faire dépouiller, incapable de me défendre.

– Et merde ! ai-je dit en arrachant à mains nues le battant moustiquaire de ses charnières.

J'ai entendu une des sœurs pousser un cri de sorcière. J'ai donné un coup de botte dans la porte en bois miteuse de leur taudis. Je frappais fort et en cadence.

– Ouvrez, bordel ! C'est mon chat, vous m'entendez ?

Les stores se sont à nouveau écartés, et cette fois-ci deux paires d'yeux rouges me dévisageaient, bordés de peur. Les sœurs.

– C'est notre chat, ont-elles crié. Notre Jerry !

– Même pas en rêve, ai-je ricané. Écartez-vous, salopes ! Sunny avait raison à votre sujet.

Lorsque les filles sont rentrées de l'école dans l'après-midi, des voitures de police étaient garées n'importe comment dans notre rue, gyrophares allumés, et je me souviens leur avoir fait signe tandis que le car de ramassage jaune s'arrêtait devant la maison, tous les petits visages collés aux vitres embuées. Elles ont accouru vers moi dans un élan de désespoir et d'amour digne de l'accueil de papi Gus quand il était rentré de la guerre. Geronimo était entre mes mains, tout puant d'avoir été maltraité, mais les filles ont frotté leur visage contre sa gueule défaite. Le policier qui me questionnait s'est assis à côté de moi sur l'herbe et a enlevé sa casquette.

– Quelle journée ! a-t-il dit.

– J'en ai eu de meilleures.

Ma peau me démangeait, mes yeux étaient rougis par les allergies.

– Il n'y aura pas de poursuites, m'a-t-il informé.

– Qu'est-ce que je risquais ? ai-je demandé en mettant Geronimo entre les mains impatientes des filles.

– Premièrement, voies de fait ; deuxièmement, effraction. La leçon à en tirer : quand on a envie de jouer à Dirty Harry, mieux vaut entrer par effraction dans un labo de meth. Vous avez eu de la chance, c'est tout. Les tribunaux voient ce genre de saisie d'un mauvais œil.

– Elles avaient volé notre chat.

Le flic a pris ma déclaration, montré son arme de service aux filles, puis il nous a laissés sur le trottoir. Geronimo a roulé sur le dos, exposé son ventre aux taches répugnantes, et s'est laissé caresser par les filles.

– Rentrons, leur ai-je dit. Mettez-le tout de suite dans la baignoire. C'est votre chat. À vous de le nettoyer.

Sans discuter, les filles se sont précipitées à l'intérieur avec Geronimo et je me suis traîné jusqu'au réfrigérateur en quête de bière. J'avais le visage bouffi, la peau couverte de graisse et de squames de Geronimo. Le printemps battait son plein, le parfum des lilas flottait lourdement dans l'air, une poussière de pollen jaune avait envahi les rues, les fleurs perçaient la terre en dégel, fières comme des sagaies. Je me suis assis sous la véranda et j'ai allumé un

Cohiba avec un bâtonnet de cèdre enflammé. J'ai bu ma bière en observant la rivière se déhancher entre ses berges. Les filles lavaient Geronimo dans la cuisine, j'entendais leurs rires et le bruit des éclaboussures d'eau savonneuse.

La maison s'est vendue le lendemain et, quelques semaines plus tard, les banques m'ont adressé un chèque avec deux chiffres de plus que ceux que j'avais l'habitude de voir. Les filles et moi avons célébré l'événement en allant à l'aquarium de Chicago, où elles ont été impressionnées par les tortues d'eau, les requins et les orques, même si elles parlaient encore de ma carpe, de la sensation de ses flancs de colosse sous leurs petits doigts et du bruit atroce de sa grosse respiration.

Elle n'est jamais revenue pour nous, pour moi, et elle a fini par devenir un nom que nous ne prononcions plus, puis, plus tard, elle est devenue la pensée bénigne et éphémère d'une époque de notre vie à la fois douce et triste. Les filles demandaient parfois où elle était, mais d'une voix distante – ma réponse sous forme de haussement d'épaules leur suffisait. Mes parents ont vendu leur maison dans le Wisconsin et ont emménagé dans un camping résidentiel proche de chez nous. Ils ont suspendu des guirlandes de Noël en forme de piments à leur Airstream et, devant l'ogive argentée de leur maison, sur une étendue verte de gazon synthétique, ils ont installé une table de pique-nique, plusieurs chaises, et nous leur rendons visite le soir, mangeons des crevettes bouillies et buvons des Budweiser dans des canettes en aluminium perlées de gouttelettes.

J'ai acheté une laisse bleue incrustée de strass pour Geronimo. Après dîner, nous allons nous promener sur la plage avec les filles. Elles aiment le regarder marcher sur la pointe des pattes dans le sable et fuir les vagues qu'il pourchassait un instant auparavant. Ma mère aide les filles à chercher des petits oursins dans le sable tandis que papa et moi flânons derrière elles, parfois d'un pas chaloupé du même bonheur houblonné, et nous partageons à l'occasion un Cohiba. Nous retroussons nos pantalons jusqu'aux genoux – nos orteils portent encore le blanc des hivers du Wisconsin, mais ils bronzent chaque jour davantage. Papa m'a dit : « Je crois qu'elle reviendra, champion. J'en suis même sûr. Faut pas être pressé. C'est comme ça, les gens des chemins de fer. C'est la lenteur ferroviaire. » Puis il m'a posé une main sur l'épaule et, à partir de ce moment-là, j'ai tourné la page. L'air de la mer me suffit et je me contente de la fine danse des palmiers nains, aussi nouvelle qu'exotique, de mon petit bureau surclimatisé et des numéros d'un magazine en papier glacé qui s'empilent dans mes tiroirs vides.

## Pommes

Lyle était diabétique et les docteurs lui avaient déjà coupé deux orteils. Il lui arrivait de chanceler un peu, mais c'était un costaud, avec de grosses mains, et la plupart des gens ne remarquaient que sa forte carrure et ses bras noueux. Heureux propriétaire d'un grand sourire, il se frottait les mains quand il était joyeux et son bonheur était communicatif. Le dimanche, à l'église, les gens qu'il saluait se surprenaient à l'imiter et de larges sourires s'affichaient sur leurs visages radieux.

Il avait vendu de l'électroménager toute sa vie, jusqu'à ce qu'un jour le nouveau patron réunisse tous les vendeurs et leur annonce qu'ils n'avaient plus de boulot. Sans fanfare ni paroles d'encouragement. Ils sortirent tous sur le parking hachuré de jaune, la porte se verrouilla et l'écriteau OUVERT se changea en FERMÉ. Lyle rentra chez lui ce jour-là et tondit le gazon. Il mania avec grand soin la vieille tondeuse rouge Snapper, s'appliquant à tracer de belles diagonales sur la pelouse. Il remplit les mangeoires à oiseaux. Nettoya les gouttières. Il termina sa litanie de corvées et ce n'était pas encore l'heure de déjeuner. Il se planta dans l'allée en se grattant la tête.

Lorsque son épouse rentra ce soir-là, il lui annonça la nouvelle. Ce n'était pas une grande surprise. Les affaires tournaient au ralenti au magasin.

– Eh bien, lui dit-elle en souriant. Tu vas pouvoir faire ce que tu veux, maintenant.

Il frappa du poing quelques coups feutrés sur la table de la salle à manger.

Elle lui sourit et tendit le bras pour lui frotter les épaules, tout en os et en muscles.

– Qu'est-ce que tu penses vouloir faire, maintenant ?

– Je n'ai jamais eu besoin d'y penser avant, répondit-il en regardant la table. J'ai toujours eu un endroit où aller le matin.

Elle lui prit la main et lui sourit. Il observa la moquette qui lui sembla soudain vieille, ce qu'il n'avait jamais remarqué auparavant.

Ses frères, agriculteurs, exploitaient des terres au sud de la ville, près d'un village du nom de Strum. Ils lui proposèrent du travail, payé au noir, en liquide. Ils étaient propriétaires de biens locatifs dans les environs de Strum et les appartements avaient besoin d'entretien. Lyle fit donc les trente minutes de trajet en pick-up tous les matins, la benne pleine à craquer de scies, outils et chutes de bois de construction.

Toutes les fermes employaient des Mexicains, hébergés dans des appartements appartenant à ses frères. Lyle ne parlait pas espagnol. Quand il entrait chez eux, les locataires lui souriaient et certains s'asseyaient sur un lit ou à la table de la cuisine, et le regardaient à l'œuvre. Il avait toujours travaillé en équipe et il aimait la compagnie des Mexicains, même s'il était incapable de leur témoigner sa sympathie.

Parfois, quand il était à genoux pour mesurer une planche, il lui arrivait de montrer son pick-up du doigt et de dire à un enfant :

– Marteau, *por favor*.

Puis il mimait un coup de marteau. L'enfant courait dans le véhicule et lui rapportait ce dont il avait besoin.

– *Gracias*, disait-il à l'enfant.

– De rien, lui répondait-il.

Les mères étaient toujours souriantes avec Lyle et lui préparaient parfois de forts cafés solubles. D'autres fois, elles partageaient avec lui des tortillas chaudes et des haricots noirs, et une espèce de silence heureux et gênant s'installait entre eux. Il passait ces repas à se creuser la cervelle pour se souvenir de mots en espagnol, n'importe lesquels. Il terminait souvent le déjeuner en souriant, puis il faisait un signe de tête et disait : « *Gracias.* » C'était son mot préféré en espagnol.

Un soir, attablés à la cuisine avec sa femme, ils écoutaient le mécanisme de la vieille horloge. Maintenant que leurs enfants avaient quitté le nid et vivaient disséminés en Amérique, les soirées tournaient toujours autour du dîner et de la télévision. Ils aimaient s'endormir devant l'écran bleuté, sous une couverture.

– Comment ça va ? demanda-t-elle.

– Il ne reste pas grand-chose à faire. J'ai peur de me faire virer par mes propres frères.

– Allons, allons, tu n'as pas été viré, dit-elle en souriant.

– Pas encore.

– Non, je veux dire avant. Tu as été licencié, c'est tout. Ça arrive tous les jours.

– Je sais. Mais ça revient à peu près au même, en fin de compte, non ? On se retrouve sans boulot.

Ils se turent un moment. Il prit sa tasse de café et se frotta les pieds sur la moquette. Il n'avait plus beaucoup de sensation dans les pieds, mais il se gardait bien d'en parler. Il craignait toujours de perdre d'autres orteils. Il ne voulait pas finir en fauteuil roulant. Il lui arrivait de faire des rêves qui défilaient comme une vieille bobine de film, dans lesquels il retrouvait son corps d'adolescent et courait, un ballon de foot sous le bras. Il se réveillait de ces rêves, un sourire mélancolique aux lèvres.

– Tu es triste ? lui demanda sa femme.

Elle avait les cheveux longs et presque entièrement blancs, mais son visage restait jeune et ses joues colorées.

– Non, je ne suis pas triste. Mais le truc, c'est que tu te sens important quand t'as du boulot. Les gens ont besoin de toi. Mes clients me manquent. Tout me manque : me rendre utile, me sentir important.

– Oh, Lyle, tout le monde sait à quel point tu es important.

Elle prit sa main noueuse dans la sienne. Les docteurs l'avaient prévenu que ses mains deviendraient de plus en plus noueuses et que, avec l'âge, elles perdraient leur cartilage et leurs muscles, à cause du diabète. Il lui arrivait de ne pas reconnaître ses mains et ses pieds.

– Je suis toujours important à tes yeux ? lui demanda-t-il doucement, la tête baissée.

– Oh, Lyle, chuchota-t-elle.

Elle ne dormait jamais profondément parce qu'elle redoutait ses crises de diabète. Elle n'arrivait pas à dormir alors qu'il risquait de succomber dans la nuit. Il avait environ deux crises par an, et elle se réveillait dans les draps trempés de transpiration, son mari en proie au délire, incapable de communiquer ses symptômes. Elle courait au frigo et lui versait un verre de jus d'orange. Elle le forçait à manger des barres chocolatées et du beurre de cacahouète. Mais elle ne trahissait aucune peur, elle devait rester calme pour lui. Ils partaient en ambulance, elle lui tenait la main, les lumières rouges et bleues clignotaient. Il détestait l'idée d'être vu par ses voisins lorsqu'il était évacué en ambulance.

Elle craignait presque tous les jours de devenir veuve. Ils étaient mariés depuis plus de trente ans. Elle disait parfois aux femmes de son club de lecture qu'à ses yeux il était comme un soleil, une lune ou les étoiles. Ce n'était pas seulement dû à son grand amour pour lui. Elle avait l'impression qu'il avait véritablement peuplé sa vie depuis aussi longtemps que ces corps célestes. « Comment pourrais-je sortir du lit sans lui ? » leur demandait-elle. « Comment pourrais-je m'endormir sans Lyle ? À quoi bon manger ? » Ce n'étaient pas des questions de pure forme. Elle les posait parce qu'elle ne savait pas y répondre.

En l'espace de trois mois, les frères de Lyle furent à court de boulots à lui confier. Il avait remis en état tous leurs appartements, puis il avait travaillé dans leurs maisons personnelles. Il avait réparé les portes de garage cassées, les moustiquaires, les serrures. Il avait mis à niveau tous les frigos, vérifié l'écoulement et l'électricité de toutes les machines à laver. Ses belles-sœurs l'avaient aiguilloné sur les robinets qui fuyaient et l'emplacement de souris mortes. Elles lui avaient fait du café et demandé comment se passait sa retraite.

– Eh bien, je ne suis pas complètement à la retraire, disait-il. La preuve, je suis ici en train de travailler.

– Mais tu n'as pas *envie* de prendre ta retraite ? lui demandait tout le monde.

– Je ne sais pas, disait-il. Ça m'est encore jamais arrivé.

Le soir le plus chaud de l'été, Lyle regardait son frère cadet jouer au softball sur un terrain de baseball encerclé de maïs, à l'orée de Strum. Il était adjacent à un bar qui parrainait la ligue de softball, dont les néons bleus et rouges brillaient comme une promesse ou une récompense. Assis dans les tribunes, Lyle et quatre autres de ses frères buvaient pichet sur pichet d'une bière fraîche et dorée. C'était une bière ordinaire, que Lyle avait bu par fûts entiers à la fac mais, ce soir-là, assis sur les gradins avec ses frères, regardant la balle s'envoler si haut dans l'air épais du mois d'août, elle n'avait jamais eu aussi bon goût. Elle avait un goût de miel. Un goût de beurre. Un goût de pissenlit. Un goût d'été. Les frères en descendaient un pichet après l'autre. Ils allaient dans le bar à tour de rôle pour faire le plein et, avec la climatisation, ils se sentaient déjà seuls et impatients de rejoindre la foule. Ils décortiquaient des cacahouètes et jetaient les coques sous les gradins. Ils regardèrent leur frère cadet frapper la balle d'un coup sec et l'envoyer dans le champ extérieur. Ils rirent de lui quand il se précipita à bride abattue et plongea la tête la première dans la troisième base comme un Pete Rose en costume imbibé de gazoline[1]. Ils formèrent une petite chorale pour l'encourager jusqu'à la troisième base où il salua d'une grande révérence de matador victorieux. Les autres spectateurs éclatèrent aussi de rire. Tout le monde connaissait les frères.

– Dieu que cette bière est bonne, dit Lyle.

– C'est seulement parce qu'il fait chaud, répondit un frère.

– Non, objecta un autre avec grandiloquence. Cette bière a un goût fantastique parce que nous partageons une soirée unique en Amérique, et que je suis avec mes frères !

– Assieds-toi, espèce de couillon, dirent-ils en riant.

Le frère grandiloquent s'assit et but avec avidité. À l'horizon, les craquelures zébrées d'éclairs lointains perçaient le bleu et le noir du ciel.

– Ce sont des éclairs de chaleur, dit Lyle.

– Ça n'existe même pas, dit un frère.

– Où est la pluie, dans ce cas ?

---

1. Référence à une citation du célèbre champion Pete Rose : « Je traverserais l'enfer en costume imbibé de gazoline pour pouvoir jouer au base-ball. »

– Elle arrive.

– On peut déjà la sentir.

– C'est l'ozone.

– Un vent qui souffle d'un endroit plus frais, dit le frère grandiloquent.

– Il fait pas si frais que ça dans le Minnesota.

– Un vent qui se déplace comme l'Amérique, dit le frère grandiloquent.

– Nom de Dieu ! répliquèrent à l'unisson ses frères soûls.

Alors que la partie se terminait, un mur de pluie s'abattit sur le terrain, noircissant la terre marron pâle du champ intérieur. Le petit groupe de supporters se dispersa dans les véhicules, les frères se séparèrent et zigzaguèrent vers leurs pick-up. Lyle se sentait ivre et heureux, mais aussi d'humeur belliqueuse. Il trouva son pick-up et alluma les feux. Il voulait boire une autre bière. Il n'avait pas envie que la soirée finisse. Il se sentait jeune, invincible.

Il repartit chez lui en roulant lentement. Il avait une très mauvaise vision nocturne et, avec les rebonds de pluie sur les vapeurs chaudes de la route, il avait encore plus de difficultés à distinguer les bords de la voie. Il se courba sur le volant, s'épongea le front, et essuya l'intérieur du pare-brise qui s'embuait rapidement.

Lyle s'aperçut soudain qu'il n'avait presque plus d'essence. Il s'arrêta dans une station-service qui vendait de la bière fraîche. Il fit le plein, remplit le jerrycan qu'il gardait dans la benne de son pick-up et courut dans la boutique où la climatisation glaça sa peau humide. Il s'approcha du mur de réfrigérateurs et choisit un paquet de six canettes brunes. Il se dirigea vers la caisse avec une poignée de dollars trempés.

– Fait un temps de chien, lui dit l'employé, un adolescent.

Les vêtements de Lyle dégoulinaient sur le comptoir.

– Et dix dollars de cartes à gratter.

– Pas de problème, répondit le jeune en arrachant les cartes d'un énorme dévidoir brillant. C'est peut-être votre jour de chance.

Lyle régla le tout, puis, d'humeur désinvolte, décapsula une canette devant le comptoir et se mit à gratter ses cartes de jeu.

– Euh, monsieur… murmura l'adolescent.

– Oh, pardon, lui dit Lyle, plein de bière, invincible. Je ne t'en ai pas offert ? Je suis mal élevé.

Le jeune rougit, balbutia, prit le temps de vérifier que sa boutique était déserte, et scruta la nuit orageuse à l'extérieur.

– Bon, ben, d'accord.

Il s'empressa de descendre sa bière, en versa sur la peau grasse de son menton en buvant la première gorgée, comme s'il était décidé à liquider les preuves de son méfait avant qu'elles ne puissent l'incriminer.

Lyle avait gratté toutes ses cartes et n'avait rien gagné.

– Pas de bol, dit le jeune.

– C'est tout moi, dit Lyle.

– Je sais pas, vous avez l'air d'un type heureux. Mince alors, vous m'avez même filé une bière.

– Ma foi… commença Lyle.

Il se tourna vers la tempête, l'eau jaillissait du toit dans les gouttières. Une grenouille solitaire traversa le sol fumant. « Il n'y a pas autant de grenouilles qu'avant », pensa-t-il.

– On sait jamais quand la chance va cesser de nous sourire.

– Vous reprenez le boulot, demain ? demanda joyeusement l'ado.

– Non, répondit Lyle, un sourire amer aux lèvres. J'ai perdu mon boulot.

Sur ce, il quitta l'espace climatisé de la boutique et regagna son pick-up. Sur la banquette à côté de lui, il posa les quatre canettes de bière qui tremblotaient dans leur emballage de carton en un quartet mélancolique.

Il roula jusqu'au magasin et se gara dans le parking désert. Les appareils d'électroménager flambant neufs étaient figés : réfrigérateurs et congélateurs, machines à laver et sèche-linge, gazinières et cuisinières. Il ouvrit une autre bière et songea : « Ma vie était ici. Avec des machines. » Il s'apitoya brièvement sur son sort, puis il se tourna vers le jerrycan plein d'essence dans la benne du pick-up. « Foutu pour foutu… », dit-il en sortant sous la pluie.

Il contourna le bâtiment, le jerrycan à la main, et s'approcha des bennes à ordure, un endroit où il se croyait à l'abri des regards indiscrets. « Je vais faire cramer cette saloperie », bredouilla-t-il. Il tenta d'enflammer des allumettes sous la pluie, mais elles s'éteignaient tout de suite, l'une après l'autre. Le carnet d'allumettes fut bientôt entièrement détrempé, mais il persista dans l'averse, bataillant avec les allumettes et le grattoir humides.

– Merde !

Il prit le jerrycan et repartit vers son pick-up, maussade et détrempé, puis rentra chez lui.

– Ah, te voilà, lui dit sa femme. J'ai appelé tes frères et ils m'ont dit que le match était fini depuis plus d'une heure. Je me faisais du souci pour toi ! Es-tu soûl ?

– Peut-être un peu, reconnut-il. J'ai essayé de mettre le feu au magasin.

Elle rit.

– Eh bien, dis donc, t'as choisi une belle nuit pour mettre le feu.

Elle couvrit sa bouche et se tordit de rire.

– Qu'est-ce qui te fait marrer ? demanda-t-il d'une voix pâteuse, mais désormais joyeuse.

– Tu fais un piètre pyromane, gloussa-t-elle.

Elle le débarrassa de ses vêtements mouillés et ils firent l'amour dans le salon, par terre, sur cette moquette qu'il avait crue trop vieille et qu'il trouvait maintenant merveilleuse et douce. Ils s'y endormirent un moment, se réveillèrent au dernier éclat de tonnerre, dans le calme humide qui suivit. L'eau coulait sur la maison qui les protégeait et les gardait au sec. Ils regagnèrent leur lit et dormirent comme deux braises tièdes.

L'été s'écoula rapidement, comme toujours, et il continua sa petite vie avec une espèce de nonchalance qui lui rappela ses jours de lycéen. Le magasin lui manquait, tout comme ses clients qui abandonnaient les grandes surfaces pour venir se fournir auprès de lui. Les pauses café du matin en compagnie des autres vendeurs lui manquaient, ainsi que les jeudis soir où ils partageaient des bières et des cigares bon marché. Mais il commençait à s'habituer à sa nouvelle vie, il faisait du bénévolat à l'église et, le soir, il construisait des meubles dans son garage.

– Alors, lui demandaient ses frères. T'es à la retraite, ça y est ?

– J'envisage de devenir joueur de golf professionnel, plaisantait-il en gardant une mine sérieuse.

– Tout bien réfléchi, riaient-ils, ne change rien.

Un matin, à l'église, Lyle reçut une offre de boulot. Un professeur à la retraite propriétaire d'une grande pommeraie avait entendu dire qu'il avait perdu son emploi et il avait besoin de quelqu'un pour cueillir les derniers fruits. Le verger était un hobby pour lui. La plus grosse partie de la récolte avait déjà été cueillie, mais il restait des pommes tardives que l'on pouvait vendre comme appât pour cerfs. Il proposait de payer Lyle en liquide et l'autorisait à garder autant de pommes qu'il voulait. En serrant la main du professeur à la retraite, Lyle avait remarqué sa douceur et son élégance. Quelles vies différentes ils avaient vécues…

– Comment je saurai ce qui doit être fait ? lui demanda Lyle.

– Oh, vous vous débrouillerez très bien. J'ai seulement besoin d'une personne de confiance pour tout fermer avant l'hiver. Faites comme bon vous semble.

– Entendu.

Les bâtiments saisonniers étaient presque tous fermés lorsque Lyle arriva dans le verger. Il n'y avait pas un chat. Son pick-up était le seul véhicule du parking. Il avait apporté un petit-déjeuner léger, un thermos de café et un sandwich pour midi. Il resta un moment sur la banquette – les tic-tac du moteur chassaient la chaleur comme un métronome ralentissant la cadence. Il observa les arbres en suivant les rangées de la plantation. Il essaya de distinguer les dernières pommes de la saison s'obstinant aux branches dépouillées, mais il ne voyait pas assez clair. Il ne savait pas combien de temps ce travail allait durer et, pour la première fois, il s'interrogea sur l'utilité de la tâche. Il aurait peut-être mieux valu que les pommes tombent par terre et nourrissent les cerfs, les ours et les dindes sauvages. Il finit par hausser les épaules et se promena dans le verger. Puisqu'il n'avait ni directive ni urgence, il se contenterait d'improviser un système adéquat.

Il commença par l'arrière du verger et ramassa les pommes dans des caisses en bois vides, les triant selon leur qualité. Il vérifia si elles étaient véreuses ou becquetées par les oiseaux. Il repéra les signes de pourriture. Il recueillit celles tombées par terre dans des sacs à pommes de terre. En travaillant, il goûta plusieurs spécimens appétissants qu'il engloutit jusqu'au trognon.

« Des pommes gratuites, se disait-il. Toutes les pommes du monde jusqu'à plus faim. »

À quatre heures de l'après-midi, il avait classé les fruits par qualité dans le bâtiment principal et avait arrêté le travail. Il traîna les sacs à patates sur le côté et inscrivit sur un bout de carton : POUR CERFS EXCLUSIVEMENT. Le propriétaire arriva juste à ce moment en BMW noire. L'automobile étrangère était très silencieuse. Il regarda le travail de Lyle en souriant.

– Bon sang, vous les avez vraiment bien triées, dit-il. Je peux sans doute vendre quelques caisses à des épiceries. Nom d'un chien, j'en reviens pas, Lyle !

Lyle savait que le prof à la retraite n'avait pas vraiment besoin de plus d'argent. Mais il était visiblement très impressionné.

– Combien de temps dure ce boulot, normalement ? demanda Lyle.

– Je n'en sais rien, répondit le professeur en poussant des graviers du bout de son mocassin. Jusqu'aux premiers gels, sans doute. Ou jusqu'à ce que toutes les pommes soient cueillies. On devrait prier pour qu'il fasse beau.

Puis le prof serra la main de Lyle et remonta dans la BMW. Elle partit dans un tout petit bruit de graviers sous le châssis métallique. Lyle épongea la sueur de son front, remonta dans son pick-up et mordit dans une pomme.

Il aimait arriver au verger tôt. Le brouillard envahissait la vallée et était suspendu comme du tulle aux branches des petits arbres. Il faisait le tour de la plantation avant de commencer le travail et s'adossait parfois au tronc d'un pommier particulièrement vieux pour regarder les cerfs qui se promenaient dans le verger et mangeaient les fruits tombés dans la nuit. Il n'avait jamais chassé le cerf. Il appréciait l'architecture de leurs fines pattes et leurs grands yeux tendres. Il aimait les regarder bondir dans les champs de maïs, sous les points d'interrogation de leurs queues blanches. Il ne l'avait jamais dit à personne, mais il pensait que leurs corps avaient la fragilité et la beauté de meubles finement ornementés. La lune restait visible dans la matinée et il aimait la voir se déplacer dans le ciel tandis que le soleil se levait et que le brouillard nocturne s'évaporait comme un fantôme terrestre. Il portait une vieille canadienne à grandes poches qu'il remplissait de pommes qu'il dévorait tout au long de la journée.

– T'en as pas marre de manger des pommes ? lui demanda sa femme en faisant la vaisselle.

– Tu sais, il y en a des dizaines de variétés. Tu peux manger une variété différente à chaque heure de la journée.

– Je sais bien, mais tout de même… tu n'en as jamais marre, des pommes ?

– Elles sont sucrées. Et elles sont gratuites.

– Tu les manges en entier ou tu n'en prends que quelques bouchées ?

Il lui adressa un regard incrédule.

– Quoi ? demanda-t-elle.

– Je les mange en entier, évidemment. Je vois pas pourquoi je gaspillerais. Ça reviendrait à les voler.

Elle se mit à rire.

– Quoi ? demanda-t-il en souriant et en se frottant les mains.

– Tu n'es jamais repu ? poursuivit-elle en riant.

Elle avait un rire nasal et franc.

– Mais j'aime les pommes, dit-il.

Ils éclatèrent de rire ensemble. Ils rirent jusqu'à en avoir mal au ventre et le visage cramoisi.

Alors qu'il avait presque fini de récupérer les toutes dernières pommes dans le verger, un vieil homme se gara dans le parking. C'était l'heure de la pause déjeuner et Lyle mangeait un sandwich au salami dans la cabine de son pick-up en écoutant le bulletin d'information agricole à la radio. Il trouvait réconfortant d'écouter le présentateur citer les noms et la valeur de diverses marchandises. Bacon. Soja. Maïs. Il aimait l'idée que ces produits ordinaires aient une telle valeur que le monde devait être alerté de leurs fluctuations constantes. Il s'interrogea sur la valeur spécifique d'une bouchée de pomme. L'homme s'extirpa lentement de la cabine de son pick-up vétuste. Lyle sortit et s'approcha de lui pour lui serrer la main.

– Vous vendez des pommes pour cerfs ? demanda le vieil homme d'une voix chevrotante due à son grand âge.

– Eh bien, j'ai à peu près dix tonnes de pommes pour cerfs, mais je ne suis pas propriétaire des lieux. Je suis seulement le cueilleur et arboriste en chef.

Le vieil homme rit, puis cracha dans son mouchoir.

– Très bien, dit-il. Montrez-moi à quoi ressemble une tonne de pommes pour cerfs.

Lyle l'accompagna dans le bâtiment principal, où des dizaines de sacs à pommes de terre pleins de fruits talés et abîmés étaient alignés contre le mur métallique.

– Sapristi, dit le vieil homme, c'est bel et bien une dizaine de tonnes que vous avez là. Combien vous demanderiez pour, disons, trois de ces sacs ?

– Vous savez ce qu'on va faire ? Si vous reculez votre vieux tacot tout près des sacs, vous pouvez les prendre à l'œil. Mais j'ai pas envie de les trimballer jusqu'à votre pick-up.

– Marché conclu, dit le vieil homme.

Lyle chargea les sacs dans la benne du pick-up et, quand il eut fini, il épongea la sueur de son front et s'adossa au fidèle véhicule d'un jaune défraîchi. La radio diffusait le même bulletin d'informations agricoles que celui qu'il écoutait juste avant.

– J'adorais les pommes dans le temps, confia le vieil homme.

– J'en mange une vingtaine par jour, répondit Lyle. Ma femme pense que je vais me transformer en pomme.

– Nous avions un petit verger quand nous étions jeunes mariés, dit l'homme en levant les yeux vers le ciel d'un bleu intense, sans le moindre nuage. C'était pas grand-chose, seulement une dizaine d'arbres. Vous savez combien de pommes ça donne, dix arbres ?

Lyle rit.

– Je suis bien placé pour le savoir.

– Dix arbres donnent environ un million de pommes. On finit par plus savoir où les mettre, ces saletés. Par plus savoir comment les manger. Compote. Chutney de pommes. Salades de pommes. Cidre. Pommes séchées. Je cachais des pommes dans le lit, du côté de ma femme, avant qu'elle s'endorme. J'en glissais quelques-unes dans sa taie d'oreiller, et d'autres vers ses pieds. Ça la rendait folle.

Le truc, c'est que, dans ma tête, j'ai presque oublié certains aspects d'elle. Il m'arrive d'entendre sa voix, mais c'est la voix qu'elle avait avant de mourir, pas celle de notre jeunesse. Pas de notre jeunesse quand nous avions ce verger. Je vois bouger ses lèvres, ses jeunes lèvres, mais elle est muette. Je n'entends rien. Ou peut-être que je suis dur d'oreille, qui sait ? Bon Dieu, je le sais bien, que je suis sourd.

Il montra l'énorme appareil antédiluvien qu'il avait dans l'oreille.

– Comment avez-vous rencontré votre femme ?

Le vieil homme gratta les taches de vieillesse sur son crâne tanné. Puis il sourit et Lyle remarqua qu'en dépit de leur usure ses dents restaient blanches.

– Nous avons grandi ensemble. Dans la même ville agricole proche du Mississippi. Je l'ai toujours aimée, mais j'étais poltron et je ne lui ai jamais adressé la parole. Nous étions dans une école à classe unique, la dernière de la région, nous deux sur un total de douze élèves, vous vous rendez compte ? J'ai passé quinze ans de ma vie à côté de ma femme sans jamais lui dire un mot. Je me bornais à fixer sa nuque et ses chevilles. Je me souviens de ça, tiens. Oui, je me souviens encore de ses chevilles.

Juste avant la guerre, nous avons fini nos études sans que je lui aie dit ce que je ressentais pour elle et je n'aurais sans doute jamais osé. Je comptais reprendre la ferme de mes parents et elle devait aller poursuivre ses études à Chicago. Mais figurez-vous qu'au mois d'août, avant qu'elle parte pour Chicago, nous sommes allés à la foire du comté. Personne ne ratait cela. À l'époque, personne ne manquait la foire. J'y ai retrouvé des copains, on a acheté une bouteille et on s'est planqués derrière un chapiteau pour la descendre. J'étais bien imbibé, et voilà que je l'ai vue se promener avec un jeune lascar qui était dans la même classe que nous à l'école. Je suis entré dans une colère noire ! Le fait d'avoir bu n'a pas aidé, bien sûr, mais j'avais l'impression de bouillir. Parce que j'ai compris que j'allais la perdre pour de bon !

Il cracha dans la terre et les graviers, s'essuya le menton, et se fendit d'un énorme sourire. Lyle cracha à son tour.

– Alors je les ai suivis. Je les ai suivis jusqu'à ce qu'ils arrivent à la mailloche. C'est un stand où l'on doit frapper un plateau avec un marteau et qui mesure la force du coup. Le but du jeu, voyez-vous, est d'essayer de frapper fort pour qu'un contrepoids en plomb monte au ciel et fasse sonner la cloche de façon à ce que les badauds se retournent et disent : « Mince alors, c'est un costaud. » Eh bien, c'est là que le jeune gars l'a emmenée, puis il a donné sa pièce au forain et il a asséné son coup de mailloche.

Ding ! Ce petit fumier avait réussi à faire sonner la cloche ! J'étais vert de rage. Le forain a tendu un animal en peluche à ma femme et ils s'apprêtaient à continuer leur promenade quand je suis sorti de la foule, complètement bourré. « Monsieur, je parie que je peux faire sonner cette cloche plus de fois que vous », je lui ai lancé. Le gamin était stupéfait. Nous nous connaissions de l'école, bien sûr, et il a bien dû voir que j'étais soûl, alors il a accepté le défi. Comme nous n'avions pas beaucoup d'argent, nous avons décidé de faire une partie en cinq coups. Le vainqueur serait celui qui sonnerait la cloche le plus de fois. Puis le gars s'est tourné vers moi et m'a dit : « Et qu'est-ce que le vainqueur gagnera ? » Alors j'ai regardé ma femme et répondu : « Le droit de raccompagner cette jeune fille chez elle. » La foule s'est tue. Puis elle s'est emballée, devenue tapageuse. Nous avons retroussé nos manches comme des cheminots. Nous avons déboutonné nos chemises. Et nous avons commencé à cogner. Après cinq coups chacun, nous étions *ex æquo* ! La foire était silencieuse comme le parvis de l'église un dimanche. La cloche sonnait toutes les minutes. Nous avons enchaîné sur cinq autres coups. Toujours *ex æquo*. Le forain nous laissa continuer sans payer et se contenta de nous regarder. Nos mains étaient en sang. On était luisants de sueur, comme des chevaux. Des gamins venaient nous apporter des limonades. Enfin, au quarante-quatrième coup, j'ai damné le pion à cet enfoiré. C'était un brave type – du reste, il est venu à notre mariage des années plus tard.

– Et votre femme ? demanda Lyle. Vous l'avez raccompagnée chez elle ?

– Non, répondit-il en riant. Elle est partie après les cinq premiers coups de mailloche. Elle m'a dit qu'elle avait honte et n'aurait jamais accepté de quitter la foire au bras d'un ivrogne. Elle m'a dit qu'elle n'était pas une peluche que je pouvais gagner et ramener à la maison, ce en quoi elle avait tout à fait raison, bien entendu. Le lendemain, je suis allé lui rendre visite dans la ferme de sa famille – c'est d'ailleurs là qu'on s'est mariés –, nous avons trait les vaches ensemble, je l'ai aidée à faire ses corvées et elle m'a dit que j'avais gaspillé quinze ans de notre vie à contempler ses chevilles, parce qu'elle aussi était amoureuse de moi.

Le vieil homme se retrancha soudain dans le silence. Il aspira un peu d'air dans ses poumons et se tourna vers le ciel immaculé.

– Vous ne pouvez pas avoir idée de combien elle me manque, tous les jours. Avant, je croyais ni au paradis, ni à l'enfer, ni au petit Jésus, mais j'ai changé parce que c'est tout ce qu'il me reste. Je suis bien obligé. Il faut bien que je trouve un moyen de la revoir.

– C'est la meilleure histoire que j'ai entendue depuis des lustres, dit Lyle en baissant la tête et en donnant des coups de pied dans les graviers et la poussière. La meilleure histoire…

Ils restèrent au soleil, Lyle admirant le pick-up jaune du vieil homme. Le bulletin agricole était terminé et la radio jouait maintenant de la country. Lyle ne reconnut pas le chanteur.

– Excusez-moi, dit le vieil homme. J'espère que je ne vous ai pas retardé. Y a de drôles de connexions dans ma tête. Y a des trucs qui sortent tout seuls. J'ai l'impression que je suis en train de devenir sénile ou allez savoir quoi. J'avais pas l'intention de vous raconter tout ça.

– Vous pouvez garder vos excuses, pour moi ou qui que ce soit. J'ai passé un bon moment avec vous. Je me sens tellement seul ici qu'il m'arrive de parler aux pommes et aux cerfs.

– Vous êtes sûr que je vous dois rien ?

Lyle hocha la tête.

– Je saurais même pas combien vous faire payer. Tuez un cerf pour moi.

– Oh, je ne chasse plus le cerf, dit le vieil homme en remontant dans son véhicule. J'aime bien les regarder, c'est tout. C'est à peu près les seuls amis qu'il me reste.

Il ferma la portière et partit.

Cette nuit-là, Lyle coupa des pommes. Il les découpa en fines tranches. Avec ses droits maladroits, il essaya de réaliser une pelure rouge unique, en pelant en hélice avec son couteau. Il plaça la chair dans un vieux saladier blanc qui avait appartenu à sa mère. Il ajouta de la cannelle, de la noix de muscade et du sucre. Il vida même quelques gouttes de whisky. Il fouilla le placard à épices et trouva l'essence de vanille dont il aspergea modestement les fruits. Il enveloppa les pommes de pâte et plaça le tout dans le four qui lui souffla une rafale de chaleur en pleine figure. Il ferma la porte et vérifia l'heure sur sa montre. Il prit une pomme entière, alla dans leur chambre à coucher, défit les draps et la plaça sur le matelas, à l'emplacement des pieds de sa femme, puis il tira les draps et les lissa comme si de rien n'était. Il ne cessait d'aller de la cuisine à l'entrée, surveillant la fenêtre, attendant le faisceau des phares de sa voiture dans leur allée. Il voulait tant la voir. Il ne tenait plus en place.

# Remerciements

Merci infiniment à l'Atelier d'écriture de l'Iowa, où la plupart de ces nouvelles ont vu le jour. Je remercie tout particulièrement :

James Alan McPherson, qui m'a enseigné la grâce, la gentillesse et la décence.

Marcus Burke, dont l'amitié, la cuisine et l'*hospitalité* m'ont permis de ne pas devenir fou pendant ces deux années dans l'Iowa. Lorsque je ne savais pas où aller, les portes du *Starlight* m'étaient toujours ouvertes et, toi, mon ami, tu comprenais ce qu'étaient des *sentiments trop forts*.

Scott Smith, pour des milliers de cartouches de camaraderie calibre 12 et un divertissement *civilisé*.

Toute l'équipe McPherson, Kannan, Christina, Chanda, Adam, Jessica : on s'est amusés plus que tous les autres.

Merci aussi à : Sam Chang, Ethan Canin, Michelle Huneven, James Galvin, les frères Connie, Deb West, Jan Lacina Zenisek, Nicole Neymeyer, David Dowling, Bridget Draxler, et à tous les autres professeurs, mentors, collègues et participants de l'atelier.

À mon agent, Rob McQuilkin, Zorro au stylo rouge. Merci de tolérer tout ce matériel de destruction.

Merci à tous dans le Flatiron Building, mais en particulier à mon attachée de presse, la merveilleuse Dori Weintraub, qui a toujours trouvé un moyen de me faire rentrer chez moi, même à partir de la Géorgie – je te revaudrai ça. À mes assidus commerciaux préférés, Anne Hellman, Melissa Weisburg et Tom Leigh : merci pour tout votre travail. À mon pote Matt Baldacci, que j'inclus dans cette liste du Flatiron car son amitié transcende le temps, l'espace, la sauce à l'artichaut, les Budweiser et les films de guerre : merci de m'avoir à nouveau accueilli, *amigo*. À Sally Richardson et à la mémoire de Matthew Shear : je ne suis pas prêt d'oublier nos dîners *Goodfellas* dans le sous-sol du *Fedora*. Merci de m'avoir donné ma chance.

À ma mère, Bette Troolin Butler : tiens, maman, tu as droit à ton nom en entier. À mon père, ma merveilleuse belle-famille, tous mes oncles et tantes et cousins déjantés. À mon frère (sœur) Lump : je t'aime. À ma belle-sœur Cynthia, merci de tolérer Lump. À Reidar et Kaitlen.

Et à Regina, Henry et maintenant Nora : je vous aime mes oursons.

# Le mot de la traductrice

J'adore les nouvelles en général et celles de *Rendez-vous à Crawfish Creek* en particulier. J'aime cette impression de dérober des aperçus de vie, d'être conviée à un moment précis pour observer des tranches de vie singulières. Le style varie d'une narration à l'autre. Le ton s'adapte. La traduction ne pose jamais de problème quand on entend la voix des personnages.

Avec ces dix nouvelles, Nickolas Butler prouve qu'il n'est pas seulement un excellent *storyteller*, mais aussi un grand écrivain, incisif et introspectif, poétique et généreux. Chacune d'entre elles est une plongée aux côtés de gens qui s'escriment à garder une droiture morale dans un monde tordu, à rester bienveillants en dépit de l'hostilité ambiante. Ils y parviennent… plus ou moins bien.

Une chose est sûre : je ne suis pas près de les oublier. Je vois l'église de *Tronçonneuse party* comme si je l'avais visitée, j'ai sur la langue un goût de nuage, j'ai nagé sous la glace et sous le feu de joie, et il me semble avoir connu tous ces hommes qui dérapent avec des conséquences allant de l'homicide à l'infidélité, en passant par des envies de foutre le feu.

J'aimerais cogner le salopard qui organise des combats de chiens et pleurer en écoutant le chant du cygne écoterroriste d'un vieil homme.

Des nouvelles noires, ou plutôt gris foncé, mais toujours ce même espoir de rédemption, ces perdants au grand cœur qui restent des gens ordinaires prêts à tout sacrifier pour la magie de l'amour et des enfants.

Vivement le prochain Butler.

Mireille Vignol,
juin 2015.

# Biographie de l'auteur

**Nickolas Butler** est l'auteur d'un premier roman très remarqué, *Retour à Little Wing*, qui a reçu le prix Page/America en 2014 et a été traduit en dix langues. Diplômé de l'Atelier des écrivains de l'Iowa, il vit actuellement dans le Wisconsin, un État cher à son cœur, qui sert de toile de fond à tous ses livres.

# Table des matières

Tronçonneuse *party* .................................. 9
Un goût de nuage .................................. 31
Sven & Lily .................................. 39
Rendez-vous à Crawfish Creek .................................. 65
Sous le feu de joie .................................. 117
Brut aromatique .................................. 147
Les restes .................................. 199
Morilles .................................. 211
Lenteur ferroviaire .................................. 243
Pommes .................................. 285

Remerciements .................................. 311
Le mot de la traductrice .................................. 313
Biographie de l'auteur .................................. 315

Du même auteur
aux Éditions Autrement

*Retour à Little Wing*, 2014.

NORD COMPO
multimédia

Composition et mise en pages
Nord Compo à Villeneuve-d'Ascq

Achevé d'imprimer en septembre 2015 chez Grafica Veneta, Italie,
pour le compte des Éditions Autrement, 17, rue de l'Université, 75007 Paris.
Tél. : 01 44 73 80 00.
ISBN : 978-2-7467-3492-0. N° d'édition : L.01ELFN000369.N001
Dépôt légal : octobre 2015
Imprimé en Italie.